浙江省社科联社科普及课题(编号:19YB04)成果
中国计量大学哲学社会科学重大专项课题(编号:2018ZX05)成果

中国文人的西湖印象

"西湖小说"故事

李　婕　编著

浙江工商大学出版社
ZHEJIANG GONGSHANG UNIVERSITY PRESS
·杭州·

图书在版编目（CIP）数据

中国文人的西湖印象："西湖小说"故事 / 李婕编
著. — 杭州：浙江工商大学出版社，2020.2
ISBN 978-7-5178-3761-9

Ⅰ.①中… Ⅱ.①李… Ⅲ.①古典小说 – 小说集 – 中
国 – 宋代-民国 Ⅳ.①I242

中国版本图书馆CIP数据核字（2020）第 028251 号

中国文人的西湖印象："西湖小说"故事

ZHONGGUO WENREN DE XIHU YINXIANG: XIHU XIAOSHUO GUSHI

李　婕 编著

责任编辑	张　玲
责任校对	穆静雯
封面设计	林朦朦
责任印制	包建辉
出版发行	浙江工商大学出版社
	（杭州市教工路198号　邮政编码310012）
	（E-mail：zjgsupress@163.com）
	（网址：http://www.zjgsupress.com）
	电话：0571-88904980，88831806（传真）
排　　版	杭州红羽文化创意有限公司
印　　刷	杭州宏雅印刷有限公司
开　　本	710mm×1000mm　1/16
印　　张	17
字　　数	226千
版 印 次	2020年2月第1版　2020年2月第1次印刷
书　　号	ISBN 978-7-5178-3761-9
定　　价	58.00元

版权所有　翻印必究　印装差错　负责调换

浙江工商大学出版社营销部邮购电话　0571 – 88904970

前

言

　　文人创作与地域的关联由来已久。早在先秦时期，以屈原为首的楚辞作家群的创作，就已经具有了鲜明的荆楚文化特征。两千多年来，文学与地理的相互浸润，形成了齐鲁、秦陇、巴蜀、吴越等一个又一个文化中心。

　　宋元之后，杭州人口密集、商业发达，渐至成为中国极为著名的繁华大都市。加上中唐就已开始的城市风貌的整治，杭州发展为以西湖（包括钱塘江）为核心的风景名胜地。正因为如此，杭州，特别是西湖这一地理区域备受文人的关注，渐至发展成为西湖文化中心。历代文人关于西湖的小说、诗词、戏曲、笔记、小品等创作层出不穷，西湖不仅仅是湖山风景，也是文学记忆和印象。中国文人的西湖印象承载了前代人们对于西湖的集体记忆，更演绎和发展着这些记忆。

　　关于西湖的种种文学印象，最优秀、也最引人

注目的是以西湖胜景为描写对象，或者以西湖作为情境和场景的一大批小说作品。这些作品，包括较早的宋元话本《西湖三塔记》《碾玉观音》等，还有"三言""二拍"中的《白娘子永镇雷峰塔》《张舜美灯宵得丽女》等三四十篇拟话本小说，以及《西湖二集》《西湖佳话》《西泠故事传奇》等小说集，其他还有《风流才妓苏小小全史》《白蛇传》《武穆精忠传》等多部长篇小说，现统称为"西湖小说"。

本书主要梳理了宋元至民国时期一批西湖小说，从数百篇作品中选取了三十七个具有代表性的故事进行了编写，希望能用通俗浅显的叙述方式，从一个侧面呈现来自中国文人的西湖印象。这三十七个故事是历代文人在民间传说和诗词、戏曲、笔记、小品等基础上创作的，他们凭着个人对西湖景观的记忆，在作品中抒写情怀、演绎人生百态，将文学与地域进行了完美融合。

本书根据小说中所展现的西湖建筑景观的不同类型，把这三十七个故事分为四大部分：一是西湖墓址、祠堂景观印象，二是西湖桥、堤、亭、塔景观印象，三是西湖佛寺、道观等景观印象，四是宫、楼、园林景观印象。这三十七个故事，每个都有解题，即把小故事的梗概、来源、文人创作情况，以及与景观的对应关系等做个说明，后面还附有对应景观的简单介绍。通过这样的设计，将文人创作与西湖景观关联起来，使得西湖景观所承载的历史记忆不仅仅局限在民间传说上，还进一步拓展了它与文人加工、文人创作之间的关系。

目 录

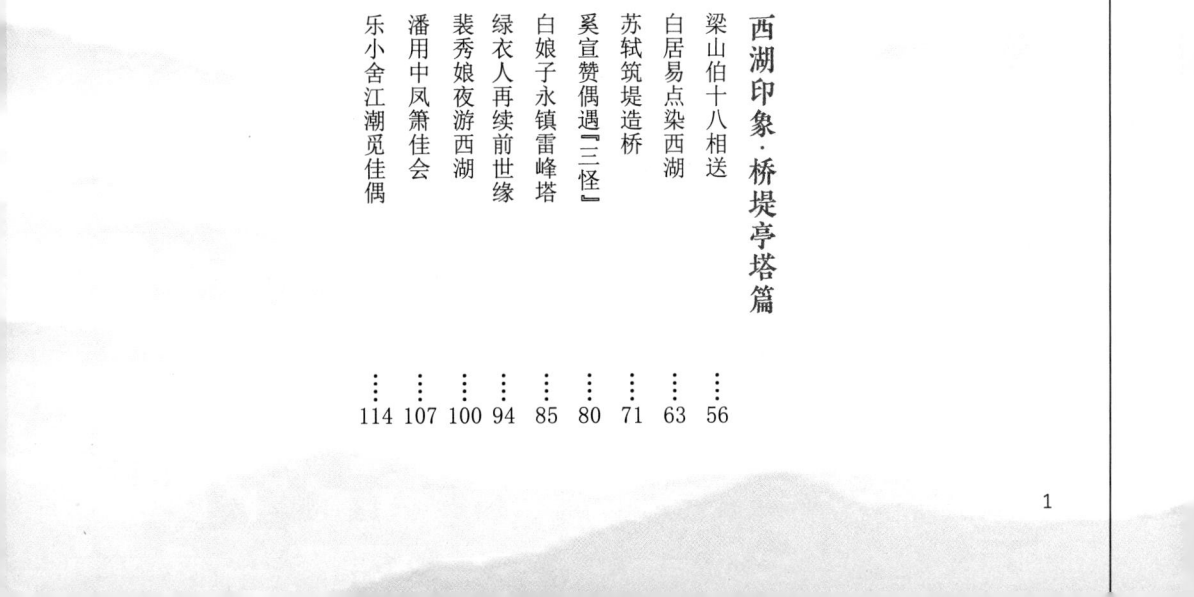

第一章

西湖印象·墓址祠堂篇

苏小小西泠传奇

解题

　　位于杭州西泠桥畔的苏小小墓，已经成为构成魅力西湖的一个美丽因子。苏小小以一介脂粉，获得了天下人的赏识和尊敬，这一段传奇佳话，不仅为湖山增色，也使苏小小的芳名与西湖并传不朽。苏小小的传说经历了漫长的发展阶段。南朝徐陵的《玉台新咏》最早选录了《钱塘苏小歌》："妾乘油壁车，郎骑青骢马。何处结同心？西陵松柏下。"《乐府广题》做了简单阐释，说："苏小小，钱塘名倡也，盖南齐时人。西陵在钱塘江之西，歌云西陵松柏下，是也。"之后，中晚唐文人大多用诗歌加以传颂，如柳淡的《幽院早春》、白居易的《余杭形胜》、李贺的《苏小小墓》等，以文本确立了早期的文化记忆。宋代周密的《武林旧事》、吴自牧的《梦粱录》等笔记作品，将苏小小墓址安置于西湖，把这一文化记忆建构成固定的形象。北宋李献民根据张耒《柯山集》的记载创作了《钱塘异梦》，记叙司马槱梦会苏小小的故事，这是最早关于苏小小的小说作品。明代冯梦龙《情史》中的"司马才仲"进一步演绎了这一故事。清代古吴墨浪子的《西湖佳话》、湖上笠翁的《西泠故事传奇》和民国时琴水闲民的《风流才妓苏小小全史》等作品，则增添了苏小小与阮郁的爱情故事、与书生鲍仁惺惺相惜的故事、与官员孟浪的斗争故事等，内容丰富、寄寓深刻，将有关苏小小的记忆变成了蕴含民族审美理想和精神追求的集体认同。从南朝到民国，苏小小形象也在不断演变：在起初的《钱塘苏小歌》中，她是一个大胆热烈的女子；在中晚唐文人的诗歌中，她是美丽多情的钱塘妓女；在宋至民国小说中，她成为才貌双全、见识不凡的佳人典型。

苏小小是南齐时钱塘名妓，生于西泠桥畔。受西湖山水的滋养，苏小小长得聪慧灵动，姿容不凡。十四五岁时，小小乌云半挽，眉目如画，一种绝代风华，让人惊为天人。她不仅美貌，还心思聪颖、卓有见识。虽然不曾从师受学，却能口吐词章，风雅应对。苏小小虽是个女儿家，并不想困守闺房，羁绊到老。她叫人造了一驾香车，四周垂着幔幕，名为"油壁车"。自从有了油壁车，苏小小每日在西湖山水间悠游，自在逍遥。

苏小小的绝世才貌、风流姿态，一时间引来无数仰慕者。公子乡绅，不惜抛掷千金，欲把小小买回家中充作姬妾，苏小小一概回绝。妓院有位贾姨娘，与小小关系最好，见状急忙劝道："姑娘可要三思！我们这样的身份，如能嫁到富贵人家去，虽说是做歌姬侍妾，也比朝迎夕送、强颜欢笑的好。况且，以姑娘的才貌，还怕不被金屋藏娇吗？"小小淡然回应："我知道姨娘是关心我。只是小小自幼有一癖好，最爱西湖的山山水水。对我来说，如果入了豪门，就像进了牢笼，整日坐井观天，再也不能在两峰三竺之间遨游了。况且，如果真进了豪门，即便正妻不是河东狮吼，小妾们也会争风吃醋、吵闹不休。而且富贵繁华也不是长久之物，进去容易出来难，倒不如把青楼歌舞之地，当作我的玉堂金屋。再说，在青楼中做一个出类拔萃的佳人，难道不比在豪门中做一个抱被拥衾、随行听命的姬妾强？这就是小小的志向，不知姨娘以为如何呢？"

贾姨娘听说，不觉笑了起来，说："原来姑娘把人情世故看得这般透彻，别人把青楼当作罪孽之地，你反以青楼为净土。既然你主意定了，就不需我多说了。"

一天，苏小小乘着油壁香车，沿着西湖湖堤一带，赏玩山光水色。这时，一个少年郎君，骑着青骢马，金鞍玉镫，从断桥一侧出来。少年猛然抬头，看见苏小小坐在香车之中，琼姿玉貌，如同仙子一般。少年暗自惊诧，心想："这世间，真有这样风流标致的女子？"于是勒住马儿，再三顾盼。此时，苏小小也在看这郎君，只觉他年少俊朗，十分心动。但毕竟素昧平生，彼此不便交谈，苏小小只得口中吟诵：

妾乘油壁车，郎骑青骢马。

何处结同心？西陵松柏下。

苏小小吟罢，便驱车而去。少年郎听了，惊喜若狂。原来这少年姓阮名郁，字文生，父亲是朝廷官员阮道。阮郁奉父命到浙东公干，听说西湖风光秀美，所以乘马游览，不想偶遇了苏小小。

阮郁当时并不知这姑娘是谁，只道姑娘也有意于他，于是再三寻访，打听底细。终于有人告诉他："那是妓家苏小小，年纪才十五岁，名声却大得不得了。城中多少公子贵胄都仰慕她。只是她性情高傲执拗，很少有人能见到她。"阮郁听了，暗暗思量："既然是出自妓家，拜访一下也无妨。即便得不到，在她身旁流连半晌，也是人生乐事了。"第二天，阮郁准备了百金之礼，令随从捧着，自己骑着青骢马，绕过西北湖堤，来到松柏葱郁的西泠桥畔。到了门前，只见柳树成荫，鲜花满地，庭院十分清幽。阮郁怕有所唐突，不敢上前叩门。正在门前徘徊，恰好贾姨娘开门出来。见他犹豫，上前问道："官人，有事吗？"阮郁忙向前深深作了一揖，答道："妈妈有礼了。昨日在西湖堤上，有幸偶遇苏姑娘。蒙她垂青，临别赠诗一首，告知西泠之路。今日特备薄礼相见，有劳妈妈转达。"贾姨娘冷笑说："转达容易，只是我那外甥女未必答应，官人不要枉费了心机！"阮郁说："只求一见，不敢妄想其他。"贾姨娘听罢，笑着进去了。

不一会儿，贾姨娘笑吟吟地出来，叫阮郁进去。听说苏小小正在睡觉，还没起来，阮郁便坐在堂上，静静等候。整整等了两个时辰，突然一阵香风飘过，苏小小从绣帘中袅袅婷婷地走了出来。阮郁赶忙起身拜见。小小微微一笑，还礼说："贱妾只是一青楼女子罢了，蒙郎君厚爱，着实感动。请到我卧楼前的镜阁坐一坐吧。"

阮郁到了镜阁，只见环境十分幽雅。阁楼正对着湖面，开了一个大大的圆窗，糊着冰纱，宛如一轮明月。阁下桃花、杨柳、丹桂、芙蓉等把四周点缀得花团锦簇。从窗内望出，湖中景色尽收眼底。阁中琴棋书画俱备，阮郁四处浏览一番，忽见壁上贴着一首诗，题名"镜阁"，写得大有风韵。阮郁读罢，又惊又喜，说："这是姑娘的佳作吧？姑娘的才情，真是超凡脱俗！"自此，阮郁对小小的爱慕中又增添了些钦佩。小小也喜欢阮郁的温文尔雅、怜香惜玉，二人在镜阁上相谈甚欢。

阮郁在镜阁辞别了苏小小之后，当即决定迎娶苏小小。第二天，他准备了千金聘礼，拿出百金请贾姨娘做媒。贾姨娘为二人选好了黄道吉日，开始操办婚事。到了婚礼那天，贾姨娘请了许多亲戚邻居，张灯结彩、大摆酒宴，笙箫鼓乐，好不热闹。

成亲后，二人如胶似漆，恩爱有加。每天不是在画舫中对饮，浏览湖心与柳岸风光，就是一个乘着油壁车，一个骑着青骢马，同去观望南北两峰的胜景。那一种逍遥自在，真的是不羡鸳鸯不羡仙！这样的日子过了三个月，正在情浓意浓之时，不料阮郁的父亲在朝中遭遇变故，派人催逼儿子即刻返乡。二人难分难舍，痛哭几日后，终究没有什么办法，只好匆匆分别。

阮郁离去之后，音信全无。那些富贵子弟，听到消息，纷纷跑到西泠苏家，要见苏小小，都被小小以养病拒之门外。那时，想见苏小小一面比登天还难，这也使得小小身价更高。西泠苏家门前的车马，日夜不断。而苏小小却只好山水，只要一有闲暇，便乘着油壁车，去寻找那幽僻奇异、人迹罕至的山水，纵情享受。

一次游到石屋山中，刚好是入秋天气，青天白云，红叶满山，岩畔烟霞，十分可爱。小小停了车子，细细赏玩。忽见对面冷寺前，有一个书生衣衫寒素，落寞闲蹀。看见小小停了车驾，似有上前问询之意，但走了两三步，却又驻足不前。小小下了车子，轻移莲步，上前施礼，说："我是钱塘苏小小。请问先生有什么指教吗？为何欲进又退？"那书生听了，又惊又喜，说："您就是苏芳卿！久闻芳名，只恨无缘相见。今日有幸相逢，本想一睹芳容，又担心自己一介寒儒，您哪里看得上？所以才进而复退。" 小小说："不过是脂粉虚名罢了。我虽然身份微贱，却颇识英雄。今日看先生仪容，日后必定状元及第。我倒要借先生的功名，验证一下我识鉴英才的眼光！"苏小小一番话，勾起了鲍仁的心事，他不觉伤心大哭，说："苍天啊，苍天！都说天佑众生，为何偏偏弃我鲍仁于不顾！倒不如钱塘的一个弱女子，能把我当作知己！我因缺乏旅费，一直羁留在此，就算有再大的本事，也无力前往啊。"小小说："旅费问题，不过百金罢了，这点钱我还是能筹到的。鲍先生若不嫌弃，请屈尊去趟寒舍，让我向您表达一下敬意吧！"鲍仁感动地说："您真是闺阁中的义士啊！"

鲍仁跟随小小香车来到西泠桥畔，只见早有一群富家子弟，纷纷攘攘，立在门前等候。见小小来了，都一拥而上。苏小小一概回绝，带着鲍仁，径直走入镜阁。设酒款待鲍仁之后，苏小小取出两封银子，双手奉上说："这点钱能帮您解决一下旅费问题，我在这里等您的好消息。"鲍仁收了钱，上前深深一揖，说："苏卿的情义，比潭水还深！大恩不言谢，我只有铭记在心了！"说罢，告别而去，苏小小亲自送出门外。

　　有个上江观察使名叫孟浪，有事路过钱塘。听说苏小小大名，便想见一见她。孟浪借游湖之名，叫了一只大楼船，备下酒席，邀了许多宾客，然后派差役唤苏小小来助酒兴。孟浪本以为自己是个当官的，传唤个妓女，没有不立刻赶来的道理。不想差役赶去，压根儿没见到苏小小。苏家一个老妇人回话说："我家姑娘，昨天被田相公再三邀请，去西溪看梅了，明日才能回家。你是哪位相公家？要请我家姑娘，先留下名帖，等她回来，再做决定。"差役说："谁有帖子请妓女，是我家孟观察使叫她去陪酒。"老妇人说："我家姑娘从不陪酒。要陪酒，何不到酒楼中叫一个去。"说完不再理他。差役无奈，只得回去复命。孟浪沉吟了一会儿，吩咐差役："既然明天回来，那明天一定要她准时过来伺候。"差役领命。

　　第二天一大早，差役就过去了。苏家老妇人说："姑娘刚才捎信说了，是今天回来。只是这会子怎么也不可能到的，最早也要午后了。"差役午后再去，又说不曾回来。这差役便坐在门前呆等，直到日落，也不见人影。又等到夜静更深，才看到两三对灯笼，七八个管家，簇拥着一驾香车沿湖缓缓而来。

　　差役急忙上前呼唤，只是苏小小已经醄然大醉。差役只得又回去，细细禀告孟观察使。孟浪问："真的是醉了吗？"差役说："小人亲眼看见的，三个丫头搀扶着，确实醉了。"孟浪说："既然是真醉了，那就再宽恕她一次。若明天再左推右阻，一定饶不了她。"

　　等到了第三天，差役再去时，侍儿回说："宿醉未醒，还睡着不曾起来呢。"差役急了，说："你快去说声，孟爷可是上江观察使，官大着哩。叫了三天，再不去，只怕惹出事来。"侍儿笑道："有啥子事？无非去迟了，罚两杯酒罢了。"说完，一转身离开了。差役无奈，又回船禀报。孟浪听说后，勃然大怒，说："一个娼妓，怎敢如此放肆？让她知道我的厉害。"随即下令缉拿。

苏小小听说，只是躺着不理。贾姨娘看着着急，急忙走到床前，说："起来！快去准备一下吧。这姓孟的，人人都说他厉害，你要当心点。"小小笑道："用不着准备，我去走走也就行了。"说着起身，穿了衣服，慢慢走到镜台前装扮。贾姨娘道："你是去请罪，只要包一个包头，穿上件旧青袄就是了，哪用得着打扮？"小小又笑道："打扮是礼貌。为何要蓬头垢面，自己轻薄自己？"于是精心梳洗，打扮得如同画中仙子一般。然后，随衙役来到湖船上。

孟浪正邀了许多宾客在赏梅吃酒，忽听苏小小来了，本想羞辱她一番。等来到面前，只见小小一身袅娜，满面容光，宛若仙子下凡。孟浪看见这样一个美人，怒气顿时消了一半。小小不慌不忙，走到他面前，也不屈膝，只深深一拜，说："贱妾苏小小，拜见相公。"孟浪故作严厉状，问道："我叫了你三天，为何推辞不来？"小小说："贱妾怎敢推辞？贱妾在烟花妓院，凡事由不得自己。来得晚去得迟，也不光对相公一人这样，还望谅解。"孟浪听了，觉得有理，说："这事就不追究了。但你今天过来，是求生呢，还是求死？"小小笑道："'爱之则欲其生，恶之则欲其死'，都看相公，贱妾哪能自己决定？"孟浪听了，不觉大笑，说："风流聪慧，果然名不虚传。听说你能赋诗，如果真能赋诗，这事就一笔勾销了。"小小请他出题，孟浪指着瓶内梅花说："今日赏梅，就以此为题吧。"小小听了，也不思索，信口吟道：

> 梅花虽傲骨，怎敢敌春寒？
> 若要分红白，还须青眼看。

孟浪听了，知道诗中暗含眼前之事，话说的又不卑不亢，不觉大喜。于是走下座来，亲手搀了苏小小，一同入座。

　　自从孟浪之事后，苏小小越发声名大振。但这时的苏小小却更加想抽身遁迹了。一天，小小同朋友观赏荷花回来，受了点暑热。夜里贪凉，坐在露台上，不想又受了风寒，渐渐成病，卧床不起。贾姨娘见苏小小病体沉重，十分着急，含着眼泪，说道："你小小年纪，便有了这样的声名，正该嘲风弄月、尽情享受。可叹老天不长眼，让你得了如此重病。"小小说："姨娘不要怨天尤人了，这是上天成全我呢。想我苏小小，有此大名，不过是凭着青春美貌。一旦容颜老去，定会遭人厌弃。还不如趁容貌还美丽的时候离开，这样就可以芳名永驻了。姨娘应该为我欢喜才是。"过了几天，贾姨娘见她病情越加严重，又问她："你可有什么未了的心愿，要请人传达的吗？"小小说："有什么未了的，又有谁可传达的？只要生于西泠，死于西泠，埋骨于西泠，就算不辜负我苏小小的山水之痴了。"说罢，溘然长逝。

　　小小的棺椁还未下葬。一天，有几个穿青衣的差役飞马来问："苏姑娘在家吗？滑州刺史鲍相公即刻前来相见。"贾姨娘听了，不禁哭了，说："苏姑娘在家是在家，只可惜死了，不能接待了。烦请禀告鲍相公，不用来了。" 差役听说，大惊道："听说这苏姑娘只二十来岁，为何就死了？是真的吗？"贾姨娘说："棺椁还停在堂上，怎么是假的呢？" 差役只得飞马回去。不久，鲍刺史换了白衣白冠，乘马奔来。刚到了西泠桥边，便跳下马来，步行到门前，一路呜呜咽咽地哭着进来。来到灵柩前，抚棺大恸，哭道："苏芳卿啊，你是个独具慧眼的奇女子。你既然知道我鲍仁是个英雄，慷慨赠我百金求取功名，怎么就不等我功成名就，来报答你呢？苏卿既然去了，叫我鲍仁这一腔知己之感，向谁去说？"

　　贾姨娘问明侍儿，知是小小赠金之人。见鲍仁哭个不停，忙上前劝解。鲍仁说："姨娘不知道，人之相知，贵在知心。她一个弱女子，在贫贱时把我当作知己，慨然相赠。我堂堂男子，富贵了，却不能报答她一二。日后黄泉相见，岂不惭愧？"贾姨娘说："相公既有此意，小小的棺椁还停在堂上，一缕孤魂，还不知葬在何处？相公若能在西泠附近找块地方，为小小埋骨，让她长眠在生前所爱的山水之间。小小九泉有知，定当感激。"鲍刺史听了，觉得有理，说："姨娘说的对。"于是命人在西泠桥侧，选了一块好地，叫来匠人，兴土动工，造成一座坟墓。又邀请全郡乡绅士大夫，来为小小出殡。众人见鲍刺史有此义举，都来送葬。下葬之日，沿路观看的，人山人海。鲍刺史白衣白冠，亲自送小小灵柩，葬于西泠坟墓之中，立一墓碑，上题："钱塘苏小小之墓"。鲍刺史哭奠一场，然后辞去。

传言苏小小死后芳魂不散，常出没于花丛林间。宋时，陕州有位司马槱，字才仲，是司马光的侄子。司马槱科举中第，住在洛阳。一天白天睡觉，恍惚间梦见一位美人，身上衣着款式十分古旧，进入帷幕之中，执板唱道：

妾本钱塘江上住，花落花开，不管流年度。燕子衔将春色去，纱窗几阵黄梅雨。

才仲很喜欢，于是问她曲子名，美人回答说："这是《黄金缕》。"又说："日后我们钱塘相见吧。"随即不见。才仲常常想起此梦。后调任钱塘做官，乘船东下，直到西湖，猛地想起，从前梦中美人自称"妾本钱塘江上住"，现在来到此地，却不知到哪里打听美人下落？才仲内心凄恻，于是为美人所唱《黄金缕》作词：

斜插犀梳云半吐，檀板轻敲，唱彻黄金缕。梦断彩云无觅处，夜凉明月生南浦。

唱了几遍，心中郁郁不乐。当晚，司马才仲竟然见到那个美人。美人笑着对他说："从前的愿望终于实现了。"于是同寝而眠。天亮后，美人留诗作别：

> 长天书阔雁来尽，深院落花莺更多。
> 发策决科君自尔，求田问舍我何如？

才仲读后问："这首诗是想劝我退隐江湖吗？"美人说："得失进退都是命。您的命运最终怎样？这不是您所能预知的。"说完，飘然而去。从此每晚必来。才仲偶然对朋友讲起此事，朋友惊讶地说："你住所的后面就是苏小小墓，那美人该不会是小小的鬼魂吧？"不到一年，才仲得了重病。才仲以前所乘坐的一只游船，一直停在河塘里。一天，船工看到，才仲携一美人登上游船，就上前施礼。抬头之间，只见游船驶入湖中，船尾突起大火，熊熊燃烧。船工急忙跑进府中报告，却得知才仲刚刚死去，家人正在放声痛哭。

苏小小墓

西泠桥

　　关于苏小小墓址，历来传说不一。唐陆广微《吴地记》说，其墓在嘉兴；《钱塘异梦》说"公署之后有苏小小墓"；《临安志》和《武林旧事》记载，"墓在湖上"；《西湖佳话》和《西湖拾遗》的苏小小故事中说，墓在西泠桥侧；《西湖新游记》又说，墓是伪造的。康熙皇帝南巡时，曾询问苏小小墓，浙江巡抚于是命人连夜在西泠桥旁堆土成冢。后乾隆皇帝南巡时，当地官府将苏小小墓筑成八角形墓，前有石碑，上题："钱塘苏小小之墓"。清咸丰年间，在墓上又建一亭，叫"慕才亭"。1964年，墓亭皆被毁坏。2004年，杭州市政府根据老照片进行重修，建圆墓，墓盖为淡黄色的半圆体，墓基由石块砌成。又修造了六角攒尖顶亭并在慕才亭6根方形石柱的24面上，刻上历代文人墨客撰写的12副对联。

钱镠仁心治杭州

解题

　　大凡杭州人，不论是贤人君子，还是贩夫小民，就没有不知道吴越王钱镠的。可见这位英雄豪杰的确非同凡响！钱镠统治杭州五十多年，文治武功，保境安民，大有功业。北宋时为纪念这位吴越王的功绩，杭人在西子湖畔，建了一座钱王祠。钱王祠流传至今，历经很多朝代，为西湖的湖光山色平添了一些王霸之气。钱王祠承载的有关钱镠的文化记忆，是在历史记载、文人加工与民间传说的基础上形成的。较早记录钱镠事迹的主要是历史文献，如五代刘昫监修的《唐书》，唐代马总撰、宋代孙光宪续的《通纪》，宋代钱俨的《吴越备史》、欧阳修的《新五代史》等，记叙了钱镠割据称雄、治理吴越的经历，其中夹杂了有关钱镠生有异象、生而被弃、骨法非常、射潮、还乡、警枕粉盘、为海龙王等少量传说。两宋时期，陈应行的《吟窗杂录》，计有功的《唐诗纪事》、潜说友的《咸淳临安志》、无名氏的《大宋宣和遗事》等文人笔记、话本，对史料记载进行了剥离、增补，形成了关于钱镠的"传说群"。"传说群"中既有早期史料中的传说故事，也有新增的故事，如钱镠衣锦还乡、罗隐献诗、钱镠患目、封临安土地神、赵构为钱镠的转世等，大多比较零星散乱。后来明代冯梦龙《喻世明言》、周清原《西湖二集》，清代古吴墨浪子《西湖佳话》等小说作品对钱镠事迹、传说进行了整合敷演，如《临安里钱婆留发迹》《吴越王再世索江山》《钱塘霸迹》，使其完整细致，充满生气。在文人笔下，钱镠的人物形象从枭雄到枭雄与圣王、明主的合体，再到市井无赖式的草莽英雄，最后到草莽英雄与圣王、忠臣的统一，演变轨迹比较明显。历代文人的钱王印象，经过漫长岁月的累积，最后形成了固定的集体记忆。2011年，"钱王传说"被国务院列入第三批国家级非遗代表性项目名录。

吴越王钱镠，字具美，是浙江临安人。相传其母临产时，父亲到灶下劈柴烧水，忽见一条丈余长的大蜥蜴窜入室内。父亲大惊，随即赶了进去，只见那蜥蜴钻入床下，一下子就不见了，母亲随即诞下了钱镠。钱镠诞生那刻，霎时满室火光，惊动了邻居，都赶来灭火，可是等冲进来，又不见半点火星，人人都觉得怪异。钱父以为生了个妖怪，要将钱镠投入井中淹死。这时，隔壁一个老婆婆上前苦劝，才留下这孩子。因此，钱镠俗名又叫作钱婆留。

长到四五岁时，钱镠和众小儿在一株大树下玩耍。他坐在树下的大石头上，像帝王一样，指挥着这群孩子征战杀伐，孩子们没有不听令的。临安石镜山上有块圆石头，光亮如镜，钱镠去照时，竟发现自己头上戴着冠冕，一副王者的样子。回家对父亲说了，父亲不信。于是同他一起来到石镜山，走到石镜前一照，果然如此。

钱镠长大成人后，相貌魁梧，臂力过人，却不肯本分地做事，偏偏喜欢赌博和投机倒把。因为家里穷，他便召集了一帮不务正业的汉子，偷偷贩卖私盐。

一天，钱镠在邻居家碰到个看相的术士。术士对钱镠说："你骨法不一般啊，有不可言说的富贵，日后恐有半个江山的帝王之位可坐，好好爱惜自己吧！三年之内，你必定会慢慢发迹的。"

唐僖宗乾符年间，王郢叛乱，一时间势不可当，连当地官府都一筹莫展。有个临安人董昌开始招募乡兵讨贼。钱镠听说后，就报名参加了，没有半点犹豫。董昌见钱镠人物雄伟，气宇不凡，又是同乡，便任命他为前锋，去讨伐王郢。钱镠率领前锋军赶到后，前后夹击，王郢部众很快瓦解。朝廷听说董昌讨贼有功，封他做了石镜镇将。董昌就任命钱镠为石镜兵马使。

董昌在石镜，集聚兵马，势力大增。一日，忽听得朝廷派一个叫路审中的担任杭州刺史。董昌大惊，心里暗想："杭州如果有了刺史，那我董昌做什么？不如我捷足先登，先占据杭州再说。"于是，领兵进入杭州，自称都押牙知州事。那朝廷派来的杭州刺史路审中，正高高兴兴要到杭州上任，不想才到嘉兴，便有人禀报，说："石镜镇将董昌已占据杭州，自称都押牙，已经开始判理杭州各项事务了。"路审中听说后又惊又怕，只好无奈回朝了。

有人报告董昌，董昌大喜，自以为得计。钱镠却对董昌说："天下事虽然可以靠强力得到，但名分不正的话，终究难以服人。路审中是奉朝廷之命，做这个杭州刺史的，名分是正的；而将军强行占据，名分不正。虽然朝廷势力微弱，不能兴讨将军，但假若也有草莽英雄以此为借口，讨伐将军，将军该怎么应对呢？"董昌听了大惊，说："我一时莽撞了，没想到这些。但是事情已经错了，该怎么办呢?"钱镠说:"将军错就错在名分不正，现在只要正了名分就可以了。"董昌说:"名分怎样才能正呢?"钱镠道:"镇海节度使周宝这个人平庸贪财，如果派人多送些钱财，求他表奏朝廷，让将军做杭州刺史，那么将军就名正言顺了。"董昌依言而行，那周宝果然表奏了朝廷，任命董昌做了杭州刺史。

董昌做了杭州刺史后，十分敬重钱镠，凡事对他言听计从，浙江一带也平安无事。但时间不久，朝廷受宿州刺史刘汉宏的挟制，被迫封他做了浙东观察使。而刘汉宏并不满足于只统辖浙东，又派其弟与部将，率兵二万，屯守于钱塘江上，想要伺机兼并浙西。

消息传来，董昌非常惶恐，对钱镠道:"刘汉宏是江陵起义的大盗，曾与黄巢共同祸乱中原。现在又带重兵坐拥浙东，窥视浙西，凭我区区杭州兵力，恐怕不是他的对手?"钱镠说:"刘汉宏虽是大盗，却并非劲敌。您把攻打他的事，交给我吧!"董昌大喜，命钱镠领兵三千，驻扎在钱塘江口抵御敌军。钱镠到了江口，探知敌军都已在对岸扎营，心想:"敌众我寡，正面对敌不利，恐怕只有趁其不备出击他们，才会有胜利的把握。"

这天夜晚，正赶上漫天大雾，钱镠率领众兵士，乘着大雾渡过江去。一上岸，直攻敌营。敌人还在睡梦之中，忽听到满营之中，喊声动地，锣鼓震天，直吓得肝胆俱裂，仓皇逃窜。

刘汉宏闻听兵败，大怒，派上将王镇统兵七万，攻取杭州。王镇屯兵西兴，先下了封战书，单要钱镠出战。钱镠接了战书，表面与王镇约好，来日渡江大战，并在江口虚建了一个大营，当作交战之地。王镇见了，信以为真，激励将士，只等来日奋勇作战，要生擒钱镠。不料，钱镠到了半夜，竟然率领三千精兵，上从虎爪山，下从牛头堰两江，两处杀入敌军的西兴大营，营中将士根本想不到钱镠会来劫营。仓促之间，人来不及披甲，马来不及系鞍，刀枪也不知放于何处。钱镠率领着众将士，逢人便杀，直杀得营中血流成河。王镇慌忙逃往诸暨，可怜七万士兵只剩了一万多人。

刘汉宏想不到钱镠如此有勇有谋，便由攻转守，调集兵力分别屯守黄岭、岩下、真如三地，作为三镇，以此固守越州门户。钱镠对董昌说："刘汉宏两次打了败仗，已经闻风丧胆了。他们现在分兵屯守三镇，如果我们能再攻破三镇，浙西一带便安如磐石了。只是我的三千兵力太少了！"董昌说："我刚起兵的时候，和钱塘的刘孟安、阮结，富阳的闻人宇，盐官徐及，新城杜棱，余杭的凌文举，临平的曹信，都是都将，号称'杭州八都'。如今这几人虽存亡不一，但八都之兵都还在，你就率领他们攻打三镇吧。"

钱镠大喜，于是领着自己的部队和八都之兵，攻打黄岭镇。岩下镇的史弁和真如镇的杨元宗听说后，急忙赶来援救，不想刚刚赶到，黄岭就已被钱镠攻破。史、杨二将只得与钱镠交战，不想钱镠骁勇异常，战不到几个回合，史弁被砍于马下，杨元宗被生擒于马上。

刘汉宏得知三镇已破，想领精兵救援。有个手下提议："三镇已破，救之不及，不如领兵断了钱镠部队的归路，一旦胜利，三镇也就获救了。"刘汉宏觉得很对，于是领兵屯守在诸暨，等着钱镠的归军。钱镠得知，大笑道："断归路，是打败军的办法，用这个办法来对付我们大胜的军队，简直是自寻死路！"钱镠将八都之兵摆个长蛇阵，雄赳赳、气昂昂地回来了。钱镠军到了诸暨，刘汉宏亲自领了精兵从中间突破，想要把钱镠的部队截成两段。不料，钱镠这长蛇阵，能够首尾相顾。刘汉宏的部队刚冲过来，长蛇阵的首与尾便回拢过来，正好将刘汉宏部队重重包裹起来，刘的士兵完全分不清东南西北了。只听四面全是一片杀声，刘军进无可进、退无可退。忽又听到喊声："不要放跑了刘汉宏。"那刘汉宏听了，吓得魂飞魄散，慌作一团。幸亏部将杀出一条血路，护着他逃走了。

刘汉宏大败而归，越想越恼，道："我一世英名，怎能毁在这钱镠手上！"于是，悉发全越州之兵，大约十万人，进驻西兴。钱镠依旧率了八都之兵，渡过江后，对着西兴大营也扎了一座大营，暗地里却命阮结领着几百士兵，偷偷转到敌军西兴大营的后面，四下埋伏，等听到前边大军厮杀后，就竖起旌旗，鸣锣击鼓，装作要袭击敌寨的样子。阮结领命而去。

到了第二天，钱镠端着长枪、骑着大马，立在大旗下，左边顾全武，右边杜稜，耀武扬威地出战了。刘汉宏率十万大军而来，原以为钱镠定会畏惧不出，不想却早在营前讨战。于是，故作大声，喝道："我是浙东观察使，董昌不过是一个杭州刺史，怎敢擅自发兵，袭击我的守将，攻破我三镇，以下犯上？"钱镠说："你本就是一大盗而已，蒙朝廷招降，官居显职，这已是莫大的恩宠。你却凭着浙东观察使安自尊大，进犯我浙西，我哪能容你肆意妄为？"说完，提枪驱马，迎面冲去。刘汉宏的先锋穆用赶忙横刀拦住，但战不几个回合，被钱镠一枪刺于马下。这时，钱镠一马当先，冲众将大声呼道："不趁此时捉了那刘汉宏，还等何时？"说完自己先纵马冲到刘汉宏的麾盖之下，其他大将随后杀来，于是两军杀作一团。正在这时，刘汉宏大营后锣鼓震天，旌旗招展，犹如无数兵马来劫营。刘汉宏见了，心里便慌了，何况耳中又听到"不要放跑了刘汉宏"，更加慌乱，于是一策马，冲出来就跑。跑到西兴渡口，却无路可走了。想要回去，又听得追兵呐喊："前将军有令，不许放跑了刘汉宏。"只得向前，眼看被逼得快投江的时候，江边划出一条小船。船上一个渔夫正在剖鱼。刘汉宏见了，不胜欣喜，叫其划过来，纵身跳入小船。他夺过渔夫的刀，假装剖鱼，又叫渔夫速速撑船离去。刘汉宏的部下本来还在苦战，听说主帅已逃，都心灰意懒，无心恋战，霎时都四散奔逃了。

钱镠怕刘汉宏逃回越州后终成后患，决定乘胜追击。僖宗光启某年冬，钱镠引兵伐越。但这回钱镠不走水路，而是凿山开道五百里，从诸暨出曹娥埭，直取越州。刘汉宏听说后，急忙调兵迎战，但钱镠兵势如破竹，哪里还挡得住，纷纷败去。于是，钱镠乘势进城。刘汉宏见城被攻破，无可奈何，从东门逃跑，跑到台州。台州刺史假装设宴款待，等他喝得大醉，将他绑住，献给了董昌。董昌认为刘汉宏是朝廷命官，不敢杀他。正犹豫间，钱镠道："刘汉宏本就是大盗，观察使的官职也是挟制朝廷得来的，现在他就是朝廷罪人，不杀他，留他干什么呢?"董昌听后，就杀了他。

刘汉宏死后，朝廷任董昌为浙东观察使，钱镠为杭州刺史，不久后改任苏杭观察使。从此，钱镠开始了对杭州的治理。

话说董昌这时已被加封为陇西郡王，荣宠至极，便渐渐有了非分之想，预谋称帝。后来终于在一班小人的怂恿下，于乾宁二年（895）二月，身披黄袍，做了皇帝，自称大越罗平国，改元顺天。钱镠得知，叹息道："富贵已极，竟然自取灭亡!"写信劝诫，董昌哪里肯听。无奈，钱镠只好采用兵谏的方法，亲自领了三万人马，浩浩荡荡，直往越州城下而来。董昌原以为和钱镠私交很好，即便自己称了帝，钱镠也一定会辅助自己，不想他却兵临城下。钱镠在城下历数董昌的罪过，董昌大惧，于是表示悔改。一面派人犒劳钱镠兵士，一面将蛊惑小人交给钱镠处置。钱镠见他这样，以为他真的悔过了，于是，引兵回去。谁知，董昌见钱镠退兵，又被小人所迷惑，很快复辟称帝。钱镠大怒，发兵攻打董昌，董昌很快兵败，被围在越州城内，自思无脸再见钱镠，最后投水而死。

董昌死了，浙东无主。在钱镠的授意下，杭州官吏百姓上表朝廷，请求让钱镠统领浙东。朝廷听从了，于是浙东、浙西都归了钱镠掌管。不久，朝廷降诏封钱镠为吴越王，此时钱镠已经拥有一十四州江山，不觉有些飘飘然。有个和尚，叫作贯休，作了一首诗，要献给钱镠，诗中道：

贵逼身来不自由，几年辛苦踏山丘。

满堂花醉三千客，一剑霜寒十四州。

莱子衣裳宫锦窄，谢公篇咏绮霞羞。

他年名上凌云阁，岂羡当时万户侯。

钱镠见诗大喜，派手下对贯休和尚说："把'十四州'改成'四十州'，才能来觐见。"贯休对来人说："州也难添，诗也难改。贫僧不过是闲云野鹤，哪里去不得，何必要见他呢?"说罢，飘然而去。钱镠听说后非常惭愧，从此不再妄自尊大。表奏朝廷，不称帝，不改元，按时纳贡。数十年间，朝廷虽换了又换，吴越一带却一直相安无事。

钱镠打算在江头凤凰山建造宫殿。有个会看风水的先生说："如果在凤凰山上建造宫殿，王气外露，国运不过百年而已。如果把西湖填平，在上面建造宫殿，就会有千年的王气。"钱镠说："西湖是天下名胜，怎可填平?况且，常言道'每五百年一定有王者兴起'，哪有统治千年还不改朝换代的?能拥有百年的统治，我就已经心满意足了。"于是，最终定都凤凰山。

钱镠治理杭州期间，见杭州并没有城郭护卫百姓，就在农闲的时候，发动二十万民工，加上十三都的士兵，在杭州周围修筑城墙。各处都已筑成，唯独钱塘江边一处，城墙每每被潮水冲塌，难以筑起。汹涌的潮水不仅冲毁城墙，还把数千亩良田变成汪洋，每天都有百姓牲畜溺亡的报告。修筑城墙的官员把情况报告钱镠，并说："大王啊，这是'潮神'在发威，不如设坛祭祀一下吧。"钱镠听从了建议，在钱塘江畔举行了盛大的祭奠活动。先向天祷告，希望退去一两月的狂潮，以便修好城墙。接着又亲自祭祀了"潮神"伍子胥，希望能平息一下忠愤之气，暂且收了汹涌的江潮。不想，钱镠的诚心祭祀并没有被"潮神"接受，潮水依然汹涌。

钱镠不觉大怒道："我钱镠既是杭州一方之主，那这一方鬼神都应该听命于我，怎敢用潮水冲塌城墙!"于是选了一万精兵，在八月十八潮汛那天，每人手持弓箭，排列江岸。江潮来时，只见那潮头掀起，有数十丈之高，排山倒海一般。钱镠先命人冲着潮头连放三炮，接着一声锣响，士兵万箭齐发，箭箭都射在潮头之上。钱镠也亲自取箭射潮。说也奇怪，那潮头被射后，真的折转过去，渐渐退去。百姓见了，欢声如雷，都佩服钱镠的神威。自此之后，潮头奔来，每每折转，不再冲击江岸。于是，钱镠下令修好江堤，江堤修好，城墙也很快竣工了。朝廷听说了这件事，又加封钱镠为镇海节度使。直到今天，潮水一到六和塔边就很快没有了。在六和塔前面，江水弯弯曲曲地向前流去，像个"之"字形，因此当地人便叫这个地方为"之江"。传说钱镠射潮之地，有个铁箭巷，铁箭巷里曾有铁箭从地里钻出，长四五尺，大如杵子，牢不可拔。百姓们为了纪念钱镠这次射潮的功绩，就把江边的堤岸叫作"钱塘"。

唐明宗长兴三年（932），钱镠忽然病倒了，召见众臣说："我的病好不了了，我的孩子们都平庸懦弱，我死之后谁可以担任吴越王？"众臣哭着说："两镇令公元瓘，仁孝有功，谁不爱戴他呢。"钱镠于是取出印绶交给儿子元瓘，说："大家推举你，你一定要好好守护这里。"又叮嘱说："好好侍奉中原朝廷，不要因为朝廷易主，就废弃尊奉天子的礼节。"说完，就死了，享年八十一岁。其后，子孙相继为王，历时五代。

钱王祠

婆留井

钱王祠最早建于北宋，是为纪念吴越王钱镠功绩而建造的，后几经毁建，现仅存八字墙遗迹。2001年至2003年间，杭州市政府在钱王祠旧址——西湖南线柳浪闻莺公园重建了这座古祠。其中著名景点有五王殿、铜献殿、功臣堂、古戏台、婆留井、钱镠塑像等。

钱王射潮雕塑

钱王射潮雕塑位于杭州市钱塘江南岸的滨江公园。这尊巨型雕塑是由中国工艺美术大师韩美林设计的，雕塑全部采用性能优良的锡青铜铸造而成，总重量达300余吨。

丑才子罗隐『题破』

解题

　　喜欢唐诗的人，大概都知道这几句："我未成名君未嫁，可能俱是不如人。""今朝有酒今朝醉，明日愁来明日愁。""采得百花成蜜后，为谁辛苦为谁甜。""时来天地皆同力，运去英雄不自由。"但是，大多数人并不知道写出这些脍炙人口诗句的人，就是被誉为唐末最后一位大才子、大诗人罗隐。晚唐时期，社会动荡，政治混乱，百姓深受其苦，统治者纵情享受，毫不收敛。所以，罗隐在诗文中常常讽刺、鞭挞社会的不良现象，为广大劳动人民鸣冤叫屈，忧国忧民之心跃然纸上。罗隐一生仕途坎坷，五十多岁辅佐吴越王钱镠，成就卓著。罗隐事迹见于唐代沈崧的《罗给事墓志》、宋代钱俨的《吴越备史》、陶岳的《五代史补》、薛居正监修的《旧五代史》、元代辛文房的《唐才子传·罗隐》，清代吴任臣的《十国春秋·罗隐传》等史书、传记，其中零星记载了"郑畋小女嫌罗隐貌丑""十上不第""令狐绹喜获罗隐诗""相士、卖饭姬劝罢举"等故事。周清原《西湖二集》中的"文昌司怜才慢注禄籍"，湖上笠翁《西泠故事传奇》中的"罗才子改过晚荣身"等小说，把前人故事加以整合，并掺杂"降生有紫气冲天""换骨留牙（乞丐身帝王嘴）"等民间传说，将罗隐刻画成才子、狂人加谏臣的形象。

罗隐是杭州新城人，字昭谏，别号江东生，与吴越王钱镠同时降生。据说，二人降生之际，有两股紫气冲天，一股紫气降落临安，生出吴越王，一股紫气降落在新城，生出了罗隐。罗隐自幼聪慧，能文擅诗，博学多识，出口成章。虽然有才，却有个特点，就是恃才傲物，满腹牢骚。

罗隐幼年丧父，靠母亲织布度日，十分艰难。他常为自己的遭际愤愤不平，到处抱怨。时逢唐朝乱离，生计无着，罗隐只得向亲友借贷。人家见他来敲门，便知他又来借债，家家关门闭户。一回，连借了十几处，都没借到。罗隐回来告诉母亲，母子二人非常气愤。以前，罗隐曾遇一位相士对他说过："你这人天庭高耸，地阁丰满，有王侯之相，一定要保重！"罗隐因这些亲友见死不救，便恨恨说道："这些人实在可恨。如果我日后真做了王侯，定要报仇雪恨，让他们死得难看！"一连说了几天。一天晚上，罗隐在睡梦中，恍惚看见四个黄巾力士走到面前，对他说："奉紫府真人之命，传你过去一趟。"道完，便把他带走了。罗隐被推着来到一个地方，只见烟云缭绕，瑞气缤纷，天兵天将站立两旁，大殿中坐着一位神仙，正是紫府真人。紫府真人开口说道："罗隐啊罗隐，你本来有王侯之命，却因为别人不肯借贷给你，便生出报仇的恶念。像你这样残虐刻薄，假使日后真做了王侯，一定为害不浅。"紫府真人说完，命四个力士过来，吩咐道："将此人的王侯骨相全都换了！"力士领命，将罗隐扳倒在地，刀斧齐下，血肉淋漓。把罗隐的骨头一根根抽出来，再一一换过。罗隐疼得牙关紧咬，所以只有牙床骨未能换成。换完后，力士送罗隐回去。罗隐一梦醒来，急忙起来对着镜子看，只见自己相貌完全改变了：天庭扁、地阁削，口歪眼斜塌鼻子，真是丑陋不堪。母亲见了也大吃一惊，母子二人懊悔不已，大哭了一场。

一个月之后，罗隐又遇着那位相士。相士吃惊问道："你相貌怎么变成这样了？一定是心术不端，才招致天谴。"罗隐只得把遭遇的事说了一遍，道："一念之差，遭此大祸，怎么办才好？"相士道："举头三尺有神明！既然已经铸成大祸，就无法挽回了。但从今往后定要一心忏悔，改恶从善，或许还有补救的机会。"说完，再三叹息而去。这件事对罗隐影响很大，从此以后，他决心学做好人，周济穷人。因为牙床骨没有换去，虽做不成王侯，却仍伶牙俐齿，说话免不了要讽刺挖苦，或用歌谣，或用俚语，任意编排。说也奇怪，只要是他说出来的话，往往都能应验。因此，人人都忌惮他的那张嘴，称作"罗隐题破"。

二十岁时，他踌躇满志，进京参加进士考试。没想到，这一考就考了十几年，却始终无缘功名，人称"十上不第"。其实，罗隐并非才学不够，他每次考试都笔走龙蛇、信心满满。那些试题对他而言，毫无难度。他考不中进士，都是因为言语多讥讽，锋芒太毕露，惹得皇帝朝臣都十分反感。

有一年大旱，昭宗为解旱灾之忧，试卷出题如何防治雨旱灾害。罗隐看到这样的题目，不觉暗喜，于是他洋洋洒洒写了一大堆，不仅提出了他对防治雨旱灾害的看法，还尖锐地指出了唐昭宗求雨的做法无异于临时抱佛脚。他还说，雨旱灾害与天地一样共存，建议唐昭宗和大臣们勤于政事，体察民情，植树造林，从根本上防止雨旱灾害。昭宗本不是什么明君，这些话让他无比难堪，罗隐文笔再好也没用，最后还是落榜了。

有一次，朝廷大臣韦宣在船上指手画脚，颐指气使。罗隐实在看不下去了，就对着船夫大声说："朝中都是些什么官！我脚趾缝里夹着笔，都可以顶他们几个人！"韦宣听了，对罗隐恨之入骨。此后，韦宣在朝中反复提及此事，罗隐的狂妄之名传遍了朝廷。罗隐一次参加考试，不仅第一个交卷，文章还写得漂亮，连唐昭宗都想把罗隐录用在甲科里。就在这时，韦宣在背后使起坏来。他举出罗隐《华清宫》一诗中的两句"也知道德胜尧舜，争奈杨妃解笑何"，对皇帝说，这诗句在讥讽诽谤唐玄宗。昭宗便火冒三丈，大笔一挥，又把罗隐的名字勾掉了。

落榜的罗隐在京城里吃喝玩乐、逛街遛马，看到不顺眼的事就挖苦讽刺，嬉笑怒骂皆成文章，达官贵人虽恨他入骨，但对他的才气又不得不服。一次，宰相令狐绹向罗隐请教一个典故出处，罗隐告诉他之后，却说："这典故又不是出自什么偏僻的书籍，希望您多读点书，增加点学问。"又曾在醉酒后指着令狐绹大笑说"中书堂上坐将军"，讥讽他胸无点墨。令狐绹因此大怒，暗中吩咐主考官，不得让罗隐中进士。但是令狐绹又极爱罗隐才学，儿子考中进士，罗隐赠诗一首，令狐绹大喜，说："儿子进士及第，我没啥高兴的，我高兴的是他得到了罗江东的一首诗。"

宰相郑畋也很欣赏罗隐的才华，经常诵读他的诗文。他有个爱女，才貌俱佳，由于经常听罗隐的诗文，耳濡目染，因此也就对罗隐十分倾慕，渐渐地单相思起来。她找来罗隐的诗文仔细阅读，喜欢的还抄写下来，圈圈点点，朝夕吟诵。时间一久，郑小姐不仅酷爱罗隐的诗文，似乎也爱上了他的人。因为无由相见，最后相思成疾。郑畋知道了女儿的心思，就想干脆把罗隐招为乘龙快婿，又不知女儿会不会嫌他丑。于是，郑畋把罗隐带到了家里，设宴款待。在宰相大人与罗隐滔滔不绝谈论诗文的时候，郑小姐怀着激动的心情，躲在帘后，偷偷窥视自己倾慕已久的罗大才子。谁知不看不知道，一看吓一跳，罗隐原来长得这般丑陋啊！郑小姐的心瞬间就凉到底了，她急急忙忙退回闺房。从此以后，再也没有诵读过罗隐的诗文。

罗隐因相貌丑陋被郑小姐嫌弃的事情，不知怎么传了出去。人人都当成笑话来说，只有一个富家女，名叫珍珠，颇通文墨，特别喜爱读罗隐的诗文，也倾慕他的为人，所以，不论美丑，都决意要嫁给他。于是，珍珠父母出了许多妆奁，把女儿嫁给了他。罗隐不仅娶了情投意合的贤妻，还得了许多嫁妆，一时间家道富足起来。他常常拿出钱物去周济那些困窘之人，钱镠也是当时常被他帮助的人之一。

罗隐最后一次参加考试，依然落榜，他突然恨透了这无情的现实。多少纨绔子弟轻轻松松就上榜了，而自己再怎么样努力都名落孙山。他跑去喝闷酒，在酒馆巧遇上了十年前相识的一个妓女云英，她还在为客人表演舞蹈，依然舞姿曼妙。十年前，罗隐才华横溢，云英色艺俱佳，罗隐踌躇满志想要蟾宫折桂，云英信心满满想从良嫁人，得一个好去处。如今，二人都未如意。云英打趣说："罗秀才，你怎么还是老百姓啊？"罗隐也开玩笑说："云英啊，你怎么还没把自己嫁出去呢？"二人相视苦笑。临别，罗隐给云英赠诗一首：

钟陵醉别十余春，重见云英掌上身。

我未成名君未嫁，可能俱是不如人。

罗隐一度泡在酒馆里，醉生梦死。他想麻醉自己，忘掉一切烦恼。可是酒入愁肠愁更愁，于是他悲伤地吟道："得即高歌失即休，多愁多恨亦悠悠。今朝有酒今朝醉，明日愁来明日愁。"之后，他离开了长安，再也没有回来。这一年，他五十岁。

罗隐自改过从善以来，没做过一件违背良心的事。也许是好人有好报吧，据说文昌帝君托梦给他说："你多年来洗心革面，做了很多好事，我已奏闻上天，给你功名。但是这功名要慢慢来，不可操之过急。"罗隐一生坎坷，在落魄时，卖过字画，当过乞丐，还隐居过。因为丑，他受到过讥讽；因为狂，遭到过打压。然而天无绝人之路，五代乱世，钱镠因剿贼有功，被唐昭宗封为镇海军节度使。钱镠见罗隐才华出众，却未曾得中进士，又想报他周济之恩，于是派人带了金银书币，鼓乐喧天，到新城聘他为掌书记。罗隐告别亲友，来到杭州，钱镠倒履相迎，畅叙旧情，说："我们是老朋友了，您屈尊来做我的幕僚，非常感谢啊。"后来钱王封罗隐做了钱塘令。

钱镠拥有了吴越两地，势力虽然越来越大，但一直对唐王朝称臣纳贡，唐昭宗封钱镠为吴王，后又加封越王。钱镠上表称谢，奏表就是罗隐写的。当时，奏表送到朝廷，当众诵读，满朝人都说："如此好文章，一定是罗隐之笔，可惜为钱镠所用了。"

后来朱温篡位得了天下，钱镠仍然上表称臣。朱温很高兴，加封钱镠为吴越王，赐玉带名马。罗隐心中不快，劝谏道："朱温篡位，大逆不道，人人得而诛之，大王当兴兵讨伐。况且我吴越十四州，怎么能给一个乱臣贼子称臣呢？"钱镠听后，觉得罗隐是一位义士，十分敬佩。钱镠草莽英雄，性情难免暴躁。桐庐有个才子章鲁风，钱镠请他出来做官，他却拒绝了，钱镠一怒之下杀了他。又有一位关中才子吴仁璧，钱镠聘他来做官，后来却不知因为什么事，惹恼了钱镠，将他沉了江。大臣们都不敢说什么。一天在酒宴上，罗隐作诗说："一个祢衡容不得，思量黄祖谩英雄。"钱镠见此诗句，随即大悔，下令厚葬这二人。

钱镠曾下令西湖渔民每天缴纳几十斤鱼，叫作"使宅鱼"。渔民不堪重负，民怨较大。罗隐作诗说："吕望当年展庙谟，直钩钓国更谁如。若教生在西湖上，也是须供使宅鱼。"钱镠见诗大笑，于是免去了渔民的"使宅鱼"。

在战乱纷争的五代十国时期，吴越国却一直相对安定。罗隐辅佐钱镠二十二年，常常提出一些好的建议，钱镠几乎没有不听的。钱镠发怒时，无人阻谏，而罗隐却仅凭三言两语便能拨转，吴越十四州百姓多受其恩德。罗隐因为直言敢谏、良善忠厚，多受百姓拥戴，一直做到谏议大夫，母亲与妻子都受了诰命。晚年尊荣无比，活到七十七岁才去世。

罗隐纪念堂（图片来自中新网）　　　罗隐石刻像（图片来自搜狐网）

　　罗隐墓今不存。南宋时杭州地方志《咸淳临安志》中记载："吴越给事罗隐墓，在钱唐县定山乡居山里……俗号罗公墓。"后因长期无人问津而埋没无闻了。罗隐纪念堂，位于杭州市富阳区新登境内。内有一座两米多高的罗隐石雕像，雕像旁边有一块黑色大理石碑，上面雕刻罗隐诗句。

林和靖孤山归隐

解题

古代隐者，虽然都是归隐，但归隐的目的和心情，都不尽相同。巢父、许由的归隐是为了逃避天下，吴太伯隐居荆蛮是为了禅让国家，长沮、桀溺的归隐是洁身自好，竹林七子的归隐是为了避世。至于陶渊明的赏菊，张翰思念家乡的鲈鱼脍，都是因外物触动，引发了归隐之思。如果说有谁一无所感，只为了在幽闲清旷之地安适情志的，那就只有宋代的林和靖先生了。林和靖的事迹，见于《宋史·隐逸传》、沈括的《梦溪笔谈》、桑世昌的《林逋传》等，张岱的《西湖梦寻》、袁宏道的《孤山小记》也有零星记载。古吴墨浪子《西湖佳话》中的"孤山隐迹"和湖上笠翁《西泠故事传奇》中的"孤山处士爱梅花"等，记叙最为详细。经过文人的叙写，林和靖成为孤山的重要艺术符号或意象，

"隐迹孤山""梅妻鹤子"等佳话，带给人们的是对风雅诗意生活的憧憬，也引发了后世文人雅士的祭拜、凭吊。因为林和靖，孤山已然成了雅文化的记忆磁场。

　　林和靖先生，名逋，字君复，和靖是他的谥号。林逋是钱塘人，小的时候，父母双亡，他发奋读书，经史百家无所不通。长大后，性情孤高恬淡，不慕名利，尤喜漫游。宋真宗景德年间，林逋家居无聊，于是放游江淮之间。游历时间久了，便思念起西湖的湖光山色，于是便回到了杭州。

　　在杭州，林逋整日高卧家中，虽缺吃少用，也不甚在意。有人劝他娶妻，也有人劝他做官，他都不作回应。他心想："人生贵在适志。成家、成名都不能让我适志，只有青山绿水与我情投意合。"自此，林逋不娶不仕的志向坚如磐石。

　　又过了许久，林逋觉得城中的生活无聊，于是决定在西湖找一处归隐之地。他四处寻访，觉得六桥有些喧闹，两峰又有点偏僻，天竺山到处是和尚，石屋山上全是道士。逐个看来，只有孤山，环山叠翠，如同花屏一般。站在山上，西湖的千顷碧波尽收眼底。林逋又仔细考察了孤山的山水路桥，觉得都非常满意，于是结庐为舍，编竹为篱，隐居于此。

　　自从住在了孤山，林逋每日不是栽花，就是种树。不到三四年光景，孤山竟比以前更加秀丽。经过的游人，无不钦羡他居所雅致。知道他的人，无不仰慕他隐逸高风。只是林逋并不知晓，只知道料理园林，题诗自适。

　　在林逋的园子里，虽也种些艳桃秾李、春兰秋菊、月桂风荷，但他最钟情的还是梅花。屋前屋后，山前水旁，到处是梅。林逋爱的就是梅花的缟素襟怀、冷香滋味。林逋种梅，日积月累，不知不觉恰好种了三百六十株。看着这些梅树，林逋就心情愉悦。但梅花也不能当饭吃，积蓄花完了，日子还要过下去。过日子就得有过日子的柴米油盐。林逋想来想去，决定卖梅为生，以售梅之利，供每日的柴米用度。他准备好一个大瓶子，把每一株梅树上卖得的若干铜钱，包成一个小包，投入瓶中，每日只取出一包。包中若有一钱，当日便花一钱，有二钱便花二钱，有五分便花五分。就是按照梅价的多少，作为日用的支出，虽然俭朴，倒也可以勉强度日。

梅树开花的日子，林逋常常足不出户，在梅树间诗酒盘旋，与梅树亲如伴侣。林逋一生所作梅诗最多也最为著名，如"疏影横斜水清浅，暗香浮动月黄昏"；再如"小园烟景正凄迷，阵阵寒香压麝脐。湖水倒窥疏影动，屋檐斜入一枝低"；又如"雪后园林才半树，水边篱落忽横枝。人怜红艳多应俗，天与清香似有私"等。这些诗句把梅花的色、香、形、神摹写殆尽。他的梅诗传播出去，慕名前来赏梅的人便络绎不绝。林逋虽不拒绝，但在柴门上写下四句话："休教折损，尽许人看。不迎不送，恕我痴顽。"

林逋经常驾着小船遍游西湖，有时整日不归。高僧诗友来访，连守门童子也不知他到了何处，往往错过。林逋后来灵机一动，买了两只仙鹤，放在园中驯养。时间长了，鹤便通了人性。主人朝行暮归，它们一定引颈长鸣。放飞出去，顷刻即返。林逋大喜，说："这就是我的孩子啊！"此后，每当林逋出游在外，客来造访，童子就放飞仙鹤。林逋见鹤，便立刻调转船头，回去相见。

林逋与当世文人名士都有往来，如范仲淹、梅尧臣、陈尧佐等，他们都有诗盛赞林逋。高官也常常慕名而来。杭州郡守薛映敬重林逋的为人，也欣赏他的诗作，经常来到孤山，与他雅谈唱和。林逋不卑不亢。郡守来，就欣然交谈。郡守不来，也从不进城拜谒。

侍郎李及任杭州知州时，为人清简，讨厌时俗轻浮。曾下令禁止士女游湖嬉戏，自己也从不踏足西湖。一天，天寒微雪，李及忽然急着要到西湖去。随从都以为他想游赏西湖，不料他只去了孤山，专访林处士，一直清谈到天黑才回去。

　　丞相王随出任杭州知府，听说林逋大名，前往造访。相见后，王随开始不以为然，后来交谈不久，便发现林逋谈吐不凡，满腹才华，感叹道："林君高名，的确是真才实学。"见林逋园林虽美，屋室简陋，便拿出自己的俸禄，为他修葺房子，新建了巢居阁、放鹤亭、小罗浮等处。从此，林逋名气越来越大，竟传到了帝京。宋真宗听说后，非常倾慕，命令杭州府县经常给林逋发放些粮食、布帛，不使贫乏。林逋虽感念圣恩，却始终不肯攀附奉承。曾题诗石壁表达志向，说：

　　　　山水未深猿鸟少，此生犹拟别移居。
　　　　直过天竺溪流上，独树为桥小结庐。

　　林逋隐居孤山以来，常常游赏西湖，访山问水。登初阳、听晚钟，柳堤走马，花港观鱼。缓步六桥，赏荷闻桂，调鹤种梅，没有一天不恬然自适的。他隐迹孤山，不入城市，长达二十余年。林逋之隐，是心甘情愿，绝非假意造作。他的诗词，字字以隐逸为安，以隐逸为乐。到年老的时候，他担心侄子、侄孙们不能按照自己的心意将自己安葬，就在孤山庐舍旁自造了一座坟墓。临终时题诗一首以表明自己的清高自守：

　　　　湖上青山对结庐，坟头秋色亦萧疏。
　　　　茂陵他日求遗稿，犹喜曾无封禅书。

　　题毕，他踱出庭院，抚摸着鹤，说："我要走了，从此南山、北山任你们翱翔。"又对满园梅树说："二十年来，享受着你们的供养，已足够了，现在荣枯自便吧。"不久，林逋便无疾而终，享年六十二岁。宋仁宗听说后，赐谥号"和靖处士"，后人思慕他的隐逸高风，以其庐为祠堂，

第一章　西湖印象·墓址祠堂篇

后来又将牌位迁至"三贤祠"内，合为"四贤祠"。

　　林逋诗词俱佳，但他随写随弃。有人劝他收集存录，传之后世，他笑答道："我隐迹山林，就是不想让人知道，现在又用诗词博取名声，岂不是自相矛盾？"有心人偷偷记下他的诗词作品，共得到三百余首，传于后世。

林逋墓

放鹤亭

　　林逋墓，在西湖孤山脚下。林逋一生清贫，据张岱《西湖梦寻》所记，南宋后，有盗贼掘墓，发现墓中陪葬只有一块端砚和一支玉簪。林逋墓旁有放鹤亭，是一座16柱方形重檐歇山卷棚顶大亭，初建于元代，是元人陈子安为纪念林逋所建。今之放鹤亭是1915年重建的。亭内石壁有南北朝鲍照《舞鹤赋》行书刻石一块，是康熙帝南巡至此，临摹明代书法家董其昌的手迹所书。放鹤亭一带是西湖孤山赏梅胜地，被誉为"梅林归鹤"，是清代"西湖十八景"之一。

岳飞忠魂葬栖霞

　　西湖这样一个山光水色、游赏玩乐之地，却承载着忠勇大英雄岳飞的不朽印象。岳飞抗金军、收失地战功赫赫，却因"莫须有"的罪名冤死在杭州大理寺狱中，最后葬在了西湖北山的栖霞岭下。后人建岳王庙祭祀他，西湖也因此蒙上了精忠报国的忠勇之风和英雄失意的悲慨之情。岳飞事迹最早见于《宋史》和南宋岳珂的《鄂国金佗稡编》等。宋元时一些野史、笔记，在讲述岳飞的事迹中夹杂了民间神异传说，使得岳飞故事出现民间化倾向。其后，《东窗事发》《精忠记》等戏曲作品，以及明代熊大木的《武穆精忠传》，清代钱彩的《说岳全传》、古吴墨浪子的《西湖佳话》等小说作品，不仅丰富了岳飞故事，增加了文学性，更推动了岳飞故事的广泛传播。加之历代政府和民间对岳王庙、祠、坟的扩建修复，以及对岳飞的祭祀、宣讲、纪念活动，岳飞故事由此逐渐成了忠勇文化的集体认同和记忆。岳飞形象从最初并不完美的一介武将，被逐渐美化，到明代时虚构与理想化较明显，直到清代岳飞形象神话化，成为忠孝两全、文武双全、秉中持正的完美型人物，岳飞由此也成为中国百姓心目中忠君报国的偶像。

岳飞，表字鹏举，相州（河南）汤阴人。传说母亲生他时，梦见一个穿着金甲红袍的将军，走进门来，大声说道："我就是张飞——张翼德，如今暂时住到你家了。"不久，母亲分娩，生了个哭声洪亮的男孩，父亲因此就取名为飞。岳飞出生不久，赶上黄河水泛滥，父亲不在家，母亲姚氏惊慌之下，抱着岳飞坐在一个大瓮中，随着滚滚河水一路漂流。等救上岸时，母子竟平安无事，大家都很惊讶。岳飞臂力惊人，还没成年，就能拉开三百斤的弓，喜欢读《左氏春秋》和《孙子兵法》，天生就是习武的好材料。他少年师从周侗，学习武艺、射箭和书法，几年后，练就一身好本事。

岳飞长大后，得知二帝被掳、朝廷懦弱、国土被占，不胜激愤，立志收复失地。那时恰逢金兵又来犯边，朝廷招募勇士，岳飞应召参军。初到军中，因犯过失，险些被斩。幸亏统帅宗泽见他威风凛凛，相貌堂堂，解救下来。宗泽命岳飞带五百士兵，戴罪立功。岳飞将金兀术的先锋部队杀得片甲不存，得胜而回。宗泽大喜，升他做了统制官。建炎元年，岳飞上书劝谏高宗北伐，高宗怪他"越职言事"，遂罢去官职。岳飞无奈离开宗泽，投奔河北招抚使张所。

张所知道岳飞是个英雄，就任命他做中军统领。金兵来犯，张所命都统王彦率领岳飞等十一个将官，共七千人，渡河杀敌。王彦见金兵势众，不敢前进。岳飞亲自带领部下的八百精兵，奋勇杀入金营，杀得金兵七零八落。第二天，岳飞又领部下，战于侯兆川。打仗时，岳飞奋不顾身，虽已中箭，血染衣甲，仍坚持不退。众兵见主将如此，也无一退却。这一战，又大获全胜。王彦见岳飞两战皆胜，心怀嫉妒，处处刁难岳飞。岳飞无奈，只得引兵向北。与金兵在太行山下交战，活捉金兀术骁将拓跋耶乌，又斩杀了黑风大王，把金兵杀得抱头鼠窜。岳飞五战五胜，大振军心。

岳飞知道王彦心胸狭隘，率领部下重归宗泽。宗泽也主张恢复中原，任岳飞为统制。可惜不久宗泽便去世了，高宗派杜充代替宗泽，岳飞仍是统制官。其实，杜充根本不想收复失地，只想着驻守建康，按兵不动。岳飞苦苦劝谏，杜充不听。后来金兵大举进军，杜充全然不抵抗，投降了金兀术，建康失守。高宗慌乱之下逃到明州（宁波府）。岳飞见事危急，只得率领三千岳家军，迎战金军。岳家军有四员大将——牛皋、王贵、张宪、岳云，四人都是万夫不敌的勇士。岳飞排兵布阵，令四人领兵，成功袭击了金兵大军。第二日，金兀术整兵又战。岳飞从侧面横冲过来，把敌方军阵截成两段，首尾难顾。这时岳飞趁机带兵冲入阵中，横冲直撞，指东杀西，如同游龙猛虎一般，杀得金兵落荒而逃。金兀术大败。

岳飞收兵犒赏了众军，又吩咐牛皋、王贵乘夜劫营，二将领命而去。金兀术为防宋军劫营，也埋伏两支人马在军营左右。牛皋、王贵二将刚到，金军左右伏兵齐出，两军一番恶斗。这时岳云、张宪两兵又到，大家一起厮杀混战，直至天明。这一战活捉了金将王权，还有大小将领四十多人。金兵又大败。

岳飞劝降了王权和四十名首领，降兵共五百多人。岳飞让岳家军一半士兵穿了金兵衣甲，拿了金兀术旗号，混杂在降兵之中，假称放归之人。到了金营，金兵开营放进，一进营门，宋兵一齐厮杀。岳飞随后领兵过来又一通冲杀，直杀得烟尘滚滚，尸横遍野。

金兵连败了六次，不敢再犯杭州，打算返回建康。岳飞听说后，便先派轻骑兵三千，分兵埋伏在牛首山左右。金兵刚到，一声炮响，冲出一支岳家军来。金兵刚要接战，忽地又一声炮响，又一支岳家军冲了出来，金兵忙分兵迎战。这时，忽又听到第三声炮响，不知哪里又杀出一支岳家军。金兵三面受敌，狼狈应战。好不容易冲出重围，背后却有无数支箭，雨点般射来，金兵死伤不计其数。这一仗，虽然大获全胜。岳飞并不放松，又命一百死士，穿着黑衣，偷偷杀进金营。又令人在金营旁边，吹响鼓角。黑灯瞎火中，金兵完全不知有多少宋兵杀进来了，自相攻击，死者无数。喊杀了大半夜，这一百人呼哨一声，又聚拢到一处，乱杀而出。天暗月黑，金兵也不敢追出来。挨到天明，一看尸横遍野，都是混乱中自相残杀的。剩下的金兵，一听到"岳家军"三字，便心惊肉跳，再也无心应战。金兀术一筹莫展，决定放弃建康。岳飞探知金军要渡江离开，又埋伏下两路人马，杀得金兵抱头鼠窜，四散奔跑。岳家军于是收复建康，捷报高宗。高宗大喜，遂升岳飞为江淮副招讨使，张濬为江淮正招讨使。

张濬见岳飞用兵如神，下令驻扎襄阳，打算收复中原。岳飞也上书朝廷，奏明收复大计。高宗见书大喜，召来岳飞说："中兴之事，全都拜托你了。"岳飞信以为真，欲图大业。不料，丞相秦桧力主和议，高宗耳根又软，听信了秦桧，便来阻止岳飞。岳飞非常愤懑，借母亲去世奔丧，请求解除兵权。高宗恐惧，再三劝慰，岳飞只得复职。不久，岳飞上书出兵，高宗不理。过了不久又上奏，请求进击，高宗又不许。岳飞一次巧妙用计，让金兀术废了刘豫，满心欢喜。乘机又表奏高宗，谏议长驱中原，以图恢复，结果高宗又不应。那时朝廷上下一心只想和议，岳飞奏章早被抛之于脑后。

谁知和议才一年，金人旧性复发，又大举入侵。岳飞命岳云率领敢死队用砍马腿的方法，破了金兀术的一万五千拐子马，这就是郾城大捷。所谓拐子马，就是金军的轻、中型主力骑兵。作战时，常在步兵左、右翼，对对方部队作迂回包抄突击，机动性和杀伤性很强。拐子马被破，兀术大哭，发誓报仇。不久，金兀术又带着剩下的拐子马军队，杀到郾城。他让马上将士手持长枪往下刺，防止岳家军砍马腿。但岳飞这回却命岳云领三千背嵬军去迎战。这背嵬军是什么？原来是岳元帅训练的三千勇士。他们身披两重铁甲，左手执藤牌，右手执利刃，每天在壕沟、水涧处跳上跳下。士兵开始穿两层铁甲训练，等跳到五、七尺高时，就脱去铁甲，换成牛皮甲。这时士兵身子轻便异常，往上一跃，能跳一两丈高，砍人头易如反掌，往下一跃又可砍马腿。岳云领了背嵬军去迎战敌军拐子马。只见这三千背嵬军身轻力健，如同猿猴一般。见敌人拿枪护着马脚，便先跃上来，乱砍人头。等敌人提起枪来顾着上头，他们又跳下来乱砍马脚。马脚一倒，敌人成片成片地跌落下来，被岳家军砍瓜切菜似的杀死了。金兀术率领残兵落荒而逃。这是郾城第二捷。

金兀术不甘心失败，集结骑兵再攻颍昌。岳云率八百背嵬军骑兵先行决战，再次大破金兀术的精骑军，直杀得"人为血人、马为血马"。岳飞大部队随后跟进，杀了金兀术女婿夏金吾、副统军粘罕索字董，金兀术逃去。在朱仙镇，岳飞以五百背嵬兵大破十余万金军。金人闻风丧胆，发出"撼山易，撼岳家军难"的感慨。

此时，各地豪杰都与岳元帅相约会师，北上讨伐。岳飞大喜，对众将官说道："直抵黄龙府，与诸君痛饮耳。"谁知秦桧竟说动高宗，让岳飞班师回朝。岳飞听说，上疏请命。高宗听信秦桧，一天之内，发出了十二道金牌，诏岳飞班师回朝。岳飞见金牌连诏，知是秦桧从中作梗，悲愤泣道："十年心力，废于一旦！奈何？奈何？"当天便班师回朝。岳飞班师后，金人将恢复的城池全部夺去。后来，金兀术写信给秦桧："不杀岳飞，和议不能长久。"秦桧于是罗织"莫须有"罪名，将岳家父子杀害在风波亭，后葬于栖霞岭下。

岳王庙

　　岳王庙，是纪念著名将领岳飞的场所。岳飞遇害后，狱卒隗顺冒着生命危险，背着岳飞遗体，越过城墙，草草地葬于九曲丛祠旁。后宋孝宗下令给岳飞昭雪，将岳飞尸骨用隆重的仪式迁葬于栖霞岭下，即岳坟所在之地。岳庙始建于南宋嘉定年间，初称"褒忠衍福禅寺"，明天顺间改为忠烈庙。又因岳飞被追封鄂王而称岳王庙。今存墓、庙为清代重建格局，分为墓园、忠烈祠、启忠祠三部分。1918年曾大修。1961年岳飞墓被列为国家级的重点文物保护单位。"文革"期间，杭州岳王庙和岳飞墓遭到破坏。1979年，中央拨专款修复了这一爱国主义教育基地。

于谦正气雄西湖

解题

　　人之正气，如果积聚不散，与山水融合在一起，难免对山水产生影响。所以，西湖灵秀之气中，有正气主宰，才被天下所仰慕。要说这西湖上的正气来自谁？这人姓于，名谦，是杭州钱塘县人，与岳飞、张煌言并称"西湖三杰"。为啥说西湖山水受到他的正气影响呢？于谦一生为官清廉，辅助朝纲，为民请命，正义凛然。他的种种事迹，成了西湖景观的重要内涵。他的正气，自然也令西湖的山山水水具有了雄壮之气。于谦事迹见于清代张廷玉等编的《明史·于谦传》、于继先的《先忠肃公年谱》等。《西湖游览志余》《万历钱塘县志》等方志中亦有零星记载。明代孙高亮的《于少保萃忠全传》、清代古吴墨浪子的《西湖佳话·三台梦迹》、湖上笠翁《西泠故事传奇·于忠肃万古垂名》等在

中国文人的西湖印象 ［西湖小说］故事

史料的基础上进行了演绎，其中夹杂了许多民间传闻，如"梦文天祥降生""于祠祈梦""西湖水干"等带有一定的神异色彩。

于谦，字廷益，号节庵。于谦出生前，他的父亲于仁做了一个奇怪的梦。梦中有个衣着华丽的男子，告诉他："我是文天祥，生前为大宋奔走，却不能救大宋于水火，实在遗憾。大明再过几十年，有亡国之忧。我不忍心大明再遭劫难，因此打算重新投胎，来做你们于家的子嗣，以待他日拯救大明于水火。"于仁听后大惊，赶快躬身说："不敢当，不敢当。"男子转眼不见。于仁从梦中惊醒后，听见了儿子降世的啼哭之声，于是给儿子起名叫"谦"，就是为了表达对梦中文天祥的敬意。

于谦小的时候聪明异常，很会对对子。清明节这天，父亲全族同往祖坟祭扫。路过凤凰台，叔叔问他道："我有一对，你可对得出么？今朝同上凤凰台。"于谦听了，不假思索，应声对道："他年独占麒麟阁。"全族人听了，惊讶地说："此吾家之千里驹也。"

又一日，于谦眼睛上火，母亲给他梳了两个髻，吩咐他出门散散火气。他刚出门就碰到一个和尚，那和尚一见于谦，就取笑道："牛头且喜生龙角。"于谦怪他言语放肆，便答道："狗口何曾出象牙。"说罢便转身回家。到了第二天，母亲又给他头上的两髻挽成三丫，依旧叫他到门前去散散火气。他走出门外，又看见那和尚。那和尚一见于谦，就笑嘻嘻道："昨日是两髻，今日忽三丫，三丫成鼓架。"于谦听了，答道："一秃似擂槌。"众人听见，一齐大笑起来。

又一次，正月元旦，他穿着红衣，骑着一匹马，到亲眷家去。巡按看见戏道："红孩儿骑马过桥。"谁知巡按口里才念完，于谦早已对好："赤帝子斩蛇当道。"

于谦二十三岁考中进士，拜御史，从此踏入仕途。汉王朱高煦起兵谋叛，于谦随明宣宗征讨。朱高煦战败投降，宣宗令于谦数落他的罪行。于谦声如洪钟、义正词严、声色俱厉,朱高煦在这位御史的凌厉攻势下,被骂得抬不起头,趴在地上不停地发抖,口中连称死罪。

河南、山西受灾,百姓忍饥挨饿。宣宗亲自点名让于谦出任两地巡抚。于谦单骑到任,立刻四处探访,体察民情,日夜不休。在灾区开仓赈济,安抚百姓。任职期间,百姓安居乐业。后任满还朝,有人问他:"于公没有金银财宝,难道也不搞点土特产馈赠下大家?"于谦把两袖举起来,笑着说:"我只有两袖清风而已。"

宣宗驾崩,英宗继位。英宗继位时年仅九岁,宠幸太监王振。于谦屡屡上疏请求皇帝远离王振。王振心怀愤恨,暗中指使人陷害他,把他关进监狱长达三个月。百姓联名上书,要求释放于谦,王振无奈只好放了他。

瓦剌首领也先率兵进攻明朝,英宗受王振怂恿决定御驾亲征。于谦率众官极力劝谏,但英宗执意出征。不想明军精锐部队在土木堡遭遇失败,五十余万士兵成了沙场之鬼,英宗被俘。消息传到京师,满城震恐,百官无措,大家聚在朝廷唯有大哭。孙太后惶惶不知所为,召于谦前来商议。于谦请太后降旨,立郕王为新君,并铲除了王振余党。

忽然一天,探子传来消息说,也先挟持太上皇,从北杀来,掳掠百姓,将近京师,人心惶惶。有大臣进言说,京师不可守,必须南迁。于谦厉声奏道:"京师是天下的根本。京师在,百姓社稷在。如果迁都,国家就危险了。从前宋高宗南渡之事,当引以为戒。一步不得离开此地!"郕王认为于谦说得对,于是决定誓死守城,大家这才渐渐安心。

不久,也先果然带兵打到了京城外。这时石亨打算关闭城门避开敌人锋芒。于谦说:"绝对不可以。如果紧关城门,是向敌人示弱,敌人会更加轻视。"于是于谦亲自率兵出德胜门,背靠京城扎起九座大营,分布九门,共二十二万人马。也先大军蜂拥而来后,便派使臣以英宗为要挟,索要巨额钱币。于谦断然拒绝,对使臣说:"宗庙社稷有灵,我国现在已经有皇帝了。"也先见要挟不成,便要硬攻。于谦使出了秘密武器——联珠子母炮，此炮弹打出，震得山摇地动。于谦命人又拿出佛郎机、铜将军、铳炮等武器，打死打伤的敌人不计其数。于谦令石亨领着敢死队，奋勇杀敌。从城西杀到城南，敌军大败溃逃，石亨一直追杀了三天三夜，直追到清风店才停下。

过了段时间，也先又领兵而来，探子报到城中，于谦担心边境，亲自巡查。来到大同，对守将郭登说："也先兵多，不可力敌，目前用火攻最好。大同地势高又干燥，如果用地雷、火铳，必定破敌。"巡到宣府，对守将杨洪说："将军多年戍守边疆，为何当年土木堡之战袖手旁观，本当追究，现在大敌当前就戴罪立功吧，今后当要尽心报国！"杨洪连声答应。

又巡到独石，于谦对守帅朱谦说："我看独石城防比较空虚，城墙多有坍塌，这里是边疆重地，如果不及时修筑，后患无穷。"把各种修缮事项一一布置清楚了，于谦才离开。也先率领勇悍之军，一齐杀来。到了大同，郭登已经准备好了，号炮一响，士兵用火箭火炬，远远射去，射着乱草枯苇，引燃地雷火铳，一时天崩地裂、烟火冲天，把敌人炸得人仰马翻。没炸死的，逃跑时又陷入郭登的飞天网和搅地龙内，死者又不计其数。也先经过此败，再不敢轻易攻城。

也先见中国大有人才，便打算归还英宗皇帝，与明朝修好。也先治酒为英宗饯行，到了九月初八，英宗起驾，也先派伯颜率兵护送。十一日至野狐岭，十四日到怀来，抵达居庸关。十五日，英宗到唐家岭，先派使者到京城，诏谕退位，免去群臣的迎接。十六日，百官在安定门迎接，英宗从东安门进入，景泰帝亲迎，互相拜见完毕，相抱而哭。

景泰帝见皇位已定，于是立皇子见济为皇太子，改封英宗之子为沂王，满朝文武，谁敢反对？不料皇太子五月被立，十二月便得病死了。景泰帝大哭，御史钟同、礼部章伦上疏，请求再立沂王为皇太子。景泰帝大怒，立刻将二人下狱治罪。一天，于谦面见景泰帝，奏道："太子不幸一病而薨，这恐怕也是天意。钟同、章伦二臣所奏，也有道理，望陛下原谅他们吧。"景泰帝生气地道："你也说这样的话？"随即离去。宦官兴安听见于谦的这番话，叹息道："这样的话足见于尚书忠心，是为国家巩固根本。"

于谦自知权力太大，容易招人嫉恨，多次向皇帝请求回西湖边养老。景泰帝不答应。不久于谦生病，景泰帝派太监兴安、舒良去探望病情。到了于谦家中，二人见于谦生活俭朴，不胜叹息。奏告景泰帝，景泰帝也为之叹息。常常命人拿些日用、酱醋小菜、果品之类送给他。于谦患痰疾，御医在京城找不到竹沥，景泰帝亲自驾幸万岁山，伐竹烧沥，赐给于谦。众官见皇帝太宠于谦，渐渐背后说起于谦坏话来。太监兴安大怒道："你们都毁谤于谦。现在朝廷正要用人，如果有不要钱、不贪名、不顾家、日夜为国分忧出力的人，为什么不保举一个来，替换了于谦？"众官听了，都无言而退。

景泰七年，杭州西湖之水忽然彻底干枯。浙江巡抚孙原贞，见到这种怪象，叹息说："这难道是大人物逝去的征兆吗？"到了十二月二十八日，景泰帝忽染重病。次年正月，景泰帝渐渐病重。于谦与众官再请皇帝立沂王为东宫，皇帝还是不答应。于谦又面奏泣请。这时，徐有贞见景泰帝病重不起，便与石亨密谋，乘机迎请英宗复位，并将王文、于谦、范广等人逮捕下狱。英宗复位月余，景泰帝驾崩。徐有贞又唆使王镇上疏，弹劾王文、于谦意图谋反。王文不停辩白，于谦说："辩白有什么用？石亨不过是像秦桧一样在罗织罪名。辩也是死，不辩也是死。忠臣难道会怕死吗？"石亨等人定了罪，就将王文、于谦、范广、王诚等人押到西市处决。临刑时，王文还在口称冤枉，于谦笑道："不必再辩，日后自有公论。"随即，引颈受刑，时年六十一岁。死后葬于西湖的三台山。不久，于谦儿子于冕为父亲申冤，宪宗复其官爵，弘治时孝宗又在其墓旁建立祠堂，名曰旌功，命管理的人春秋祭祀。

于谦墓

于忠肃公祠

  于谦墓，在杭州西湖三台山上。明成化年间，于谦冤案平反昭雪。弘治年间，明孝宗为表彰他为国效忠的功绩，在墓旁建旌功祠，设春秋二祭，形成祠墓合一格局。"文革"中，于谦墓被毁。1982年重修，将原七座坟茔改为一座，墓高2米，青砖环砌，重刻墓碑，上书"大明少保兼兵部尚书赠太傅谥忠肃于公墓"字样，墓前设祭桌、香炉。墓道两侧配置仿明式石翁仲、石兽及牌坊等，现为西湖重要的人文景观。

冯小青梅屿遗恨

　　西湖是个游赏行乐之地，花索笑，鸟寻欢，春去秋来，都为了愉悦性情。有谁想到，这赏心悦目之地，偏有伤心失意之人。西湖边上有两座美人墓：一座是南齐名妓苏小小的孤茔，位于西泠桥畔；另一座则是明初才女冯小青之墓，寂寞地留在孤山脚下的梅树丛中。游人到此，往往感叹佳人薄命，不胜唏嘘。明代戈戈居士的《小青传》最早介绍冯小青的生平事迹。之后文人以各种方式演绎冯小青其人其事。明清后，掀起了"冯小青热"，《情史》《西湖梦寻》《醋葫芦》《女才子书》《西湖佳话》《西泠故事传奇》等作品中都有关于小青的故事。冯小青在文人笔下，由一个身世简单的普通女子，成为"才"与"情"的化身，寄托了文人的感伤情怀。

冯小青，广陵（今扬州）人。冯小青自小生得秀丽端雅，聪颖伶俐，深得家人的喜爱。冯小青十岁那年，城中来了一个化缘的老尼。这老尼偶遇冯小青，大为惊讶，对其家人说："这小姐颖慧无比，只是福浅命薄。如果肯舍给我老尼做弟子，大概还有三十年的寿命。"家人认为老尼故弄玄虚，讥笑道："如果仅得三十年好活，即便是佛爷也不做，何况是尼姑呢。"老尼听后摇了摇头，口诵一声"阿弥陀佛"，便转身离开。临走之时，又转身对冯小青母亲郑重说道："此女早慧命薄，最好出家。倘若不忍割舍，千万记得，一定不要让她读书识字！"冯母嘲笑道："难道世间读书识字的都是短命鬼吗？"老尼见话不投机，不再多言，飘然而去。

老尼走后，冯母一如既往地调教女儿。冯母是个能诗善文的女私塾，一心想让女儿崭露头角。加之小青本来颖慧，几年下来，竟出落得工诗词、解音律，交酬应答，无所不能。谁料天有不测风云，人有旦夕祸福。冯小青十六岁那年，母亲竟然做主将她嫁给了西湖一位姓冯的富家公子为妾。这冯生家中妻子是个有名的河东狮，性情十分酷妒。冯妻原本不许冯生纳妾，平时防范冯生如同防贼一般。因无子嗣，冯生再三哀告，冯妻过了许久才答应。虽然答应了，却又不许他就近讨娶，只命他到扬州去娶，往返限时半个月。如若过时不返，则不许再进家门。冯妻这样做，无非是想让冯生在匆忙中无法选到女人，即便选到了，也未必是佳丽。谁知，冯生一到扬州，便听说了冯小青的大名。找了个机会偷偷去看她，一见之下便心驰神往。于是，即刻下重金聘娶小青。小青家境一般，母亲调教她的目的，就是想通过她的才艺，寻一门好亲。今见冯生如此豪掷千金，就欣欣然将小青嫁给冯生做了妾。小青听说，如同晴天霹雳。她慢慢走到母亲面前，潸然泪下，说："看来我的确命薄！一个素昧平生的人，竟然以区区聘金，就让您同意把我嫁到了千里之外，从此母女分离，万难相见！"

冯生害怕误了半月期限，遂携了小青立刻扬帆而归。到了家中，冯生自以为娶小青是夫人同意的，又不是私娶，就和小青双双去拜见冯妻。那冯妻本以为冯生娶不到什么像样的姬妾，等见了小青，虽然小青低眉下气，不敢显山露水，可与生俱来的那种风流美好姿态，是愈隐愈显。冯妻一见，心中的妒火便腾然而起。小青这时也无可奈何，只得曲意奉承。不想冯妻见她态度谦卑，越加恣意妄为。小青从扬州带来的脂粉钗环，全部被她没收；带来的书卷，全部焚毁。冯妻还时刻要小青跟在身边加以管束，不许丈夫与她接近，连话也不能说。牛郎织女还能一年一会，这冯生与小青却是相会无期了。

冯生百般无奈，只得去请姑姑杨夫人前来劝解妻子。冯生对杨夫人说："我老婆开始同意我纳妾，谁知等小青一进家门，便大闹不止。对小青非打即骂，让人难堪。明天是元宵佳节，请姑姑到我家，借观灯之际，帮我好好劝说一下吧。"杨夫人答应了。到了正月十五那天，杨夫人果然和小六娘一同来冯府观灯。冯妻迎进来，寒暄几句之后，便对着二人把丈夫娶妾，小青作妖，一五一十，说个不休。杨夫人说："你把这个小青唤出来，让我也看看是怎个妖媚的女子。"冯妻便命小青出来见礼。杨夫人定睛一看，心中暗叹："好个女子！眉清目秀，温文尔雅！这哪是我那侄儿配得上的。既然屈就于此，还需想个法子好好安置。"忽听外面锣鼓笙歌，有人进来禀报说："闹花灯的过来了，请夫人、小姐们上楼观看。"冯妻让小青陪同上楼。小六娘对小青说："青娘，扬州的灯怕是你看了很多了，今天就看看杭州的灯儿换换眼睛吧。"小青幽幽说道："灯虽好，只恨我不是那赏灯人。"杨夫人悄声说道："你不要忧虑，我自有安顿你的地方。"看完灯，杨夫人等人辞别而去。

第二天，杨夫人派人邀请冯妻去天竺山进香。冯妻恐怕留小青在家给了丈夫相会的机会，便叫小青也同往。拜过观音大士，冯妻问："西方无量佛很多，世人多愿参拜观音大士，却是为何？"小青低头答道："此事不难。不过是盼望大士慈悲罢了。"冯妻听出小青在讥讽自己，冷笑道："我现在就对你慈悲，怎么样？"杨夫人接口道："你既有此心，你家在孤山梅屿的别墅，为何不把青娘送去那里，也省得在你面前惹气生。"冯妻道："夫人指教的是，且看她的缘分吧。"回到家中，冯妻对小青说："看你性情冷淡，应该是个孤独之命。孤山梅屿是我家别墅，山水清幽，正适合你，你住过去就六根清净了。不过，我要约法三章，你必须遵守：一，非我之命而冯郎去了，不得接见；二，非我之命而冯郎有信寄去，不许开拆；三，你有书信必经我看，不许私相传递。如果有一点差错，决不轻饶！"小青唯唯听命，从此被送至孤山梅屿居住。

孤山位于西子湖畔，风景秀丽而幽静。冯小青身边仅有一老仆妇相随，孤山别墅的清幽寂静与她的心情颇能相通。在这里，胜过在家中听那河东狮吼。她想尽情观览这里的美景，又害怕冯妻的心腹耳目，只得深居简出。杨夫人决意要帮小青脱离火坑远走高飞，曾暗劝小青，趁花容月貌、年华正好之时另做打算，却被小青拒绝了。小青说："夫人像我的父母一样爱护我，小青感激不尽。但我自幼遇一老尼，说我福薄命浅。我也曾做过一个梦，梦见手折一花，花瓣随风片片落入水中。水中之花，又怎能长久？我的命大概就是这样了。如果摆脱了这里的孤单，又落入别处的冷清，不是惹人笑话吗？"杨夫人见她执拗，只得随她。

冯小青无事时，常翻看书籍消愁解闷。一日，读到《牡丹亭》，愁心更炽，长夜难眠。冯小青的住处有大片的梅林。小青自幼偏爱梅花，广陵旧宅前就种着梅树，每到梅花飘香时，她总喜欢流连其间，享受那份雅韵。面对梅树，她不由得暗叹自己飘零凄苦的身世。潸然而下的眼泪，化成了一首首诗。

其一：

春衫血泪点轻纱，吹入林逋处士家。
岭上梅花三百树，一时应变杜鹃花。

其二：

> 冷雨幽窗不可听，挑灯闲看牡丹亭。
> 人间亦有痴于我，岂独伤心是小青。

其三：

> 乡心不畏两峰高，昨夜慈亲入梦遥。
> 说是浙江潮有信，浙潮争似广陵潮。

伤心的小青只有借诗寄愁，在这里，她思念父母，怀念少年时那段无忧无虑的美好时光。面对西湖的朝霞夕岚，花木翠郁，冯小青常常对景伤怀。渐渐茶饭不思，人变得病弱不堪。她歪在病榻上，抱着琵琶，一遍又一遍地弹唱着自作的《天仙子》：

> 文姬远嫁昭君塞，小青又续风流债；也亏一阵黑罡风，火轮下，抽身快，单单零零清凉界。
> 原不是鸳鸯一派，休算作相思一概；自思自解自商量，心可在，魂可在，着衫又捻双裙带。

一日，一直病病恹恹、情绪低落的小青忽然有了几分精神，她对老仆妇说："你可传话给冯郎，立刻请一位高明的画师来为我画一小像。此时不留个模样儿，等瘦得厉害了，就不用画了！"画师请来后，冯小青仔细描了妆，穿上最好的衣衫，端坐在梅花树下，让画师为自己画像。画师仔细画了两天，终于画成了小青倚梅图。小青接过画看了一会儿，转头对画师说："画出了我的形，但没画出我的神！"画师是个十分认真的人，听到这话，又开始重新作画。这次，小青尽量面带笑容，神情自然地面对画师。又费了两天时间，画成了一幅栩栩如生的画像。冯小青对着画审视良久，仍然摇头叹息道："神情堪称自然，但风态不见流动！也许是我太过矜持的原因吧。"于是，画师请冯小青不必端坐，谈笑行卧、喜怒哀乐，一切随兴所至，不必故意做作。冯小青明白画师的意思，便不再一本正经地摆着姿势，而是如平常一般，或与老仆妇谈话，或扇花烹茶，或逗弄鹦鹉，或翻看诗书，或行于梅树间。画师从她的一举一动、一颦一笑中，把握了她的神韵，很快画成了小像。小青再看时，只见画像生动逼真、极其风雅，几乎是呼之欲出。冯小青请人将画像裱糊好，供在榻前。每日与自己的画像为伴，顾影自怜、形影相吊，她把这种日子写成了一首诗：

　　新妆竟与画图争，知在昭阳第几名？
　　瘦影自临春水照，卿须怜我我怜卿。

　　一天，小青在像前焚香设酒，亲自祭奠道："小青，小青，在此画像中，会找到你的缘分吗？"一边说，一边泪如雨下。因为太过哀恸，最后昏倒在地。醒来后，小青将写给杨夫人的书信托给老姬，又手指画像嘱咐道："此图千万为我藏好。"说完，气绝身亡，死时年仅十八。

　　冯生听到小青的死讯，踉踉跄跄地赶到了别墅，抱着小青的遗体放声大哭，嘶声喊道："是我负了你！是我负了你呀！"清检遗物时，冯生找到了那幅小青的画像和一卷诗稿。拿回家去，不料被妒妇发现，全部丢在火中焚毁，可惜可痛！幸亏还有一幅画像被亲友收藏，后杨夫人又从各方搜罗了她的诗稿，将它们结集刊刻行世，书名就称《焚余稿》。

冯小青墓址

冯小青墓，位于孤山北麓放鹤亭林逋墓以西、云亭以东。 1955 年，冯小青墓被毁坏，现只在原址处立一石碑。1915 年五月，京剧名旦冯春航来杭州出演《小青影事》中的冯小青，大获成功。柳亚子提议去孤山玛瑙坡小青墓前凭吊。于是，柳亚子、冯春航、李叔同等一行人来到冯小青墓前，由柳亚子主祭。事后柳亚子为此事题记："冯郎春航，能歌小青影事者顷来湖上，泛棹孤山，抚冢低徊，题名而去，既与余邂逅，属为点杂，以示后人，用缀数言，勒诸墓侧，世人览者，倘亦有感于斯。"当时还未出家的李叔同为柳亚子的题文执笔，现墓址处立此碑文，是西湖边一处珍贵的历史遗存。

西湖印象·桥堤亭塔篇

梁山伯十八相送

　　梁祝传说在民间流传已有一千多年，与白蛇、孟姜女、牛郎织女传说并称为中国民间四大传说，2006年，被列入国家首批非物质文化遗产名录。唐代张读的《宣室志》记载了这个传说的概貌："英台，上虞祝氏女，伪为男装游学，与会稽梁山伯者，同肄业。山伯，字处仁。祝先归，二年，山伯访友，方知其为女子，怅然如有所失。其告父母为聘，而祝氏已字马氏子矣。山伯后为鄞令。病死，葬鄮城西。祝适马氏，舟过墓所，风涛不能进。问知有山伯墓，祝登号恸，地忽自裂陷，祝氏遂并埋焉。晋丞相谢安奏表其墓曰：'义妇冢。'"在这里，梁祝传说中已经具备"同装、同窗、同葬"的主要故事情节。另据北宋大观元年李茂诚的《义忠王庙记》（又称《梁山伯庙记》）记载，梁山伯于东晋穆帝永和壬子三月一日生于会稽，还提及祝英台殉情时间为梁山伯死后两年之暮春，梁祝读书之地为钱塘（今杭州），墓葬之地为鄞西九龙墟等。在民间流传过程中，人们将梁祝传说加以神异化，增加了"化蝶而飞"等情节。关于梁祝传说起源地，学术界考证出浙江宁波，河南汝南，江苏苏州、宜兴，山东曲阜等十几处地方。但是，元代白朴的《祝英台死嫁梁山伯》，明代冯梦龙《古今小说·李秀卿义结黄贞女》，清代李渔的《同窗记》等作品都把故事的主要场景放在了杭州。尤其是《同窗记》，对凤凰山、万松书院、草桥、长亭等地有详细描绘，梁祝分别从会稽、上虞渡钱江在草桥门偶遇，义结金兰，后于万松书院同窗共读。三年后分别时，沿着长长的凤凰山古道行至草桥、长亭送别。这些描写使故事富有鲜明的地域特色。20世纪50年代，作家张恨水据民间传说，创作了长篇小说《梁山伯与祝英台》。本篇故事来自张恨水的这部小说。

天上的云影，被淡淡的东南风，吹成几撮轻烟，阳光暖暖地照着大地。这三月的艳阳天，正好可以赶路。四九挑着银心的担子，银心牵着马，两人在前面走，后面梁山伯与祝英台缓缓而行。

经过一片树林，林中有棵高大的樟树，树枝上面，正有四只喜鹊在喳喳地乱叫。祝英台道："小弟回家，喜鹊报的什么喜。正是，密枝出高林，浓荫赛空谷。上有喜鹊鸣，喳喳悦心目。莫非好风迎，佩之昆山玉。吾俩莫迟延，燃彼金莲烛。"梁山伯道："贤弟好敏捷，刚才走到树林子外，就得了一首诗。但这首诗，为兄不怎么理解，'吾俩莫迟延，燃彼金莲烛'这是什么意思？"祝英台道："这个难解吗？"说着，笑了一笑。梁山伯也没再追着问。

转眼间，已步行到了城边。此处走路的人，略微少了一点。几位挑柴

第二章　西湖印象·桥堤亭塔篇

57

草的，擦身而过。祝英台道："挑柴草的人，应该晚上进城的，怎么他们一早进城呢？"梁山伯道："这有点缘故。大概挑柴草的，都是附近乡下人。前几天上山，砍下柴草，今天才进城来卖。卖掉了柴草，下午身上有了钱，买点东西，回家去度日。"祝英台指着卖柴的道："哦！他是为家小出来奔走的。梁兄，这奔走和你一样呀。"梁山伯摇摇头道："不一样，不一样！挑柴的为了养家糊口，我是为贤弟送行呀！"祝英台听了，也没作声。

慢慢踱出城，前面有一座小山，山前有个六角亭子。祝英台指着亭子道："梁兄，记得当年草亭相遇，非常有缘。今日相别，整整三年，光阴真快呀。这个六角亭子，颇能勾起当年旧事，到亭子里看看如何？"梁山伯说声"好"。于是叫住四九、银心二人，走进亭子里去。二人四处看着，看到亭子面前一块行路碑，上面写明，凤栖山由前面上山，向西而进。梁山伯道："凤栖山是座小花园，我同贤弟来过两次，此地牡丹甚好，可惜不能分两棵给人。"祝英台点点头道："梁兄呀，既爱牡丹，我家花园里有很多，只要梁兄到我家，岂但是牡丹归兄所有，花园所有的东西，一切都归兄所有。"梁山伯听了这话，又不大明白，低头在亭子里走来走去，只是寻思。祝英台笑道："梁兄听了，慢慢想吧。我们走吧。"于是四人走出亭子，顺了大路走。

祝英台心想，梁兄是个老实人，说远了，他就猜不到。抬头只见前面水塘中间有一群白鹅，在游来游去。祝英台一见，暗道有了。便道："你看水平如镜，这鹅好像铜镜上面嵌宝石一般。"梁山伯道："是的。水流沙浅，草乱鹅浮，风景甚好。"祝英台道："那鹅叫声，兄可听见。"梁山伯道："听见啦，叫的并不好听。"祝英台道："不，这里面有诗情，这群鹅雄的在前面游，雌的在后面游，雌的怕失散了，只是叫着哥哥、哥哥。"银心在路上前面走着，对四九道："你家相公在前面走，真是像一只公鹅。"梁山伯听了，不由扑哧一声笑道："你相公只管把鹅乱比，鹅还会叫哥哥吗？银心，你更不成话，把我比起公鹅来，真叫胡闹。"

祝英台低头走着，心里真为难。这梁山伯只管听不懂，她真想把女扮男装的事来说破，但在家中临行的时候，她对父亲明誓过三件大事，其中就有绝不泄漏身份一件。梁山伯一回头道："贤弟，你又在想什么?"祝英台猛然抬头，又见一道小河，水流甚急。乡下人为过河便利，搬了七八块方石头，丢在水中心，高出水面，一路摆了向前。见此，祝英台惊慌道："踏着石头过去，我有点害怕呀。"梁山伯走到河边一望，见不远处约莫十丈路，有板子搭成的一座小桥。便道："贤弟，不必害怕，有座小桥。我扶贤弟过去。"祝英台抓着梁山伯的手，刚走到桥头，忽然"扑通"一声。从祝英台衣服里掉落一样东西。梁山伯在前面回转头来道："贤弟，你有东西失落了。"祝英台道："什么东西?"梁山伯走过去弯腰拾起，原来是只雪白的玉蝴蝶，作扇坠子用的。祝英台道："梁兄拾起来就是，扶小弟过河吧。"那板桥一下挤了两个人，走一步，颤一颤，倒真的摇摇欲坠。英台越发害怕起来。梁山伯道："你不要怕，我正牵着你呢。"祝英台憋着口气，艰难地过了桥。到了最后，桥快走完了，她让梁山伯抓紧了手，望岸上一跳。这才笑道："我居然走过了。幸亏有梁兄保护我。"梁山伯跟着上了岸，笑道："我只能送你一程而已，以后贤弟要胆壮些才好呀。"祝英台道："以后我要梁兄做保护人。"梁山伯笑道："以后贤弟要做弟媳妇的保护人了，岂能要我做你的保护人。哦！我拾着的这个白蝴蝶，贤弟拿了回去。"说着，左手捏着玉蝴蝶送了过去。祝英台并不来拿，却说："这只玉蝴蝶，就送给梁兄吧。这蝴蝶不久能变成双的，你好好收着吧。"梁山伯忽然见祝英台半路之上送只玉蝴蝶，不解什么用意。但看她既然说了，也就只好解开衣服，将那白蝴蝶上的红丝线系在腰带上。

四人继续往前行。穿过一丛树木，突然闪出一个桌面大小的积水潭。水潭底下汩汩冒水，积水潭里的水盛满时，便由缺口流入水沟。这水沟有二尺多宽，水在沟里潺潺作响。整个水潭像镜子一般圆，人在潭上，须眉毕现。四周长的草浅浅深深，有个干葫芦撕成两半，正好像两把勺，放在草里，是为行人预备的。梁山伯拾起地上一把瓢，蹲在潭边舀起水，喝了一口，道："很好，这是泉水，还带甜味呢。"说着，另舀了一瓢过来，说道："贤弟，你喝口尝尝。"祝英台接着喝了。喝完，英台扶着梁山伯一只手，并排站在水潭边。两个人影，齐齐倒映在水中。祝英台笑嘻嘻地把头靠在梁山伯耳鬓边。梁山伯蓝衫飘然，一点灰尘不沾，干干净净的。水边上正有一棵柳树，在人影子上拂来拂去。祝英台道："这水为我们留影，颇为俊俏。"梁山伯道："俊俏二字，用得不妥呀。"祝英台道："这水里双影，一个英姿飒爽，一个容貌俊丽，合起来，这水也为之生色不少呀。"梁山伯道："话虽是好话，但措词还是不妥。"祝英台只好走开，手扶了一支柳枝，对梁山伯道："梁兄我打个诗谜你猜吧。"梁山伯道："愿请教。"祝英台微昂起头来，念道："清丽古潭水，对我照玉颜。诗情不容已，随流杨枝攀。开怀美貌俊，清风垂髻鬟。临岐惊一笑，何为淡淡山？"梁山伯道："这是诗，不是诗谜哩！贤弟真敏捷得很，出口成章。不过措词还是不妥。我辈文人，对这上面应该磋磨磋磨。"祝英台真是哭笑不得，便放了树枝，叫一声银心。银心在一株大树底下答应着出来。祝英台默然了一会，对银心道："天色甚好。走吧。"于是四人出了绿树丛中，依了大路前进。

祝英台远远看到一座亭子遮了前路，便道："十八里长亭已到，我们可以稍歇。"四人已到亭子里，这亭子是四面屋瓦垂檐，四柱落地，为四面透风亭子。上亭子经过两层石阶，亭子里有石墩石桌，来人可以落座。四九进亭子放下担子，银心牵马吃草。梁山伯到了此时，想到分别，无精打采进了亭子，面色惨然，独自在亭子上张望。祝英台跟进亭子，也在四望，然后对着梁山伯道："梁兄，你已送了十八里，不用再送了。"梁山伯道："是，只是三年同窗，如今分手，有说不出来的难过。"祝英台一路之上，前后都已想了，梁山伯为人十分厚道，左说右说，他都不向祝英台是女子方面猜，这时只好明说了。便道："是呀，弟胸中也很是难过。但弟有个法子，梁兄与小弟，可以永远不分离。"梁山伯道："贤弟有什么法子？"祝英台道："梁兄对弟谈过，堂上两位老人，因兄是独生子，择媳甚苛，所以兄还没有婚配。兄还记得这事吗？"梁山伯道："不错，是有的，贤弟何以提起这句话？"祝英台见梁山伯正双目望着自己，于是攀着柱子，转头去看人行路，一边道："弟……"梁山伯道："弟什么呀？"祝英台不攀柱子了，转头对梁山伯正色道："弟家有一九妹，愿与您喜结连理，不知梁兄尊意如何？"梁山伯吃了一惊道："贤弟还有妹妹呀！"祝英台牵着衣领道："这个……正是。"梁山伯道："贤弟为兄做媒，焉有不愿之理。只是素未谋面，不知九妹意下如何？"祝英台道："此事请梁兄放宽心，弟和九妹是个双胞，所以九妹相貌，和弟长得一样。而且知书识字，与弟在外求师，简直没有分别。弟既应允了，犹如九妹当面许婚一样。"梁山伯道："贤弟的话，料无差错的。老伯、伯母的意见怎样呢？"祝英台点点头道："是的，回家当禀明父母。只望梁兄早早请媒下聘，这样，也免得弟昼夜悬望。"梁山伯道："贤弟约我什么日子？"祝英台望望梁山伯，便道："我和你打个哑谜吧。我约你一七，二八，三六，四九。"梁山伯道："哦！一七，二八，三六，四九。这就是哑谜。"说着，昂头想了一想。祝英台摆手道："梁兄现在不用猜它，到家一想，也就想起来了。"梁山伯道："哦！也好。"祝英台含笑道："梁兄，时辰不早了，我们从此暂别吧。"说完向梁山伯一揖。梁山伯回揖道："恕不远送了。沿路保重。"

　　银心上前，挑起担子试了一试，就迈步走了。祝英台也出了亭子，从四九手上牵过马的缰绳，一跃上马，又回头一揖，然后打马离去。这时，梁山伯在亭子里，四九在亭子外，双双站定，只朝道上的一骑马一挑担子呆望了去。慢慢地，道旁古林交叉，人马的影子也都已消失。四九道："他们走远了，我们回去吧。"梁山伯也没作声，出了亭子按原路走回。

南山路老长桥（图片来自新浪网）

双投桥（现也称长桥）

　　长桥与断桥、西泠桥被称为西湖三大情人桥。长桥，即长桥溪上的桥，是指南山路长桥公交车站下东侧的一座桥，长度不过几米，所以明清有谚云："孤山不孤，断桥不断，长桥不长"。"长桥不长"说的就是梁山伯与祝英台两人在桥上送别，依依不舍，你送过来，我送过去，来回送了十八次。桥虽不长情意长，故民间有长桥之称。因为原长桥殊不起眼，2002年，在长桥公园附近新修了一座双投桥，是为了纪念南宋时另一对为爱殉情跳湖的情侣陶师儿与王宣教。现今很多人也把它当作"长桥"。

白居易点染西湖

解题

　　西湖在隋唐之时，都还只是一个内湖，时而泛滥，时而干涸，何谈山水？直到822年，杭州来了位刺史，名叫白居易，才将西湖整治出新面目，成为东南胜境。白居易不仅诗文名闻天下，而且在杭任职期间，重开六井，修筑长堤，点染西湖。这些既是他一生的重要功绩，也成了一段西湖美谈。白居易事迹主要见于其《醉吟先生传》。白居易逸事传说，主要记载于《唐书》、孟棨的《本事诗》、王定保的《唐摭言》、辛文房的《唐才子传》等中。宋代黄鉴的《杨文公谈苑》、方勺的《泊宅编》、胡仔的《苕溪鱼隐丛话》等也有零星记载。前代文人史传、笔记中的白居易故事重在表现其政绩和诗文才华。古吴墨浪子的《西湖佳话·白堤政迹》，不仅叙写了白居易在杭州为官的经历和贡献，

同时展现了白居易的山水之乐、诗酒风流，对白居易的故事进行
了拓展。

　　白居易，字乐天，号香山居士，又号醉吟先生，太原人，唐代著名诗
人。白居易少年时聪颖好学，诗文俱佳。唐代实行的是科举取士制度，但
士子应举，不仅看考试成绩，还要有名人举荐。当时，有一位叫顾况的老
前辈，在朝做官，且大有才名，堪称诗文宗主。因此，凡是写好的诗文，
都要送来向他请教，才能一定高下。话说这顾况原本是爱才的，只因送来
的诗文，不是抄袭，就是陈腐，偶尔出个新奇的，却又是装妖作怪。因
此，时间久了，不免厌烦，就露出高傲挑剔之态，使得那些来投送诗文
的，往往胆怯畏惧。白居易那时才刚刚十六岁，听说顾况的名气大，也不
知好歹，拿了自己的一卷诗作，便亲自送上门去。门人让他门外候着，然
后将诗作送了进去。顾况接在手上，瞟了一眼。只见上面写着"太原白居
易诗稿"七字，并没有一句谦逊的客气话，心中略有不快。于是大声嘲笑
道："白居易？这长安米贵，恐怕居之不易啊！"说着，随手展开诗卷，看
着看着，竟很快就被一首叫作《赋得古原草送别》的诗吸引住了，诗中
写道：

　　　　离离原上草，一岁一枯荣。
　　　　野火烧不尽，春风吹又生。
　　　　远芳侵古道，晴翠接荒城。
　　　　又送王孙去，萋萋满别情。

　　顾况读完，忍不住拍案叫绝，道："好一篇佳作！咳咳，有诗如此，
居亦不难。"即刻命门人请白居易进来，二人一见相谈甚欢。自此之后，
白居易名声在外，二十七岁就中了进士。唐代，凡是考中进士的，都要在

曲江参加闻喜宴。宴会结束都到慈恩寺雁塔下题名，还要题诗纪事。当时白居易所题的诗里，有两句这样说："慈恩塔下题名处，十七人中最少年。"可见，白居易的确是少年有成。

中了进士后，白居易被召为翰林学士，后来升为左拾遗。不久，因直言劝谏，触怒皇上。幸亏宰相李绛为他开脱，才免于降罪。但不久又因议论朝事，触怒朝中大臣，于是被贬为江州司马。等到穆宗即位后，复将他召入翰林。因穆宗喜好游猎，不能节制，白居易写了一篇《续虞人箴》规讽皇帝。皇帝大怒，于是将他又贬为杭州刺史。白居易得知自己被贬后，脸上并无一丝生气的表情，只说："我蒙天子拔擢，做官就应该完成自己的职责。在朝中，就要针砭时政。在地方，就要抚育百姓。何况，我听说杭州有山有水，正可以陶冶性情，到那里有什么不可以呢？"于是带着家眷，很快赴杭州任职去了。

话说白居易到了杭州，刚上任，一边处理公务，一边察访民间疾苦。玄宗时期，李泌任杭州刺史时，得知城中的饮用水又苦又咸，曾命人将西湖之水引入城中。为此，凿了六个大井，称"六井"。白居易访查后，才发现李泌所开六井，年久堵塞，已无法使用了，百姓依旧在用又苦又咸的水。于是，他马上下令重修六井。六井修后，百姓又喝上了西湖的水。白居易又得知下塘一带的千顷良田，都要依靠西湖之水灌溉。但西湖蓄水和泄水都不受控制，这些田地很难得到及时灌溉，常常发生旱灾。为了多蓄水，白居易让人筑起高高的湖堤，堤上设有水闸，蓄泄自如。自此，下塘一带再无旱情。

白居易在杭州做了这两件大事后，杭州百姓生活渐渐富庶起来。白居易满心欢喜，闲暇时便常常到西湖上转悠。只见南山一带，树木苍翠，如同一道绵延十里的绿玉翠屏，十分赏心悦目。又见东边有涌金、清波两道城门，西北有保俶塔、葛岭、栖霞、北高峰，西南有南高峰、南屏山和凤凰山，一起将这西湖团团包裹在内。西湖宛如一面大镜子，湖内湖外皆是风景。只可惜，湖水阔大浩渺，行动离不开舟船。白居易举目观看，发现孤山一点，宛如湖中孤岛。而西泠一路，又全是松竹，来来往往，必须骑马乘车，十分不便。白居易想，如果能从断桥这边，筑起一条长堤，直通孤山，便可南北畅通了。然后，在堤上，多种些桃李垂杨，等到春天，红红绿绿，绵延数里，岂不好看！他片刻也不想耽搁，即刻命人安排下去。很快在湖中修起了长堤，并在长堤上种了很多桃、柳之树。到来年春天，长堤上果然桃红柳绿，如同一条锦带。这条长堤把一个西湖分成内外两湖，不需乘舟，便可观赏湖中景色。城里城外的人们，得知了这样一个好去处，呼朋唤友，扶老携幼，带着果盒食篮，都来这堤上游赏。开始是杭州一带的游人，时间久了，外地游人也渐渐来游赏，西湖名声越来越大了。而这条长堤，因为是白居易下令修筑的，后人便称为白公堤。

　　白居易带着一群属下，在西湖一带，走走停停。走到一处，一属下说：“这里可以歇歇脚。”白居易就下令盖一间亭子。走到某处，又一属下说：“这里可以眺望远山。”白居易就下令在那造一座楼台，西湖慢慢地被点染得生动起来。从白居易开始，崇佛的建佛寺，信道的建道观，好义的为忠孝之士立庙宇，喜名的为先贤哲人立祠堂。那酒馆茶楼，也隔三差五开张起来。这些个亭台楼阁、佛寺庙宇，一直建到了灵隐、天竺、净慈、万松岭一带，最后把西湖妆点得如同花锦世界。

　　白居易妆点好西湖美景，每日把政事处理完，就到各名胜处游赏题诗。像烟霞、石屋、南北二峰、冷泉亭、雷峰塔等处，凡是有可观之景，无不留下他的诗篇。白居易游着写着，倒也自在快活，只有一件事情，时常觉着遗憾。什么事情呢？就是每每诗成，并没有个知己诗友，与自己唱和，不免索然无味起来。

　　一日，他听说自己最好的朋友、诗人元稹，被派遣到浙东做观察史，满心欢喜。没过几天，有个和尚叫贺上人，从浙东到杭州，替元稹捎来一封书信。白居易急忙打开，看到里面只有一首七言律诗：

州城回绕拂云堆，镜水稽山满眼来。

四面常时对屏障，一家终日在楼台。

星河似向檐前落，鼓角惊从地底回。

我是玉皇香案吏，谪居犹得住蓬莱。

白居易读了，哈哈一笑，道："微之竟敢跟我夸口越州之美，我偏贬贬他，看他如何应对。"于是，提笔回了一封信。元稹收到信后，拆开一看，也只有一首诗：

贺上人回得报书，大夸州宅似仙居。

厌看冯翊风沙久，喜见兰亭烟景初。

日出旌旗生气色，月明楼阁在空虚。

知君暗数江南郡，除却余杭尽不如。

元稹看了，知道白居易是在嘲谑他。于是又和一首回他，再夸越州城之美，同时诗中也隐含了对杭州的贬驳之意。白居易打开信，读道：

仙都难画亦难书，暂合登临不合居。

绕郭烟岚新雨后，满山楼阁上灯初。

人声晓动千门辟，湖色宵涵万象虚。

为问西州罗刹岸，涛头冲突近何如。

元稹诗中的"西州罗刹"，实际上是在取笑钱塘江的潮水汹涌。白居易笑道："微之此诗差矣！钱塘江潮如雪山银障，是天下奇观。就是西汉的枚乘，在赋中盛赞的八月广陵涛，与钱塘江潮相比，也不及十分之一。"于是又作了一首，寄给元稹：

君问西州城下事，醉中叠纸为君书。

嵌空石面标罗刹，压捺潮头敌子胥。

神鬼曾鞭犹不动，波涛虽打欲何如。

谁知太守心相似，抵滞坚顽两有余。

　　元稹见白居易如此盛赞杭州，也想知道这杭州到底美在哪里。一次，趁着公务之便到杭州一游，才知道西湖之美、钱塘之壮，于是心服口服。

　　白居易身边有两个姬妾，一个叫樊素，一个叫小蛮，樊素善歌，小蛮善舞。白居易每次游赏西湖，饮酒聚会，必要二人陪侍。或者在风前歌一曲，或者在月下舞一回，事后又不忘作诗纪事，真可谓山水之乐，诗酒风流。

　　白居易在杭州任职满三年，被朝廷召回京城，担任秘书监。白居易听说后，喜少愁多，又不敢违抗圣旨，只得别了杭州，返回京城。临行时，他命人备了酒席，在西湖堤上，祭奠山水花柳之神。满城百姓感念白居易的三年恩惠，老少男女都赶来相送。

　　白居易回到京城后，酒也不饮，诗也懒作，不言不语，闷闷不乐。亲友见他如此，不知何故，问他道："你在杭州做了三年刺史，虽然快活，但毕竟是外放之官。如今蒙皇帝施恩，任命你做了秘书监，官位显耀，这是好事呀！你为何如此愁烦？"白居易道："升迁荣辱，都是些身外之事，我怎么会为了这些烦恼呢？我得的是心病。"亲友惊问："什么心病？"白居易口占一首，道：

一片温来一片柔，时时常挂在心头。

痛思舍去终难舍，若欲丢开不忍丢。

恋恋依依唯自系，甜甜美美实他钩。

诸君若问吾心病，却是相思不是愁。

亲友听罢，笑了，道："咳，我当是什么，原来是为了美人啊！声色场中的脂脂粉粉，老先生可谓司空见惯了，为何为一女子不能开怀？"白居易却道："我所谓相思，乃是南北两峰，西湖一水耳。"亲友听了，抚掌大笑道："这个相思病害得新奇，可惜《本草》没留下药方，无药可治啊！"自此以后，白居易因想念西湖，害了相思病的事情，人人传说，成为笑谈。白居易晚年隐居在香山，号称"香山居士"，和一行亲友往来唱和，散淡逍遥，一直活到七十五岁才去世。

白堤（一）

白堤（二）

　　白堤，原称白沙堤，旧以白沙铺地，故称。位于西湖的湖面上，从断桥残雪起，止于平湖秋月，长约一公里。此堤把西湖划分为外湖和里湖，并将孤山与北山连接在一起。相传白沙堤是白居易修筑的，其实，白居易所修长堤叫白公堤，在钱塘门外的石涵桥附近，现已无迹可寻。白居易任杭州刺史时有诗云"最爱湖东行不足，绿杨荫里白沙堤"，即指此堤。白居易在杭州卓有政绩，后人为纪念他，将白沙堤称为白堤。白堤在宋时称孤山路，明代也叫十锦塘。白堤上有两座桥，东面一座是断桥，大名鼎鼎；西面一座是锦带桥，知者寥寥。《西湖志》载："锦带桥在十锦塘，架木为梁。圣祖仁皇帝（即康熙）临幸孤山，御舟由此转入里湖，后甃以石，桥平如带，因名。"可见，锦带桥得名由来，一是桥在十锦塘，二是改筑石桥后桥平如带。

苏轼筑堤造桥

解题

　　"才子"二字，乃是对天下文人的美称。在天下文人中，称得上"才子"的可能不少，但称得上"奇才"的，又有几人？在天地间留下了"奇才"不朽之名，令人不胜钦羡的，苏轼可以算作一个了。苏轼不仅才华横溢，文采卓著，而且疏浚湖塘，筑长堤、造六桥，流连于西湖之上，使得西湖的风景中，更增添了一抹诗酒风流的意蕴。苏轼的逸事数量惊人，方志、笔记、诗话、文集、野史等记录在案的多达几百条。宋代《绿窗新话》的"苏守判和尚犯奸"，明代洪楩《清平山堂话本》的"五戒禅师私红莲记"、《熊龙峰刊行小说四种》的"苏长公章台柳传"、梅鼎祚《青泥莲花记》，"三言"中"明悟禅师赶五戒""王安石三难苏学士"，清代古吴墨浪子《西湖佳话》的"六桥才迹"和"虎溪笑迹"，湖上笠翁《西泠故事传奇》的"苏学士续整湖堤"等作品，对苏轼传说进行了充分的记载和演绎。清代之前，故事人物假托苏轼之名，虚构性和世俗化较为明显，故事发生地逐渐转为与杭州有关的灵隐寺、龙井和西湖。清代之后，这类故事以苏轼本人事迹为主体，重在表现其政绩才学和士大夫情怀风韵，呈现出文人化特征。"苏东坡传说"已经入选第三批国家级非物质文化遗产名录。

苏轼，字子瞻，号东坡居士，四川眉山人，是北宋文学家苏洵的长子。苏轼生而颖慧，悟性极高，民间传言他是五祖戒禅师投胎转世而来。苏轼长到十来岁，便经史子集无所不通，且一目五行，能过目不忘。后来，苏洵的夫人程氏又生一子苏辙，这苏辙也天资聪慧。钟灵秀气都集中在这一家子里，人们称苏洵为老苏，苏轼为大苏，苏辙为小苏，合起来叫"三苏"。

可惜眉山偏僻，苏轼、苏辙再优秀，了解的人也不多。苏洵听说成都有个张方平，名重天下。于是领两个儿子，从眉山来到成都，拜见张方平，请他举荐自己的儿子。张方平读了苏轼兄弟的文章，大惊说："真是奇才呀！这样的人才，必须举荐给文坛宗主，才不会辜负他们。"原来这文坛宗主不是别人，正是欧阳修。张方平连夜写了封举荐信给欧阳修，并派人把苏轼兄弟送到京城。欧阳修看了推荐信，又读了二人的文章，不禁拍案叫绝，说："今后的文坛必属此二人了！"于是将文章直接送给了宰相韩琦。韩琦看了，也大为惊叹，道："这二人不仅文采极佳，而且对国家大事侃侃而谈，这真是朝廷之福呀。"从此，苏轼兄弟的才名遍布京城。

嘉祐年间，苏轼、苏辙同时考取了进士。欧阳修常常把他们的文章拿给人看，并说："三十年后，恐怕人们只知道有苏文，不知道我欧阳修的文章了。"宋仁宗亲自测试二人，见二人文章写得非常漂亮，龙颜大悦。

仁宗对皇后说："朕今日得了两位文士，是四川的苏轼、苏辙。可惜我老了，用不了多久了，只好留给后人了。"不久，二人被仁宗召入翰林，做了学士，十分荣耀。

不想，宋神宗做了皇帝后，重用的却是王安石。王安石一心变法，执意要实施青苗法，而苏轼却说青苗法害民不浅。王安石要变革科举制度，苏轼又上奏说，科举制度不能变。事事忤逆作对，王安石气愤难忍，于是把他放了外任，做了杭州通判。

苏轼接到任命，即刻起身，弟弟苏辙前来相送。苏辙与兄长一块儿在京城做官，见兄长屡屡触犯王安石，非常忧虑。如今兄长被外放杭州，也算是虎口脱险，苏辙不禁替哥哥感到欣慰。但又担心他到了杭州，依然故我，无端惹事，所以趁践行之时再劝他几句。苏轼一一答应，与苏辙道别而去。

来到杭州，苏轼远远望见青山绿水，便觉满心喜悦。到任后，只要忙完了衙门公事，便到西湖上游赏。苏轼发现西湖的山水风光，变化莫测，晴有晴的美，雨有雨的妙。于是，题诗写道：

> 水光潋滟晴方好，山色空蒙雨亦奇。
> 欲把西湖比西子，淡妆浓抹总相宜。

此诗一出，人人传诵，西湖也由此被叫作"西子湖"。苏轼在钱塘不仅发现了山水之美，也遇到了他生命中最为重要的红颜知己王朝云。王朝云因家境贫寒，沦落在歌舞妓院中，成了钱塘名妓。苏轼遇到她的时候，她刚十二岁，天姿秀丽，能歌善舞，虽混迹烟尘，却颇具清新不俗的气质，苏轼特别喜爱，收养在府中，长到十八岁，朝云做了苏轼的侍妾。朝云十分仰慕苏轼的才华，对苏轼的内心世界也最为理解。一日，苏轼吃完晚饭，一边摸着肚子慢慢散步，一边回头问身旁的侍女们："你们说说，我这里装的是什么?"一侍女马上说:"都是文章。"苏轼不以为然。又一侍女说:"满腹都是识见。"苏轼还是摇头。问朝云,朝云说:"学士您是一肚皮的不合时宜。"苏轼捧腹大笑,赞道:"知我者,唯朝云也。"苏轼曾写过一首《蝶恋花》词:

> 花褪残红青杏小,燕子飞时,绿水人家绕。枝上柳绵吹又少,天涯何处无芳草?
> 墙里秋千墙外道,墙外行人,墙里佳人笑。笑渐不闻声渐悄,多情却被无情恼。

苏轼被贬惠州时,王朝云常常唱这首《蝶恋花》词,为苏轼聊解愁闷。每当朝云唱到"枝上柳绵吹又少"时,就悲咽停唱。苏轼问她原因,朝云答道:"我不能唱完的原因,就是这句'天涯何处无芳草'啊。"当时,苏轼已近晚年,却仍然怀才不遇,四处漂泊。朝云唱到随风飘去的柳絮,想到了苏轼的遭遇。而"天涯何处无芳草"的故作宽慰之词,让她对苏轼的孤独无奈,备感辛酸,所以才会悲切呜咽,难以再唱下去。王朝云与苏轼的相知投契,由此可见一斑。

苏轼在杭州处理政事的方式也是风流有趣。一日坐堂,有个小民前来告状说:"小民吴小一,状告张二欠钱不还。"苏轼便派人传唤张二过来询问,张二说:"小民无力还钱。"苏轼又问吴小一:"张二欠你什么钱?"吴小一说:"张二欠了小人两万绫绢钱,约定三月就还,现在已经一年,分毫未还,求老爷做主追还。"苏轼又问张二:"你为何欠他两万绫绢钱不还?"张二道:"小人批发他的绫绢,是为了制扇生意。不想制好了扇子,恰巧赶上了今春连雨天寒,一时间扇子卖不出去,故而拖欠至今。"苏轼道:"既然有扇子,可取些来,我帮你卖出去。"张二听说,急急忙忙回去,取了一箱扇子来。苏轼让人当堂打开,自己拿了判案用的笔,或草书或楷书，或画几株枯树，或画一片竹石，不多时就完成了，交给张二说："拿去卖钱去吧，好偿还吴小一。"张二抱扇叩头而去。才出衙门，早有好事之徒打听到，扇子上是苏轼的笔墨，虽一柄扇子出价一千钱，但片刻的工夫，扇子就被一抢而空。后面来迟的买不着，都懊恼而回。张二卖了扇子，还了吴小一的债，还剩了许多，欢喜不尽。

又一日，有两个官妓，一个叫郑容，一个叫高莹，拿着状子求发落。郑容状子要求落籍，就是销去妓院户籍。高莹要求从良，就是嫁给良民。苏轼看了，点头应允，顺手拿起笔来，将一首《减字木兰花》词，分别写在了两张状子上。郑容的状子上写：

郑庄好客，容我尊前先堕帻。落笔生风，籍籍声名不负公。

高莹的状子上写：

高山白早，莹骨冰肤那解老。从此南徐，良夜清风月满湖。

写完，拿给衙门同僚看。同僚看过，不知何意。苏轼大笑，用朱笔在每句之首圈下一个字，同僚再看，才知苏轼已经把"郑容落籍，高莹从良"八个判词，都隐含在这首词中。

苏轼在杭州，见西湖渐渐被水草淤泥填塞，心想："李、白二公对西湖的整治遗迹，现在都快看不到了。我在此为官，如果不加以疏浚修整，岂不有愧二公？"正想行动一番，不料朝廷因他四年任期已满，又将他调往密州任职去了。到了密州，时间不久，又迁往徐州，后又调往湖州。苏轼为什么被朝廷如此调来调去？原来，因他曾反对过王安石的青苗法，王安石的门下，便千方百计搞出些莫须有的罪状，到朝中参劾他。有个叫舒亶的，打听到苏轼在杭州作了很多诗，搜来仔细研究了一番，向朝廷举报，说："陛下发钱赈济贫民，苏轼却说'赢得儿童语音好，一年强半在城中'。陛下明令课试群吏，苏轼却说'读书万卷不读律，致君尧舜终无术'。陛下兴修水利，苏轼却说'东海若知明主意，应教斥卤变桑田'。苏轼诋毁朝廷，心术不正，望陛下将他捉来审查。"

奏本一上，朝廷立刻命人到湖州，将苏轼直接缉拿到京师，下在大狱里。苏家上下一片慌乱。苏辙见兄长遭此祸事，跺脚叹息："他临行时，我再三嘱咐，劝他不要作诗。他就是任性不听，才有今天的祸事啊。"苏辙急忙上书王安石，说愿意以自己的官职，替兄长赎罪。王安石斥责道："官职是朝廷的恩荣，怎可拿来赎罪？"于是将苏辙也贬谪出京。

却说神宗皇帝，见了苏轼这几句讥刺诗句，在宫中闷闷不乐。曹太后见了，问道："官家何事不乐？"神宗道："朝廷政事，被苏轼讪谤。还把讪谤的话，都作成了诗！"太后吃了一惊，问道："这个苏轼，可是与兄弟苏辙同榜而中的才子？"神宗说："正是，不知娘娘怎么知道的？"太后道："当日仁宗皇帝亲临大殿策试，回宫大喜，说'朕今日得了苏轼、苏辙二人，真是大才啊。遗憾的是，我老了，恐怕不能看到他们大展雄才了，只好留给后人重用了'。"太后说着流下眼泪，问道："这二人现在哪里？"神宗见不能隐瞒，只好实话说："苏轼刚下狱，苏辙已外放。"太后不悦，道："先帝曾经喜欢的人，官家为何不爱惜？"神宗听了此话，只得将苏轼放了出来，贬到黄州做了团练副使。团练副使是个闲职，苏轼便戴着头巾、脚穿芒鞋，日日与农夫野老说趣打诨。

再说神宗自从听了曹太后说先帝称苏轼大才的话，便让身边的人各处搜寻苏轼的文章来看。不想，看一篇爱一篇，大声赞道："果真大才！"一天，神宗正在进膳，忽听说苏轼死在了黄州，连连叹息，饭也吃不下去了。后又听说苏轼并没有死，龙颜大悦，立时将苏轼升到汝州任职。苏轼上表称谢，神宗看到表文，不禁对左右赞道："苏轼真奇才也！你们说，他能与哪一个古人相提并论？"左右道："除非是唐代的李白。"神宗说：

"李白有苏轼之才，却没有苏轼之学。在我看来，他还胜过李白呢。"不久，神宗驾崩，哲宗继位。继位没多久，就下旨升苏轼为龙图阁翰林学士。苏轼返京朝见新皇与宣仁太后。太后问："卿前为黄州团练副使，今为翰林学士。你可知道，你是怎么一下子升了这么多的？"苏轼道："这都是蒙太后和陛下之恩啊。"太后道："不是。"苏轼道："或是大臣推荐？"太后道："也不是。"苏轼大惊道："臣虽不才，也绝不敢用歪门邪道升官啊。"太后说："这是先帝的遗愿。先帝每次诵读爱卿文章，都叹息说：'奇才，奇才！'只是没来得及重用你罢了。现在皇帝奉先帝遗命，特别起用了你。"苏轼大为感动，俯伏于地，失声痛哭。

虽然苏轼感激圣恩，但是禀性不改。凡是对国家百姓不利的事情，都要与人上疏争论。时间久了，不免又触怒了当权者。皇帝高高在上，哪里管得了许多事。所以，不久，苏轼便又被奸人陷害，迁官杭州。苏轼听到这个消息，说："我从前在西湖没有完成的心愿，现在终于可以完成了。"

苏轼回到杭州，百姓听说，纷纷出门远迎。苏轼见了，十分欢喜。苏轼到任不久，杭州发生大旱，饥荒瘟疫同时发作，百姓苦不堪言。苏轼见了十分不忍，于是专门上奏，请求朝廷减免征粮。又请求把粮仓的米拿出来，降价出售。还请求多发些和尚的度牒，拿来换米赈灾，朝廷一一准奏。杭州百姓能够免受流散死亡之苦，全靠苏轼努力。

等灾情稍稍平稳，苏轼便每日来到西湖、江干及六井等地，细细考察。考察之后发现，六井之所以常常堵塞，都是因为西湖水太浅。而湖水之所以太浅，又是因为水草丛生，导致拥堵。西湖拥堵无水，便需引江水到城市，也就带来了很多淤泥。因此，六井渐渐堵塞。为改变这种状况，苏轼派人深掘茅山、盐桥二河。茅山河来自钱塘江水，盐桥河来自西湖水。又造湖堰，设置水闸，蓄泄湖水。这样就不用引江水入市，六井也就不再堵塞，杭州百姓深受其益。想让西湖变深，必须挖去水草淤泥。只是这么多的淤泥，不知挖出来放到哪里？苏轼想来想去，见西湖南北两地，往来不便，不如将淤泥填筑起一条长堤，既除去湖水的淤泥，又可南北通行。他奏请朝廷后，招募民工，挖湖筑堤。数月之后，长堤筑起，堤上还造了六座小桥，称作"六桥"，分别是映波桥、锁澜桥、望山桥、压堤桥、东浦桥、跨虹桥。堤的两边，种了桃柳芙蓉，花开时节，一片锦绣。从此之后，西湖便似仙境一般，比白乐天的时候，风景更加美丽繁华。

苏轼政事闲暇之时，便约着同僚官长、文人墨客，都到湖上游赏。大家各自结伴登舟，饮酒微歌，任凭船儿随意飘荡。直到日落西山，烟雾迷蒙，苏轼才命人鸣金为号，让各船聚拢在一起。有时在湖心寺，有时在望湖亭，载歌载舞，欢呼畅饮，直玩到一二鼓时分才结束。众歌姬穿着华服骑着马，点着灯烛，乘着夜色而来，光彩夺人，香气扑鼻，如仙子下凡。城中百姓夹道观看，都说苏轼是个"风流太守"。

苏轼在杭州，不知不觉又是三年，朝廷将他召入翰林奉旨。正在这时，辽国使臣来访，拿了一个对子，要大宋国来对。若对得上来，便尊宋国为上邦；若对不上来，便为下邦。对子只有五字："三光日月星。"皇上问众卿："谁能对出？"文武百官反复思量，难以做对。正在着急时，忽见苏轼走出，奏道："臣有一对献上。"随即朗声诵道："四诗风雅颂。"

皇上听了，龙颜大悦。忙命人写了，交给辽国使臣，说："此对可为上邦吗？"使臣哑口无言，默默退去。皇帝于是封苏轼做了礼部尚书。王安石那时已死，但舒亶等人还在朝廷，见苏轼官渐渐做大，十分嫉妒。于是又开始伺机诬陷。不久，便又将他贬到了惠州。朝云随侍，因水土不服，患病而死。苏轼十分悲痛，将她葬于栖禅寺大圣塔后，时时祭奠。

奸邪小人见他在惠州安然无恙，便又寻事把他贬到儋州。后宋徽宗醒悟，起用他去做成都玉局观提举。苏轼走到常州，突然病逝。苏轼死后，徽宗下令搜求苏轼诗文墨迹，追赠他为太师，谥文忠。杭州百姓听说，感念白居易、苏轼对杭州的恩德，于是在孤山建起了白、苏二公祠堂，至今拜祭。

苏堤

　　苏堤，原称苏公堤，是苏轼任杭州知州时，疏浚西湖，利用浚挖的淤泥构筑而成的。苏轼主持修筑的堤岸，大约是后来南起南屏山麓、北至栖霞岭下这一条堤岸的雏形。为纪念苏轼治理西湖的功绩，后人把它命名为"苏堤"。苏堤上遍种柳树和桃树，春来桃红柳绿，景色怡人。南宋开始，"苏堤春晓"已经成为西湖十景之首。元代又称之为"六桥烟柳"。明代弘治年间，杭州知州杨孟瑛在里西湖修筑杨公堤时，曾将部分疏浚西湖的淤泥用于补益苏堤。可以说，如今的苏堤之美，是前人不断整饬修葺的结果。

奚宣赞偶遇『三怪』

　　西湖上的每个古迹名胜，都承载着丰富有趣的传说故事。大家知道，西湖十景之一的"三潭印月"非常著名。可那湖中的三座石塔是从哪里来的呢？据说是为了镇住"三怪"。"三怪"故事是白蛇故事的原型之一，宋代话本《西湖三塔记》记叙详细有趣。这个故事来源于唐代谷神子的传奇《博异志·李黄》，主要讲男子遭遇蛇精变化成的美女最后不得善终的故事。早期白蛇故事的主角一般是男子，白蛇是被作为妖孽来进行描写的。

　　宋孝宗淳熙年间，有个叫奚宣赞的小伙子，二十出头，住临安府涌金门。家里有四口人，除了母亲、妻子，还有一个叔叔，在龙虎山出家了。

奚宣赞喜欢游山玩水。一年清明，雨后初晴，天气不冷不热。奚宣赞对母亲说："今天是清明节，才子佳人都到湖上玩耍，我也去转一转，看看湖景，不知母亲同意不？"宣赞母亲说："孩儿，你想去就去，不过要早点回来。"奚宣赞见母亲同意了，便拿了只弩儿，一直走出钱塘门，经过昭庆寺，朝水磨头走来。

走到断桥四圣观前，奚宣赞看见一堆人围在那儿，闹哄哄地不知道在干啥。奚宣赞挤进去，只见一个穿着白衣裙的女孩子，头上绾着三角髻儿，扎着三条红头绳，还插了三根短金钗，正在那里哭。奚宣赞上前问女孩子："你是谁家孩子，住在哪里？"女孩儿说："我姓白，和婆婆出来闲耍，不想婆婆不见了，自己也迷了路。"说完伸手拉住奚宣赞，说："我认得官人，我家就在你家附近。"女孩子一边哭着，一边紧拽着奚宣赞的衣袖不肯放手。奚宣赞只得领了女孩子，搭船直到涌金门上岸，回了家。宣赞母亲问他为啥带个女孩子回家。奚宣赞忙把事情原委告诉了母亲。母亲说："这是好事，先让她待在这里吧，等他的家人来寻她。"

女孩子叫作卯奴，在奚宣赞家住了十多天。一天正在吃饭，忽听门前有人吵闹。奚宣赞出门一看，一个婆婆正从一顶四人轿子上下来。老婆婆身穿黑衣，鸡皮鹤发。卯奴在帘儿下看到婆婆，叫声："婆婆！"婆婆说："哎呀，我担心死了，一家一家地问到这里。是谁救了你？"卯奴说："就是这家奚官人救的我。"婆婆忙道谢说："幸亏官人相助！请官人到我家坐坐，我们好备些薄酒感谢你。"奚宣赞推脱不过，只好随同婆子与卯奴，来到四圣观旁边的一座小门楼前。

只见门楼金碧辉煌，雕栏玉砌，如同神仙洞府一般。奚宣赞正在目不转睛地看着，婆婆请奚宣赞往里走，一个全身穿白的妇人，出来迎接奚宣赞。这妇人长得丰姿绰约，十分美貌。见了卯奴，便问婆婆："在哪里找到我女儿的？"婆婆把奚宣赞救卯奴的事告诉了她。妇人谢过奚宣赞，令人准备酒宴，款待奚宣赞。喝过几杯酒后，有个下人上前问："娘娘，今日新人到了，可以换掉旧人了吗?"妇人说:"呀，差点忘了，快些安排来给奚宣赞下酒。"说完，只见两个力士押着一个面黄肌瘦的年轻人，脱去上衣，解开头发，绑在柱子上，前面放着一个银盆，一把尖刀。一个力士用刀剖开男子肚皮，顷刻之间，取出心肝，呈了上来。奚宣赞见了，吓得魂不附体。妇人却微笑着斟了杯热酒，挑了块切好的心肝肉，请奚宣赞吃。奚宣赞哪里敢吃，连忙推辞。妇人、婆婆都吃了些。妇人说:"难得宣赞救小女一命，我如今也没了丈夫，情愿嫁给你。"奚宣赞被妇人留住了半个多月，渐渐变得面黄肌瘦。奚宣赞十分想念母亲，就对妇人说:"姐姐，求您让我回家待几天再来吧。"话没说完，只见有人来禀报:"娘娘，新人到了，可以换旧人了吗?"妇人说:"请进来!"手下带个男子来到面前，只见那男子长得眉清目秀、相貌堂堂。妇人大喜，请男子一同饮酒，一边命人快快取了奚宣赞心肝下酒。奚宣赞听了魂飞魄散，只得央告卯奴道:"卯奴救我，我救过你啊!"卯奴急忙向妇人求情。妇人命一个力士取出个铁笼来，把奚宣赞暂时关在里面。卯奴等妇人离开，将奚宣赞从笼中放出，说:"官人闭上眼!如果睁眼，定会死于非命。"奚宣赞点头，忙闭上眼。卯奴背着他，奚宣赞耳畔只听到风雨之声。奚宣赞的手摸到卯奴脖颈上似有羽毛，正觉奇怪，突听卯奴叫声:"落地!"就两脚着地了。睁眼看时，卯奴不见了。奚宣赞慢慢走回家中，见到母亲和娘子，把事情原委讲了一遍。母亲大惊道:"孩子，这里不好，我们还是搬走吧。"

好不容易在昭庆寺附近找到一处房子，奚宣赞选个吉日良时，全家搬了过去。光阴似箭，又是一年清明节。奚宣赞拿着弓弩，到房后的柳树上打鸟。只见树上一只讨人嫌的乌鸦在叫。奚宣赞搭上箭，一箭射去，正中老鸦。老鸦落地，猛地跳了几跳，在地上一滚，霎时变成个穿黑衣的婆婆，正是去年见到的那个。婆婆道:"宣赞，你竟然搬到这里了。"奚宣赞叫声:"有鬼!"转身就跑。婆婆叫声"下来"，只见空中落下一辆车来，几个鬼使把奚宣赞捉到车里，一眨眼就到了四圣观门楼前。见到白衣妇人，又被留住了半月多，奚宣赞不停地央求放他回家。娘娘听了大怒，叫鬼使取他心肝。奚宣赞被绑在将军柱上，正要剖腹挖心，卯奴又阻止了娘娘。娘娘依旧把他关在笼子里。卯奴偷偷放了他，又背着他，令他闭眼，耳边又听到风雨之声，过了一会儿，听到一声"下去"，奚宣赞便落在了芦苇荡中。两个陌生人救起他送到家里。从此，奚宣赞再不敢出门了。

正在全家一筹莫展的时候，一天，忽然来了个穿着道袍的先生。奚宣赞母亲一看，原来是奚宣赞的叔叔奚真人。奚宣赞出来拜见叔叔，奚真人说："我在龙虎山看见城西有一股黑气，知道定有妖怪缠人，专门赶来收妖，没想到却在咱们家。"宣赞母亲把前事说了一遍。奚真人道："我明天到四圣观作法，你可写张投坛状，我来收拾这几个怪物。"到了第二天，宣赞母亲同宣赞安排香纸，写了投坛状，赶到四圣观。奚真人收状子看了，点起灯烛，烧起香来，念念有词，先写道符在灯上烧了。只见起一阵风刮过，一员神将出现。奚真人对神将说："到湖中去捉那三个怪物来！"神将答应而去。不多时，把婆婆、卯奴、白衣妇人都捉拿到真人面前。神将朝他们挥舞了几下，立刻，卯奴变成了乌鸡，婆婆原来是个獭，白衣娘子是条白蛇。奚真人取来铁罐，把三个怪物盛在里面封好，用符压住，安在湖中心。后来奚真人四处化缘，造了三个石塔，镇住湖内的三怪。宣赞与母亲再无灾难，百年而终。

三潭（图片来自全景网）

　　西湖"三潭"中的三座石塔是不是故事中的"三塔"已经不可考证。可以明确的是，"三潭"建造于北宋，苏轼疏浚西湖时，在堤外湖水最深处，立了三座瓶形石塔。明弘治年间，被杭州地方官捣毁，仅存三个塔基。正德三年，杨孟瑛再次疏浚西湖，连这三个残存的塔基也掘去了。天启元年，聂心汤为了恢复三潭旧迹，在堤南湖中现在的位置重建了三座石塔。三座石塔呈等边三角形排列，造型优美，塔身呈球状，有五个小圆孔，饰有浮雕团，塔顶呈葫芦状，这一造型已成了西湖景观的标志。

中国文人的西湖印象 「西湖小说」故事

白娘子永镇雷峰塔

解题

　　《论语》记载："子不语怪力乱神。"可见，孔圣人主张怪诞之事置之勿论。但天地之大，无奇不有。如西湖边上的雷峰塔，民间传说是为了镇压白蛇妖所建。白蛇故事的形成经历了漫长的过程，从民间传说开始，历经评话、说书、弹词等各种形式承载，最后在文人笔下逐渐丰富，蔚为大观。明代冯梦龙《警世通言》中的"白娘子永镇雷峰塔"是最早的成型故事。早期的白蛇故事还延续着白蛇是妖，着重镇压这一情节，但那时的白蛇缠人却不害人。清乾隆年间，方成培改编了《雷峰塔》，使得白蛇故事家喻户晓。嘉庆年间，玉山主人出版了中篇小说《雷峰塔奇传》，而后出现了弹词作品《义妖传》，及至民国梦花馆主又写了《前白蛇传》和《后白蛇传》等。至此，白蛇故事中的主角转为白娘子，白蛇形象也由痴缠于人的妖孽变成了有情有义的女性。白蛇故事在中国非常有名，"白蛇传传说"现已被列入第一批国家级非物质文化遗产名录。

要说雷峰塔的建造，起初原是因为一白蛇妖。宋高宗南渡时，杭州府过军桥黑珠巷内，有个叫作许宣的年轻人，小名叫作小乙。自幼父母双亡，跟着姐姐、姐夫生活。姐夫李仁，是南廊阁子库的募事官。许宣在表叔李将仕家的生药铺中做主管，年仅二十二岁，长得也还算一表人才。

清明到了，许宣要去保俶塔祭拜。当晚先告知姐姐。次日早起，买些纸马、香烛、经幡、钱垛等物，吃了饭，换了身新衣服，带着一应东西，向表叔请了假，便前往保俶塔去了。

许宣出了钱塘门，经过石函桥，一直走到了保俶塔。进了寺，许宣拜祭完，就打算去各处走走。刚走到四圣观，不料天上下起了小雨。许宣见雨一时半刻停不了，只得走出来寻船。远远看见一个老头，摇着一只船，连忙喊来，原来是认识的张阿公。许宣十分欢喜，忙叫道："张阿公，麻烦带我到涌金门去。"那老头见是许宣，急忙将船靠近岸边。许宣上船，张阿公刚要划船，忽听岸上有人叫道："也搭了我们去。"许宣抬头一看，却是一个戴孝的妇人和一个穿青的女伴，手里捧着个包袱，要搭船。

张老儿看见，忙把船停住道："想必也是上坟遇雨的了，快上船来吧。"那妇人同女伴上了船，先向许宣深深道了个万福。许宣慌忙起身答礼。妇人进舱坐定，不时偷眼打量许宣。过了会儿，妇人问道："官人高姓大名？"许宣忙答道："在下姓许名宣。"妇人问："家住何处？"许宣答："过军桥黑珠巷。"许宣也问："娘子高姓？"妇人说："奴家姓白，今日清明，为亡夫扫墓。"彼此说些闲话，不知不觉船已到了涌金门。许宣给张阿公付了船钱，各自上岸。许宣进了涌金门，跑到三桥子亲戚家，借了一把伞，刚撑着伞走出洋坝头，忽听到有人叫道："许官人慢走。"忙回头看时，却原是搭船的白娘子，独自一人，立在一个茶坊屋檐下。许宣忙问道："娘子为何还在这里？"白娘子道："只因这雨下个不停，把鞋子湿了，青儿回家去取伞和鞋子，还不曾回来。"许宣忙道："我到家很近，不如娘子把伞撑去，明日我自来取罢。"许宣把伞递给妇人，自己冒雨而回。

第二天一大早，许宣去药铺上班。一上午精神恍恍惚惚，像失魂一般。终于挨到吃午饭，一吃完饭，就跟表叔推说有事，跑了出去。一直走到荐桥双茶坊巷口，向人打听白娘子。问了半晌，并没一人认得。正不知如何是好，忽见丫鬟青儿从东边走来。许宣见了，忙问道："姐姐！你家住在哪里？我来取伞。"青儿道："官人随我来。"于是领着许宣，来到一幢楼房前，对门像是秀王府的府墙。许宣随青儿进入二楼房内。只见两边是四扇暗格子窗，中间挂着一副青布帘。揭开帘儿进去，靠墙桌上放一盆虎须菖蒲，两旁挂四幅名画，正中间挂一幅神像，香几上摆着古铜香炉、花瓶。白娘子迎出来，一面说着感谢的话，一面让青儿捧出菜蔬果品来留饮。许宣推辞不过，略饮了数杯，便起身告辞。白娘子假意推说伞被亲戚借走了，许宣只得约好第二日再来。

到了第二日，许宣又到白娘子家来取伞。白娘子见他来了，又备酒留饮。许宣喝了数杯后，白娘子满斟了一杯酒，亲自送到许宣面前，笑吟吟道："官人在上，真人面前不说假话。奴家自亡了丈夫，孤身无依，前日舟中一见，便觉与官人有缘。如官人错爱，不如寻个良媒，成就个百年姻缘。"许宣听了，满心欢喜。转念又想，自己并无钱财，如何娶妻。正在犹豫，白娘子叫青儿，附耳低声说了几句。青儿便到后房内取出一个封儿，递给许宣一个五十两大元宝。许宣大喜，装在袖中，对白娘子躬身说道："等我准备好，就来娶娘子。"说完，许宣拿了伞，匆匆离开了。

一到家，许宣便对姐姐说了娶妻的事情。姐姐开始不信，后来看到许宣从袖中取出那锭大银子来才相信。姐夫李仁办完公事回家，妻子立刻将许宣的银子递给丈夫看。李仁接了银子，在手中翻来覆去，细看那上面凿的字号，忽然大叫道："不好了，我全家的性命都要被这锭银子害了！"妻子忙问："怎么了？"李仁说："你哪里知道，现今邵太尉库内不见了五十锭大银，正命令临安府张榜捉贼呢。这银子与榜上字号相同，若隐匿不报，日后被人告发，吃罪不小。"妻子听了，只吓得瑟瑟发抖。李仁害怕连累自己，拿了这锭银子，连夜到临安府告发了。

临安府府尹立刻下令缉拿许宣。可怜许宣被押到大堂，仍丈二和尚摸不着头脑。见问，便将舟中遇着白娘子，并借伞、讨伞以及留酒、讲亲、借银子之事，细细说了一遍。府尹立刻差捕人押着许宣，去双茶坊巷口捉拿白氏来听审。不想，到了楼前一看，却是幢很久无人居住的荒屋。大家一拥而入，只见里面阴冷冷、寒森森，并无一个人影。到了楼上，远远望见一个如花似玉穿白的妇人，坐在床上。捕人大着胆子上前。刚走几步，只听得一声响亮，好似晴天打一个霹雳。众人都几乎要惊倒了，再看床上，明晃晃一堆大银子，却不见了妇人。大家点点银数，恰好是四十九锭。临安府府尹判许宣发配苏州牢城营，银子如数交还邵太尉，这案子才算结了。

许宣痛哭了一场，辞别姐夫、姐姐，便同解人搭船，前往苏州牢城营来。李仁因为告发了内弟，心里着实愧疚。于是托人找关系，给许宣在牢城营上上下下打点了一番，因此许宣并没有受半点委屈。许宣在苏州待了半年，十分寂寞。忽然有一天，许宣住宿的房主人进来，对他说道："外面有一乘轿子，坐着一位小娘子，带着一个丫鬟正寻你哩。"许宣慌忙走到门前来看，不料正是白娘子与小青。许宣见了，不胜气恼，跺着脚，连声怒骂："死冤家，全因你盗取了官银，又弄妖术，害得我有冤无处申，落得这个田地，你又赶来做什么?!"白娘子说："我既然和你议定了婚事，又怎么会害你？银子来历不明，全怪我死去的丈夫，我一个妇人家如何知道？至于妖术，那是小青用毛竹片敲墙壁发出的声响，让众人惊呆半晌，我好借故逃脱。"白娘子镇定应答，一番花言巧语，把自己推脱得干干净净。许宣听罢，竟然也不再怀疑了。又见白娘子长得标致，越瞧越动心，当晚便欣欣然与白娘子拜了堂，成了亲。

二人成亲不久，到了四月初八佛生日的时节，许宣执意要到承天寺看佛会。白娘子无奈，取了两件新衣服替他换了，又拿出一把金扇，上面系着一个珊瑚坠儿。许宣穿着华服，一路摇摇晃晃来到承天寺。正混在烧香的男男女女中游玩，不料一捕快偷偷近前，打量了他一会儿。突然一声吆喝，众捕快一拥而上，将许宣拿下。原来周将仕家库房内丢失了许多金珠衣物，许宣身上穿的、手上拿的，都与失物相同。到了府衙，许宣极力争辩，回禀府尹说："衣服扇子都是妻子准备的，怎么可能是赃物？"府尹命差人去捉拿白娘子。不一刻，差人回报，白娘子不在家中。失主周将仕听说拿到了贼人，也来到了府衙，正等着判案。忽然家人来报说："丢失的金珠衣物在库中的空箱子里找到了，只是少了扇子、扇坠。"周将仕慌忙回家去看，果然如此。于是回到府衙，偷偷对府尹说明情由，求府尹放了许宣。府尹于是不再问罪于许宣，只改配去了镇江。

到了镇江，许宣在李仁的结拜叔叔李克用的生药店做事。这一日，许宣请李克用和店里伙计到酒肆吃酒。散场后，许宣正往回走，不巧一家楼上推开窗，倒下熨斗灰来，落了许宣一头。许宣停脚大骂。只见一妇人走下楼来道歉，许宣抬头看时，不是别人，正是白娘子。许宣不觉怒从心上起，骂道："你这贼妖妇，连累我好苦！吃了两场大官司。"说着走上前，一把捉住。白娘子连忙赔笑脸道："一日夫妻百日恩。你不要发火，前日那些衣服扇子，都是我先夫留下的，不是贼赃，谁知被人误认。我到寺前寻你，听说你被捉拿，害怕连累我出丑，只得叫青儿讨只船，到此母舅家暂住，也好打听消息。"许宣被她一通甜言蜜语，说得满肚子的气都消了，于是二人和好如初。

一天，李克用的寿诞，许宣夫妻俩同到李家拜寿。李克用是个好色之徒，见白娘子生得如花似玉，便生了坏心。尾随白娘子，来到茅厕，从门缝外偷偷张望。突然看见一条吊桶粗的大白蛇，盘在房梁上，两眼似灯盏，放出金光来。李克用忙往外跑，一跤跌倒，险些吓死。白娘子回到家中，说了李克用的不轨企图。许宣便离开生药铺，自己另开个小药铺。

许宣自从开店后，生意一天比一天好。七月初七这天，正是英烈龙王生日，许宣要去烧香。白娘子劝阻了半天，许宣不听，执意到江边搭了船，上了金山寺。许宣先到龙王堂烧了香，然后各处闲走看看。路过方丈房前，一眼被法海和尚看见，大惊说："此人怎的满脸妖气！"于是提了禅杖，追了出来。许宣正要渡江，远处江心划过来一条小船，只见白娘子与小青立在上面。许宣正惊讶，只见白娘子远远叫道："官人，我特来接你。速速上船！"许宣正要上船，不料法海和尚在后大喝一声道："孽畜！竟敢到此！"举起禅杖打去，只见白娘子与小青，连船都翻下水底去了。许宣看见，吓得魂不附体。禅师叫来许宣问道："你从哪里遇此孽畜？"许宣见问，遂将前项事情从头说了一遍。禅师说："虽是宿缘，也是你欲念太深，所以三番五次执迷不悟。庆幸的是灾难已过，你可速回杭州了。如果蛇妖再来缠你，到净慈寺找我。"许宣拜谢了禅师，急急回家，果然白娘子与小青都不见了，此时方信二人真是妖精。

过了几日，朝廷恩赦天下。许宣被赦，满心欢喜，打点行装回了杭州。一到家，见过姐夫、姐姐，拜了四拜。刚拜完，李仁发话说："怎么说我们也是你姐姐、姐夫，你怎么在外面娶了妻子，也不通个信儿给我们，是何道理？"许宣道："我并不曾娶妻呀。姐夫这话从哪里说起？"正说着，只见姐姐同白娘子、小青从内房走了出来。许宣一见，魂不附体，急忙叫姐姐道："她是妖精！切莫信她！"白娘子听说此话，便呜呜咽咽哭了起来。姐姐于是责骂许宣。许宣急了，忙扯姐夫出外，将以前之事细细说了一遍，道："此妇实是个白蛇精，不知有什么办法能赶走她？"李仁道："白马庙有个戴先生，极善捉蛇。我同你去接他来捉就是了。"二人去找戴先生。戴先生连忙装了一瓶雄黄，一瓶煮好的药水，一起来到李家。

许宣请他到里面内房去捉妖，忽然房门开了，里面说道："既会捉，请进来。"戴先生走进去，只见房门口忽然刮起一阵冷风来，直刮得人汗毛倒竖。一条吊桶粗的大蟒蛇立在房内，一双眼睛如同两只灯笼，直射过来。戴先生突然看见这一幕，吃了一惊，往后摔倒，连雄黄瓶儿、药水瓶儿都打得粉碎。那蛇张开血红的大口，露出雪白的牙齿来咬他。他慌忙爬起来，只恨爹娘少生了两只脚，死命地跑出来，头也不回地一溜烟儿不见了。

李仁、许宣二人你看我、我看你，无计可施。不一会儿，白娘子叫许宣进去，说道："你好大胆！怎敢叫捉蛇的来捉我？你若和我好，便佛眼相看；若不好时，连累一城百姓都要死于非命！"许宣听了，心寒胆战，不敢作声，也往外跑。一直跑出清波门外，再三踌躇，无可奈何。忽想起金山寺法海禅师曾吩咐他："若妖怪再来缠你，可到净慈寺来寻我。"心想，既然走到此处了，何不进去求他？进了净慈寺，法海禅师恰巧不在。许宣寻不到法海禅师，又不敢回家，于是走到长桥，看着一湖清水，决定跳湖自杀。正要跳时，只听背后有人叫道："男子汉何故轻生？有事好商量。"许宣回头一看，正是法海禅师，背驮衣钵，手提禅杖。许宣倒头便拜，道："大师救弟子一命！"禅师道："这孽畜如今在哪里？"许宣道："现在姐夫家里。"禅师取出一个钵盂递给许宣，道："你悄悄到家，不可使妇人得知。只要将此钵劈头一罩，紧紧按住就可以了。你不要心慌，我自有办法。"许宣拜谢了禅师后便回家，只见白娘子正坐在那里骂人。许宣乘她不注意，走到背后，悄悄将钵盂往她头上一罩，用尽平生之力按下去。钵盂渐渐地压下去，直压到底，竟不见了白娘子身体，许宣还不敢松手，紧紧按住。不久，法海禅师过来，许宣说道："妖蛇已罩在此，请师傅发落。"禅师口里念念有词，念完，揭起钵盂，只见白娘子缩成七八寸长，如傀儡一般，趴在地下。禅师喝道："是何孽畜？怎敢缠人？详细说来。"白娘子泣道："我本是一条蟒蛇，来到西湖，同青鱼一起安身。不想遇着许宣，春心荡漾，触犯天条。庆幸的是不曾伤生害命。望师傅慈悲。"禅师道："念你千年修炼，免你一死。快现本相！"白娘子现了白蛇原形，小青现了青鱼原形。法海禅师将二怪置于钵盂之内，扯下褊衫一幅，封了钵盂口，拿到雷峰寺前，将钵盂放下，令人搬砖运石，砌成了一座塔，压在上面。后来许宣又化缘，造成了七层，使千年万载，白蛇与青鱼不能出世。禅师自镇压后，又留偈四句道："雷峰塔倒，西湖水干。江潮不起，白蛇出世。"法海禅师诵罢，众人散去。许宣情愿出家，拜法海禅师为师，披剃于雷峰塔下。修行数年，无病坐化。

雷峰塔，又叫皇妃塔，位于西湖南岸。雷峰夕照为西湖十景之一，是西湖著名旅游景点。民间白蛇故事中，雷峰塔是法海为镇压白娘子而建。实际上，雷峰塔是吴越王钱弘俶为供奉佛螺髻发舍利而建的。塔成之时，恰逢北宋追谥钱弘俶逝去不久的夫人孙氏为皇妃，所以命名为"皇妃塔"。后因其所在

雷峰塔

的山峰叫"雷峰"，逐渐被人们称为"雷峰塔"。北宋宣和时，雷峰塔被损坏，南宋时重建，建筑和陈设十分精美辉煌。明嘉靖年间，雷峰塔又被倭寇焚烧，只剩下砖体塔身。清末，民间盛传雷峰塔砖有"辟邪""宜男"等功能，因此屡遭盗挖，以至年久失修的砖塔于1924年轰然倒塌。1999—2002年浙江省委、省政府对雷峰塔进行了重建。重建后的雷峰塔为彩色铜雕宝塔，外观为八面、五层楼阁式结构，各层盖铜瓦，转角处设铜斗拱，飞檐翘角下挂铜风铃，风姿优美，古色古韵，完全按照南宋初年重修时的风格、设计和大小建造。重建时，在雷峰塔遗址发掘出一座地宫，出土了阿育王塔、鎏金龙莲底座佛像等一大批珍贵文物，轰动海内外。

绿衣人再续前世缘

解题

　　西湖的断桥闻名天下。人们把断桥当作爱情桥，是因为民间传说中白娘子和许仙的断桥相会。其实，断桥上发生的爱情故事，并非只有白娘子和许仙。姑苏士子文世高与钱塘小姐刘秀英的爱情故事（见于《西湖佳话·断桥情迹》），还有天水书生赵源和鬼女绿衣人的爱情传奇也都发生在断桥。赵源和绿衣人的故事见于元末明初文学家瞿佑《剪灯新话》中的《绿衣人传》，写的是南宋时临安民女因会下棋，被权相贾似道选为棋童陪侍。在贾府，她与茶奴互相爱慕，私赠信物，被发现后，双双赐死于西湖断桥之下。后女子鬼魂来到世间，为续前世姻缘，与茶奴转世的赵源一起生活了三年才离去。小说不仅以断桥为背景，描写了一个凄美的人鬼恋情。更通过女子之口，揭露了南宋权臣贾似道的种种暴行，对为富不仁者进行了有力的批判。小说刻画的这个鬼女形象，美丽深情、温柔善良又非常自尊，全无森森鬼气，对后世志怪小说影响较大。

甘肃天水有个书生叫赵源，父母早亡，还没娶妻。延祐年间，赵源游学到了钱塘，在西湖葛岭上找了处房子暂住，住处旁边就是南宋权臣贾似道的旧宅。赵源一个人住，一天晚上无聊，倚靠在门外闲看。忽见东边走来一女子，绿衣双鬟，年纪十五六岁的样子，虽然没有盛妆浓饰，但姿色过人。赵源盯着看了很久。第二天出门，又见这女子。一连好几天，每天天一黑，女子就来了。赵源忍不住戏弄道："喂，小女子家住哪里呀，怎么每天晚上都到这里？"女子笑着向他拜了拜，说："小女子家一直就在旁边，只是您不认识罢了。"赵源试着勾引她，不想女子竟欣然答应了。这天女子留宿在赵源家中，二人举止十分亲昵。第二天一早离去，到了晚上就又来了。一个多月后，两人感情越来越深厚。赵源问她姓氏住址，女子说："您得到美女就够了，问那么多干什么呢？"赵源还是问个不停，女子说："我喜欢穿绿衣，叫我绿衣人就行了。"始终不肯告诉他住在哪里，姓甚名谁。赵源猜她可能是哪个富贵人家的媵妾，私奔出来，害怕事情泄露，所以不肯说出实情。赵源坚信是这样的，也就越加疼爱她。

一天晚上，赵源喝了点酒，指着女子的绿衣戏言："这真是'绿兮衣兮，绿衣黄裳者'啊。"女子听了，面露惭色，一连几个晚上都不来了。等再来时，赵源问她为何好几天没过来？女子缓缓说道："本想与您白头偕老，为何以婢妾待我？既然您看不起我，我也不敢待在您身旁了。今天我就向您说明我的来历。我和您，从前是认识的。如果不是从前就情深意厚，我不会到这里找您。"赵源问怎么回事，女子惨然说道："说出来您不会为难我吧？我其实并非这个世间的人。我到此，也并不是要加害于您，只是命数如此，我俩的凤缘还没尽罢了。"赵源大惊道："怎么回事？希望你说得再详细些。"女子说："我是从前权相贾似道的侍女。我本是临安普通人家的孩子，只因从小善于下棋，十五岁时，凭棋童的身份到贾府入侍。每当贾似道下朝回来，坐在半闲堂休息，一定会叫我陪他下棋，对我也十分宠爱。当时您是贾府茶奴，负责煎茶，每次煎好茶就端入后堂。您那时年少，姿容俊美，我一见倾心，就把绣帕钱袋偷偷送给您。您也回赠玟瑰脂盒给我。虽然我们彼此有意，但无奈贾府上下管束严密。后来，我们的事情被同伴察觉，报告给了贾似道。贾似道大怒，下令将我们一同处死在西湖断桥下。现在您已再世做人，而我还在冥界为鬼，这难道不是命运弄人吗？"说完，呜咽而泣。赵源听后，大为感动。过了很久，才说："真如你所言，这就是你我的再世姻缘，我们应该更加相爱，以偿前世所愿。"从此，赵源请她留在自己住处，不许离去。赵源一向不擅下棋，女子教他下棋，把自己平生所学棋艺完全传授给了他。每当赵源出去下棋，连那些棋艺高超的人也下不过他。

女子常常给赵源讲贾似道的旧事，都是她亲眼所见、历历在目。她曾说：贾似道一天倚楼闲望，众姬妾侍奉一旁，看到两个戴着乌巾穿着素服的男子，乘着小船，从西湖登岸。一姬赞道："这两个男子好帅啊！"贾似道说："你想嫁给他们吗？我让他们娶你。"姬笑着没说话。不一会儿，贾似道让人捧着一个木盒，叫众姬妾上前来看，说："刚替某姬下了聘礼。"打开盒子一看，竟是某姬的头，众姬都惊恐战栗而退。贾似道又曾贩盐数百艘到都市售卖。有个太学生写了首诗：

昨夜江头涌碧波，满船都载相公鲑。

虽然要作调羹用，未必调羹用许多！

贾似道听说，立刻抓来这个太学生，以诽谤罪下狱。

贾似道曾在浙西实施公田法，百姓不堪其苦，于是有人在路边题

诗说:

> 襄阳累岁困孤城,豢养湖山不出征。
> 不识咽喉形势地,公田枉自害苍生。

贾似道见了,派人查访,抓到题诗人后流放边疆。

贾似道曾作道场,要斋饭一千人,人数已够。这时有一道士,衣衫褴褛,上门求斋。管事因为人数已满,不肯让他进去。道士一直不肯离去,管事不得已,让他在门外用了斋饭。道士吃完饭,把他的饭钵扣在桌子上走了。众人用尽全力,也搬不动这只饭钵。告诉贾似道,贾似道亲自去搬,搬开后竟看到里面有两句诗:"得好休时便好休,收花结子在漳州。"才知道是神人降临。贾似道始终不理解"漳州"之意,可叹!他那时怎知有漳州木棉庵的厄运呢!

曾有船夫在苏堤泊舟,那时正值酷暑,船夫躺在船尾,一夜未睡。忽见三个不到一尺高的人聚在堤岸。一个说:"张公要来了,怎么办呀?"一个说:"贾似道不是好人,决不能饶恕他!"一个说:"我是看不到了,你俩看他怎么倒霉吧!"说完,一起哭着跳入水中。第二天,渔夫张公捉到一只鳖,宽二尺多,送到府里。之后,不到三年工夫,贾似道就败落了。这大概就是事情降临的时候都会有所征兆,这是命数,没法逃脱的。赵源问:"我现在和你相遇也是命数吗?"女子说:"这的确是命数啊!"赵源问:"你的魂魄,能在这个世上永远存在吧?"女子说:"命数到了就散去了。"赵源问:"什么时候呢?"女子说:"三年。"赵源不信。

等到了三年,女子突然卧病不起。赵源要为她请医生,女子不肯,说:"以前已经告诉您了,我俩的姻缘,我们的夫妇之情,今天就结束了。"说完用手抓住赵源手臂,与他诀别说:"蒙您不弃,我才在您身边陪伴三年。从前因一念私情,使我们两人陷于不测之祸。但是即使海枯石烂，地老天荒，也难以磨灭我们之间的感情！现在幸亏得以续前生之好，践往世之盟。在此三年，我愿已足！请容许我从此离开，千万不要再挂念我！"说完，面壁而卧，溘然而逝。赵源十分悲恸，为她置办棺椁。等到下葬的时候，棺椁不知为何特别轻，打开去看，发现里面只有衣衾钗珥。赵源感念绿衣女的深情，不复再娶，到灵隐寺出家为僧，终了一生。

景观介绍

断桥

　　断桥南接白堤，北连北山街，为西湖最著名的桥。据唐代张祜《题杭州孤山寺》诗中"断桥"一词判断，断桥在唐时已经建成。南宋时又称宝佑桥、段家桥。1921年重建为拱形独孔环洞石桥。今桥为1941年重建，桥畔有"云水光中"水榭和康熙御题"断桥残雪"碑亭。关于断桥名称由来，众说纷纭，一说孤山之路到此而断，故名；一说段家桥简称段桥，谐音为断桥；一说冬日雪后，桥的阳面冰雪消融，但阴面仍有残雪似银，从高处眺望，桥似断非断。"断桥残雪"是西湖十景之一，白娘子与许仙、赵源与绿衣人等爱情传说，为断桥景物增添了浪漫色彩。

第二章　西湖印象·桥堤亭塔篇

裴秀娘夜游西湖

　　本故事见于清代三台馆山人《万锦情林》的"裴秀娘夜游西湖记"。小说写了裴太尉一家清明上坟后夜游西湖时,女儿裴秀娘与青年刘澄邂逅相爱。因无由相见,裴秀娘相思成疾。父母疼爱女儿,千方百计找到刘澄,促成了这一段美好姻缘。文中不仅写到裴秀娘家住万松岭,还写到西湖六桥、涌金门、玉泉寺等西湖景点,同时在故事中表现了中国传统的七夕节。七夕节是女儿节,寄寓了古时女儿乞巧、祈福、期待爱情的愿望。这篇故事中,作者把女主人公相思抑郁和成就美满婚姻放在七夕这个节日背景下,既展现了西湖风情与杭人生活习俗,又寄托了美好的人生祈愿。

宋理宗时，在临安府万松岭上，住着一位太尉叫裴朗。裴太尉膝下有一个女儿，年方十五，小名秀娘。这裴秀娘长得端庄美貌，国色天香，说她是仙子下凡、西子再世，也不过分。不仅如此，秀娘还聪明灵秀，琴棋书画、诗词歌赋、女工针黹，无所不通。裴太尉夫妻年过半百，也只有这一个女儿，所以爱如掌上珍宝。最难得的是，这裴小姐性格温和，礼上爱下，府中侍婢奶娘，没有不喜爱她的。

一天，裴太尉在回府的路上，看见满大街香车暖轿，高头大马，来来往往，熙熙攘攘。心里正疑惑，不知发生了什么事情。刚回府，夫人满面笑容地问他："老爷，今日是三月十五，清明节快到了，我们一家出去踏个青，也去游游西湖，可好？"太尉笑说："怪不得街上人来人往，热闹了许多，原来清明节快到了。我今天就去告个假，明天一早去北山玉泉寺祭扫先人。劳烦夫人吩咐厨子侍婢，打点酒食肴馔，明日祭扫完了，和女儿一起去游赏游赏西湖。"夫人大喜，随即吩咐下去。

第二天一早，太尉与夫人、小姐带着随从丫鬟，一众人等，骑马的骑马，乘轿的乘轿，浩浩荡荡地从涌金门出来，雇了艘大船，向西湖第三桥驶去。这涌金门外的西湖上面有六座桥。第一桥名叫映波桥，第二桥名叫锁澜桥，第三桥名叫望山桥，第四桥叫压堤桥，第五桥叫东浦桥，第六桥叫跨虹桥。六座桥上都建有亭子，每座桥上面一座。亭子朱红栏杆，绿油飞槛，雕檐画栋，布置得十分漂亮。高宗皇帝当年常常夜游西湖，有时太晚就睡在六桥亭子内，天亮了才回宫。高宗不仅自己常来六桥游玩，还与民同乐，下令官员百姓，都可来此游赏。这临安城内开店经商的人，白天没工夫去游西湖，只能在晚上四处转转。尤其是佳节时候，人们准备好酒樽食品，出了涌金门，雇条画舫或者小划船，呼朋唤友，携子带孙，去夜游西湖。文人名士诗酒风流，公子王孙、佳人才子密约偷期。夜幕下的西湖，正所谓："画舫撑棹，翠袖罗裳，韵悠悠笙歌嘹亮，醉醺醺笑语喧哗。"

再说太尉、夫人和小姐下了船，又上了轿，同往玉泉寺佛殿中烧香。烧完香到先人坟茔祭扫一番，又同到玉泉池边看金鱼。那天出来游玩的佳人才子，人山人海，不计其数。可巧秀娘小姐一眼瞧见人群中有一少年，生得眉清目秀，唇红齿白，如潘安再世，似宋玉还魂。这秀娘小姐目不转睛，仔仔细细地端详这少年书生，看他年约二十，青春洋溢。心中思忖："世上竟有如此美貌之人，我若嫁给这样少年，一辈子就算不白活了。"秀娘想让丫鬟上前问问他姓氏住址，无奈双亲在旁，不敢造次。却说那少年，是东城褚家塘刘员外的儿子，名叫刘澄，字清之，那天随外祖父母家去上坟，顺便游西湖。秀娘小姐目不转睛看刘澄的时候，刘澄也看见了小姐，四目相对，留恋不舍。

裴太尉与夫人、小姐看完了金鱼，便上了轿。回到船边下轿，坐在船中，倚栏观看。"十里湖光，六桥风月，三竺烟霞"的西湖，真的是美不胜收。再说这刘澄，自从在玉泉池见了秀娘小姐一面后，便一路追踪，跟到湖边。只见小姐一家上了一条大船，开往湖中游玩去了。刘澄回去对外祖父说："我想先回去。"外祖父惊讶道："既然一起来了，为啥要自己回去？"刘澄只好撒谎说："我身体有点不舒服，先找个小划船回去休息一下。"外祖父一家挽留不住，只得让他下了大船，另雇一只小划船先走。刘澄吩咐船家，找到太尉家的那条画舫，远远地跟着。

裴太尉船中鼓乐喧天，笙歌不断。太尉与夫人、小姐一边宴饮，一边遥望西湖南北峰景致。太尉心中大喜，不由得开怀畅饮，喝得酩酊大醉，睡在船中。稍稍清醒后，吩咐夫人："今天太晚了，来不及回城了，就在船上休息吧。等我酒醒了，乘着月光，我与夫人夜游西湖。"夫人答应，安排下去。刘澄跟着太尉家画舫，迤逦而行，见大船停泊在雷峰塔下，便让船夫想办法去探问，前面这大船上是什么人家。船夫打听了回来说："这是裴太尉与夫人、小姐一家。今日太尉喝醉酒了，在船上歇息。等酒醒后，打算夜游西湖。"刘澄大喜，让船夫买了些酒食果品过来，边饮边等大船行动。只见一轮明月当空，天清气高，山光湖色，一派清奇。

话说秀娘小姐此时也正在大船之中，举目遥望，碧天似镜，皓月如银。六桥亭上，灯火灿烂，四顾湖中，到处是大船小船。只见一条小船，紧贴着自家大船泊着。船上坐着个少年，隐约像是玉泉观鱼见到的那个年轻人。秀娘仔细辨认，果然是他。秀娘激动得心怦怦直跳，想要喊他，又怕母亲听到了。正急得团团转，突然灵机一动，用手叩击船舷栏杆，唱了一首苏轼的诗：

水光潋滟晴方好，山色空蒙雨亦奇。
欲把西湖比西子，淡妆浓抹总相宜。

秀娘唱得声清韵美，这刘生听了，不觉手舞足蹈起来："这美人不仅国色天香，嗓音也这般美妙绝伦。"于是让船夫把小船往太尉家画舫边又靠了靠，仔细聆听。这边小姐看见少年把船靠了过来，心知少年有意，就取了一枚核桃，从袖中抽出白绫汗巾裹起来，向天祷告说："我如果能嫁给他，这核桃就投进他怀里；如果嫁不成，核桃就掉进水里。"说完猛一投掷，竟然一下子投进了少年怀中。刘生拱手称谢，也取袖中香罗锦帕包了一枚核桃，投向小姐大船上，小姐急忙拾起锦帕，揣入怀中。两人深情相望，这时，太尉酒醒，命船夫开船，游赏西湖夜景，一路往清波门而去。刘澄也尾随而行，天快亮时登岸，各自回家。

裴太尉带着夫人、小姐回府，小姐回到香闺，坐了半晌，心中郁郁不乐，若有所失。七夕，太尉与夫人、小姐在后花园中乞巧。饮宴之间，小姐想起那牛郎织女之事，对景伤怀。回到房中，取出那条香罗锦帕，在上面作诗一首：

忆昔清明事偶然，投桃报桃两情牵。

重逢七夕添新恨，独对孤星犯旧垣。

织女有心求月老，牛郎无路遘天缘。

几时共跨河桥会，不负当初到玉泉。

　　秀娘写完此诗，越想越伤心，哭了一晚上。第二天，就抱病不起了。丫鬟禀知夫人，夫人听说女儿有病，赶紧过来探问，只见女儿面容憔悴，神情倦怠。夫人告知太尉女儿有病之事，说："女儿病得蹊跷。自清明游湖回家，情思不乐，针指懒拈。没情没绪，面容憔悴，不知什么缘故？"太尉请来太医院医官看治。太医诊脉后对太尉说："令爱的病不要紧，是七情伤感导致，吃点小药，很快就好了。"不料，秀娘服药无效，卧病一个多月，吃不下喝不下，眼看病情越来越严重，夫人慌了起来。太尉与夫人同到房中看视，夫人问道："你如今想什么，要什么，可对父母明说，只要能办到的，都满足你。你若含糊不肯明言，恐丧性命，悔之不及。"秀娘不发一言，只是摇头而已。太尉坐在女儿房中，在书桌上看到一方香罗锦帕，隐约有些字迹，打开来看，正是小姐写的那首诗。太尉看完，心中都明白了。悄悄叫出夫人，对夫人说："是我不好，早知道不让她游西湖去了。夫人，你来看看她写的东西。"夫人看了，返回屋中对小姐说："孩儿，你放心，我让你爹爹派人去找那少年。看是谁家的孩子，找到后就商议亲事。你放心养病，再不可糊涂，伤了身体。"

　　太尉叫来府里管事的王虞候，命他到西湖上，一一询问那些划小船的船夫，找一个三月十六那日夜晚，在雷峰塔附近，乘小船游湖的少年书生。打听清楚，姓甚名谁，家住哪里，速来回话。王虞候领命而去，到涌金门外，找到当日载装太尉一家的大船船夫，通过他找到了载少年的船家胡小二。王虞候问胡小二："三月十六那日夜晚，雇你小船夜游西湖的那少年，是谁家孩子？"胡小二想了好一会儿，说："好像是褚家塘织缎子机房刘员外之子，你要详细了解，可去褚家塘打听一下。"王虞候便去褚家

中国文人的西湖印象 ［西湖小说］故事

塘，到处寻问刘员外机房。等见了刘员外，假称要织缎匹，先把定金付了。正喝茶时，看见里面走出来一个少年，年龄大约十六七岁，美貌清奇。就问刘员外："这年轻人是谁？"员外说："这是我的二儿子刘澄。"王虞候又问："令郎一表人才，不知定亲了吗？"员外说："说媒的不少，就是还没遇到合适的。"闲聊了一会儿，王虞候告别回去，把打听到的事情，回禀给太尉说："这刘员外次子刘澄，年一十六岁，未有婚配。确实长得眉清目秀，仪表堂堂，与小姐堪称佳配。"太尉听了，对夫人细说此事。夫人只要是女儿喜欢，便没有不答应的。又听说男孩子长得仪表不凡，更加满意，便催着太尉快去寻两个媒人，到褚家塘刘员外家去说亲。媒人去了刘家，说了此事，刘员外和夫人又惊又喜。问了儿子刘澄，刘澄听说是裴太尉女儿，更是喜出望外，自然答应。媒人回府禀报，秀娘的贴身丫鬟听到了，欢欢喜喜去告诉小姐说："给小姐贺喜了，媒人已将刘员外次子吉帖送来，就是小姐在玉泉寺见的那少年，亲事已成了。"小姐听说，心中大喜，顿时便觉身体清健，病立刻好了一半，又调养了不到一个月，身体便恢复了。这夫人与太尉见女儿身体好了，心中十分欢喜，便商议成亲事宜。婚礼那日，两家请来亲戚朋友，大摆筵席，鼓乐笙箫。晚筵之后，裴秀娘与刘澄被送入洞房。二人各自拿出当时在西湖上所赠送的信物：一条白绫汗巾，一条香罗锦帕，感叹不已。当日西湖上的一面之缘，怎会料到，如今真的结成夫妻。正是有缘千里来相会，无缘对面不相逢。

六桥是苏堤上著名的六座桥，都为单孔半圆石拱桥，自南而北依次为映波、锁澜、望山、压堤、东浦、跨虹，据说名字都出自苏东坡。苏东坡曾有诗云："我来钱塘拓湖绿，大堤士女争昌丰。六桥横绝天汉上，北山始与南屏通。"映波桥是第一桥，站在桥头可见湖面上花港观鱼公园的亭台楼阁、长廊水榭的倒影。民国时桥面改石级为斜坡。现桥栏上装饰有跃狮、蝴蝶、回纹图案，十分精美。锁澜桥是第二桥，可近看小瀛洲，远望保俶塔。第三桥望山桥可望花港观鱼公园和三潭印月岛。第四桥压堤桥，居苏堤南北的黄金分割位，是眺望西湖风景的最佳处，"苏堤春晓"御碑亭就在桥南。第五桥东浦桥是观日出的最佳点之一，桥通曲院港。第六桥跨虹桥临近北山路，东望孤山，西看曲院风荷。

映波桥（图片来自搜狐网）

压堤桥（图片来自新浪网）

锁澜桥（图片来自汽车之家）

潘用中凤箫佳会

解题

　　洞箫是中国古老的一种乐器，它的音色圆润轻柔，幽静典雅。在我国古代吹管乐器中，洞箫是最具古典风味，最富文人气质的一种乐器。正因为如此，它经常被文人当作道具，据此创作了许多美丽、传奇的故事。正月十五上元节，是民间最为盛大的节日之一。宋明两代时，上元节最为开放热闹。据《东京梦华录》《武林旧事》等记载，节日期间，男女老幼倾城而出，游街观灯，通宵达旦。青年男女在观灯时偶遇、相爱、相思（或私奔）、团圆，演绎了浪漫的才子佳人故事。其中，有一对青年男女，在杭州六部桥一带上演了一出"凤箫佳会"。既因洞箫成就了美好姻缘，也展现了上元佳节张灯、观灯、"市食合儿"、"扫街"等杭州风俗，具有一定的文化价值。该故事就是周清原《西湖二集》中的"吹凤箫女诱东墙"。冯梦龙在《情史》的"潘用中"篇中对此也有描写。

宋高宗南渡后，随着临安的发展，西湖日渐成了一个深受人们喜爱的游览胜地。节日期间，尤其是上元灯节，这里更是繁华。天街上的酒肆，三桥的客邸，到处都是灯火辉煌，箫鼓不断。月色溶溶，女眷们穿着白色罗衫，犹如仙女下凡，头上戴的珠翠、闹娥、玉梅、雪柳、菩提叶、灯球等饰物，在灯光下闪闪发光。清河张府、蒋御药家等府邸，搭戏台，放烟火，花丛水岸，一片灿然。游人士女来往游览，络绎不绝。那些富贵人家为显示身份，购买食盒时，争相用金盘、钿合、簇钉等相馈赠，名为"市食合儿"。等到夜深人散后，有人提着小灯沿街捡拾游人丢失的东西，常常能拾到簪子、耳环之类的东西，此为"扫街"，这就是极尽奢华的东都遗风。

宋理宗时期，有个叫潘用中的年轻人，跟随父亲来到临安，在六部桥附近，找了个客店住下。六部桥就是宋时六部衙门的所在地。一切安顿妥当，潘用中的父亲去衙门等着上司给安排工作。那时正值元宵佳节，理宗皇帝下令全城张灯结彩，让百姓游赏。宣德门扎起了好几座鳌山灯，四周用五色锦绣围起来。鳌山灯高数丈，上面有花草树木，亭台楼阁，还有各种制作精巧的人物，当机关转动起来，人就如同活的一般，十分有趣。整个鳌山彩灯辉煌，中间"皇帝万岁"四个大字闪闪发光。皇帝出宫与民同乐，盛大的音乐奏响，百戏表演开始，全城轰动，盛况空前。表演结束，小宦官们都装扮起来，燃放烟火，一直闹到半夜才结束。

潘用中看灯到半夜才回。在旅店看到月色如银、清朗夜空，禁不住拿出心爱的箫管，呜呜咽咽，吹了起来。一连吹了几曲，不想打动了一位千金小姐。这小姐姓黄小名杏春，聪明伶俐，知书达理，精通音乐。黄家是皇室宗亲，从汴京随皇帝南迁而来，就住在六部桥。黄杏春从小被父母宠爱，如同掌上珍宝。十岁时，便请来家庭教师，教她诗词歌赋。因为杏春小姐最喜欢洞箫，又请个女教师教她，不久学成。每当月明夜静之时，黄小姐便悠悠扬扬地吹起来，清幽的曲声穿云裂石。周围的人听多了，就私下里把小姐住的楼取名为"凤箫楼"。

巧的是这杏春小姐的绣楼，与潘用中住的旅店正好面对面，仅隔几丈而已。这天元宵节晚上，夜已深了，黄小姐忽听见旅店楼上箫声悠扬，与平常人所吹不同。黄小姐也常在夜静时吹箫，忽然听到对面楼上有箫声响起，开始还担心是有人故意勾引，也不敢发声，只偷偷将箫放在朱唇上，按照音乐节奏，与楼外的箫声无声相和。外面箫声声韵清幽，愈吹愈妙，杏春小姐越听越爱，暗思："这人吹得真好，不知是什么人，明天一定要看个究竟。"

第二天，黄小姐梳妆打扮一番后，便将楼窗轻轻推开一条缝，向外瞧去。只见对面楼上的窗户旁边站着个美少年，十六七岁的样子，丰姿俊秀，仪态端雅，手里拿着一本书在那里看。黄小姐瞧了一会儿，仍将窗悄悄关上。过了一会儿，忍不住又推开一条缝偷看。过了几天，渐渐地把窗子开得大了，也开得更频繁了。潘用中开始看见对面的楼，朱楼画阁，好不气派。后来看见楼上窗子渐渐地推开，一次又一次，越开越大。在朱帘内，隐隐约约好似一个玉容花貌之人。潘用中也便有心探究，一直站在窗边凝望。那黄小姐见潘用中在看，竟然把一扇窗子打开来，朱帘半卷，微露玉貌。那张脸鲜艳妖媚，宛如月宫仙子。只略略一现，即刻闪身进去，随后把窗子关上了。潘用中一见倾心，立刻下楼去询问店家吴二娘说："对楼是谁家？"吴二娘说："对面是黄府，从汴京来的。"潘用中又问："黄府中都有什么人？"吴二娘说："老爷、夫人，还有个小姐，刚十七岁，还没出嫁。这小姐喜爱吹箫，一到明月之夜，便有箫声。"潘用中暗自欣喜："原来小姐也好吹箫，怪不得开窗偷看我呢。"这天，潘用中一夜没睡。第二天一早，便凭窗而望，黄小姐也开窗来望。两人你望我，我望你，虽是面对面，却似咫尺天涯一般。

一个多月不知不觉过去了。一天，朋友彭上舍邀潘用中到西湖游玩散心。正值三月艳阳天气，西子湖畔青山似画，绿水如蓝，桃红柳绿，莺歌燕舞，到处是一派勃勃生机。少年郎骑着马，女孩子乘着轿，在树丛花间来往穿梭，从白公堤游到苏公堤，从昭庆寺直游到天竺寺。达官贵人乘着游船，载着临安的名妓和歌童，带着锦瑟瑶筝、金樽玉液，吹的吹，唱的唱，饮的饮，歌的歌，绕着湖心，一路歌舞笙箫不断。还有那走索的，跑马的，摔跤的，各种杂耍技艺非凡。

潘用中和彭上舍正在苏堤上游玩，忽见十多乘女轿簇拥而来，十分华丽。轿子从人群中挤过，潘用中仔细一看，原来是黄府家眷。看到第五乘轿子来时，里面正是楼上那位知音——黄小姐。两个人四目相视，黄小姐在轿中微微一笑而过。潘用中神魂如失，跟了一会儿。但游人如蚁，挤挤挨挨，十分不便，只得转身离开，与彭上舍道别回去。潘用中回到楼上，等月上枝头，取出箫吹了起来。黄小姐还在楼下与母亲等亲眷闲谈，忽听箫声，心中焦急，假托疲倦欲睡，上楼去了。小姐轻轻推开了窗，潘用中见小姐开了窗，就停了箫声。月光洒在小姐脸上，更觉白皙动人。正在凝望，不料潘用中的父亲回来，彼此急急将窗关上。等到父亲睡去，潘用中又打开窗户。过了一会儿，小姐也微微开窗，揭起朱帘，露出半面。潘用中一时兴起，取一枚胡桃掷去，小姐接到。过了一会儿，小姐用一方罗帕，裹了这一枚胡桃仍旧掷来。潘用中打开一看，罗帕上有诗一首：

　　阑干闲倚日偏长，短笛无情苦断肠。
　　安得身轻如燕子，随风容易到君旁。

潘用中看了诗，欣喜欲狂，也用一方罗帕裹了胡桃掷去。小姐接到，解开来一看，也有一首诗：

一曲临风值万金，奈何难买玉人心。

君如解得相如意，比似金徽更恨深。

小姐读完了诗，过了一会儿，又换一方罗帕照旧裹了胡桃掷来。不料用力不够，扑的一声，落到旅馆楼下，正好被吴二娘拾到。吴二娘知是私情之物，急忙藏于袖中。潘用中见罗帕坠到楼下，忙跑下去，四处寻找不见，心下慌张。楼下只有吴二娘，潘用中就问吴二娘："二娘见到一条罗帕没有？"吴二娘含笑说："什么罗帕？没看见。"潘用中见吴二娘脸上带笑，知道吴二娘故意耍他，便说："吴二娘别闹了，如果拾到了，千万还我。"吴二娘笑说："我并没有拾到啊。"潘用中知道瞒不过她，只得实话实说："这一方罗帕，是对楼黄小姐掷给我的。上面有诗句，千万要还我！若被别人看到，就麻烦了。"吴二娘听说，伸手从袖中取出，笑嘻嘻说："是我老人家拾到的！"潘用中千恩万谢，解开罗帕来看，上有诗一首道："自从闻笛苦匆匆，魄散魂飞似梦中。最恨粉墙高几许，蓬莱弱水隔千重。"潘用中看了诗句，方知小姐情意深重，暗下决心，定要娶她为妻。于是请求吴二娘替自己穿针引线，促成这桩婚事，二娘点头答应。

不料，潘用中父亲得知一个老乡住在观桥，突然决定搬家。潘用中听说，目瞪口呆，不知所措。匆忙之间又不能通知小姐，只好眼睁睁看着小厮把行李搬完，含泪随了父亲出门而去。潘用中到了观桥，每日郁郁不乐。饭也吃不下，水也喝不下，夜夜无眠，渐渐地生了一场大病，弄得面黄肌瘦，昼夜咳嗽。父亲找了很多医生给他看病，药吃了几箩筐，就是没效果。潘用中病情一天比一天重，父亲也束手无策。一天，彭上舍来看他，问："你怎么生了这样一场病？莫非有什么难言之事，可以告诉我。"潘用中说："不瞒老兄，我的病不是药能治好的。"于是把黄小姐的事情，前因后果，一一说出。彭上舍出来，立刻告诉了他父亲。父亲顿足叹息说："这孩子怎么这样傻！这样人家，怎肯答应和一个外地人结亲？"彭上舍说："他已经请吴二娘进去探问小姐口气，小姐情愿与他结为夫妻。要不先去找吴二娘问问怎么办吧。"

二人正要出门，猛然一抬头，见吴二娘走了进来，真是喜从天降。原来，黄小姐因潘用中突然不见了踪迹，既不曾道别，也没有半点消息，便以为潘用中是个薄幸之人。从此茶不思、饭不想，渐渐生病，病症比潘用中更厉害。久治不愈，最后弄得一丝两气，十生九死，父母好生着急。姨娘牛十四娘听说外甥女儿患病，特来探望，见这病生得有些奇怪，早已猜到了八九分。一天，在黄小姐床头，牛十四娘看见枕头底下有一方罗帕，隐隐露出字迹，扯了出来。黄小姐看见，慌忙伸手来夺。姨娘越发疑心，扯出来一看，是一首情诗。黄小姐满脸通红，知道隐瞒不得，只好老老实实、一五一十把事情的原委说了出来。姨娘遂将此事说给她母亲听。母亲得知，生怕断送了女儿性命。与丈夫商量，愿招潘用中为婿，因此找来吴二娘做媒。吴二娘来到观桥店中，才知道这边潘小官也患病在床，正在危急之间。吴二娘把小姐患病，黄府愿招潘用中为婿的意思说了一遍。那潘用中听说此事，欢喜非常，病马上便减了一半，立刻从床上坐了起来，父亲与彭上舍都大喜。待到二人病愈之后，两家约定了日期，定了这头亲事，择日行礼。洞房花烛，二人上了凤箫楼，黄小姐取出箫管，摆列在桌上说："若不是一曲洞箫，我二人怎能结成夫妻？"于是双双拜谢洞箫。从此，风流之名传遍临安，人人称为"箫媒"。正因为如此，至今西湖上还有所谓的"凤箫佳会"。

六部桥（一）

六部桥（二）

　　六部桥，古称都亭驿桥、锦云桥或通惠桥。六部桥是一座拱形古桥，位于杭州市中河之上。六部桥建成于唐宋时期，已有千年历史。南宋时期，是三省六部众多官员上下班的必经之路，因与三省六部行政官署东西相对，而被当地居民呼为六部桥。元代的时候，又改名为通惠桥。明代的时候，又称其锦云桥，现恢复宋名，称其六部桥。现存六部桥，为20世纪80年代整治中河时仿清代石桥重建的。

乐小舍江潮觅佳偶

解题

　　天下有所谓四绝：雷州换鼓、广德埋藏、登州海市、钱塘江潮。前三绝，虽然奇特，却不至于害人性命，只有杭州的钱塘江潮，虽称天下奇观，却最是凶险。钱塘江古时叫作罗刹江，就是因为江潮险迅，巨浪滔天，常有翻船丧命的事情。冯梦龙的"三言"，周清原《西湖二集》的"宋高宗偏安耽逸豫""吴越王再世索江山"，古吴墨浪子《西湖佳话》的"钱塘霸迹"等对此都有描绘。本篇故事来自冯梦龙《情史》的"乐和"和《警世通言》的"乐小舍拼生觅偶"，再现了杭州市民在浙江亭观潮的生活场景。

中国文人的西湖印象 ［西湖小说］故事

南宋临安府有一位乐大爷，居住在钱塘门外，开了个杂货铺子。儿子叫乐和，眉清目秀，伶俐乖巧。乐和小的时候寄养在永清巷母舅安三老家，在隔壁喜将仕家学馆上学，喜将仕家有个女儿，小名顺娘，小乐和一岁。两个人一同读书，同学开玩笑说："你两个姓名'喜乐和顺'，真是天生一对。"两人彼此都有好感，听到这话心中暗喜。

　　乐和十二三岁时回了自己家，与顺娘一别三年，各不相见。乐和心中一直对顺娘念念不忘，顺娘也对乐和日夜思念。一天乐和鼓足勇气，让乐大爷、乐大娘到喜家提亲。乐大爷没听儿子的话。原来，他觉得自家虽然以前做过官，如今却没落了，而喜家名门富室，门不当户不对，即便上门提亲对方也不会答应。乐和见父亲不同意，又让母亲求母舅安三老去说合。没想到安三老说的和乐大爷一样。乐和大失所望，但也无可奈何，只有叹息。父母给他张罗亲事，乐和都不答应。那边顺娘也高不成低不就，一直没有许配人家。光阴似箭，倏忽又过了三年。这年乐和一十八岁，顺娘一十七岁了。

　　恰巧那年金国使臣高景山来宋。八月中秋刚过，又到了十八观潮日。朝廷命令在浙江亭上，搭棚子、扎彩帐、铺毡子，大摆筵宴，款待使臣观潮。都统司领着水军，乘着战舰，在水面上排兵布阵，往来穿梭，燃放五色烟火炮。富贵人家都沿着江边搭起棚子，挂起彩缎帐幕，绵延三十多里，煞是壮观。还有几百个市井弄潮人，表演踏滚木、水傀儡等技艺，出没于波浪之中，十分热闹。

　　临安大小百姓人家，听说朝廷款待使臣观潮，陈设百戏，倾城而出，都来观看。乐和打听到喜家也去看潮，一大早就收拾好，来到钱塘江口。乐和在人群中穿来穿去，找寻顺娘。乐和到观潮的"团围头"寻了一圈儿，不见顺娘，又转身回来。只见沿江搭棚子的地方人山人海，乐和挤进去，走一步看一看，寻了很久，终于在一座棚子下看到了顺娘。顺娘穿着紫罗衫、杏黄裙，十分显眼。无奈顺娘父母都在，乐和只能远远看着，不能靠近。

忽听人喊潮来了，话音未落，耳边响起山崩地裂的声音，数丈高的潮头，汹涌而至。潮水拍打过来，掀翻锦幕，冲倒席棚，众人都惊呼后退。顺娘一个闺阁女孩，跑也跑不动，脚儿一滑，就滚入波浪之中。乐和眼见顺娘跌到江里去了，吃了一惊，说时迟、那时快，他扑通向水里一跳，也随波而去。乐和并不会游泳，为了救顺娘，也顾不得性命了。喜顺娘的父母见女儿落水，又慌又急，乱呼："救人，救人！救得吾女，自有重赏。"那些弄潮的子弟，听说有重赏，都翻波搅浪，去捞救顺娘。再说乐和跳下水去，一直沉到水底，身体飘飘忽忽便到了潮王庙中，乐和下拜，求潮王搭救顺娘。潮王将顺娘送出，乐和拜谢了潮王，紧紧拉着顺娘的手出了庙门。二人心里欢喜，却一句话也说不出，身子浮浮沉沉，浮出了水面。弄潮的看见，慌忙打捞。救上来，才发现不是一个而是两个。乐家和喜家全都围上来，一边唤女，一边唤儿，大约叫唤了半个时辰，二人渐渐苏醒，但两只手却紧握不放。乐大爷见不好隐瞒，只得把儿子喜欢顺娘，想提亲的事情和盘托出。喜老爷听说，当即答应将女儿许配给乐和为妻。二人欣喜异常。第二天，乐大爷就请媒人前去提亲。不久择了吉日，乐和与顺娘成亲。至今杭州人说起婚配故事，还流传着"喜乐和顺"这四个字。

八月十八观潮（来自新浪博客）

　　浙江亭，原名樟亭驿，为古时观潮胜地。位置在今杭州市南白塔岭下钱塘江滨，今无存。宋《淳祐临安志》卷七引《舆地志》称："樟亭驿在钱塘县旧治之南五里，今为浙江亭。"吴自牧《梦粱录》卷十"馆驿"说："樟亭驿，即浙江亭也，在跨浦桥南、江岸。凡宰执辞免名，出居此驿待报矣。"明初改置浙江驿。钱塘江大潮，被称作"天下奇观"。每年的农历八月十八观潮日，钱塘江潮水汹涌澎湃，钱塘潮姿态万千，其中"一线潮""回头潮""交叉潮"最为著名。江浙一带中秋前后观潮的风俗由来已久，始于汉魏，盛于唐宋，在南宋高宗时达到鼎盛，浙江亭为当时观潮胜地。如今观潮点有三处最佳：第一佳点是海宁县盐官镇东南堤岸，第二个观潮佳点在盐官镇东的八堡，第三个观潮佳点是盐官镇西的老盐仓。

第三章

西湖印象·佛寺道观篇

抱朴子葛岭成仙

  号称"三面云山一面城"的西湖，周边的山多而秀丽。在保俶塔以西一带，有座山叫作葛岭。为何叫葛岭呢？是因为相传晋时，有一异人葛洪，在此岭上修炼成仙，人杰地灵，故而以"葛"为名了。朝代更迭，后人常常登岭凭吊，仿佛仙人遗风犹存。葛洪事迹见于《晋书·葛洪传》《宋史》《东阳市志》《罗浮山志》等。古吴墨浪子《西湖佳话》中的"葛岭仙迹"，对葛洪故事有详细的记叙。

  葛洪，号稚川，金陵句容人。三国时，道教灵宝派祖师太极仙翁葛玄，就是他的祖上。葛洪父母早亡，家贫，无书可读。只能靠砍柴卖钱买些纸笔，借了人家的书来抄读。葛洪一边抄写一边学习，用十年的时间，最终学成了一个大儒。葛洪学问很大，有人劝他说："兄长学有所成，如果肯出来求取功名，便不会再被贫贱困扰了。"葛洪却说："读书是为了明理，哪里是为了功名贫贱这些事呢？"那人又说："功名可以不要，但贫贱却难以置身。兄长正当壮年，不就是因为贫贱，至今还未娶妻成家。如果不出去做官，那妻子又从哪里来呢？"葛洪笑道："梁鸿娶孟光为妻时，可没听说出来做官。即便要出来做官，自有时机，哪里要人求取？"劝者无言而去。

葛洪喜欢闲居，有兴致的时候，就遨游于山水之间。一日，葛洪在青黛山几株长松下的一块白石头上，随意坐着，静静赏玩满山的苍翠。这时，有个南海太守，姓鲍名玄，带了一名相士，经过葛洪身边。鲍玄抬头忽见葛洪坐在白石上，风神飘逸，不觉一震。于是，询问相士。相士看了看，说："这人有一处过于常人的地方。"鲍玄问："是什么？"相士道："你看他须眉秀逸，清气逼人，有如野鹤闲云，这大概就是神仙中人吧。"

鲍玄听了，上前对葛洪拱一拱手，说："先生请了。"葛洪正沉浸在山色之中，忽听见有人说话，回头看时，却见一位老者。葛洪赶忙立起身来，深深鞠了一躬，说："晚辈贪看山色，不识尊驾，失礼了。"鲍玄见他谦恭有礼，越发喜欢。问道："我看先生雄姿英发，当驰骋于仕途之中，却为何寻山问水，做此寂寞之事？"葛洪答道："我曾听闻贤人君子处世，既要在仕途上吐握风云，也应有山水风雅的气度，更何况晚辈一介贫贱，正该受用些山川秀气，来涵养性情。"鲍玄欢喜道："先生不仅形貌超凡，且议论高妙，真乃高士啊。"于是问其姓名，葛洪报了姓名。鲍玄又问："家乡哪里？"葛洪道："祖籍金陵句容。"鲍玄道："听说句容在三国时，有一白日飞升的仙人，道号葛孝先的，不知先生可知其来历？"葛洪又鞠一躬，说："这是晚生的祖上。"鲍玄听了大喜，回头对相士说："祖孙一气，吾兄说他是神仙中人，果然不错啊！"

二人谈了许久，临别之时，鲍玄执手不舍，再三询问了葛洪住处，才分别而去。鲍玄为何这么喜欢葛洪？原来这鲍玄平生最喜好的，也是外丹和内养之术。他见葛洪出自神仙后裔，希望将自己所学的丹术与葛洪一一探讨，指望得些神仙家传。当然，还有一个原因，就是鲍玄有一个钟爱的女儿，名唤潜光，尚未婚配。今见葛洪少年，潇洒出尘，又有才思，十分满意，想将女儿许配给他。第二日，鲍玄便托相士做媒，促成这桩婚事。婚后，葛洪与潜光小姐琴瑟和谐。从此，鲍玄与葛洪翁婿之间朝夕探讨，遂成知音。

晋成帝咸和初年，司徒王导请葛洪做官，葛洪坚决不去。后来，东南一带山贼造反，朝廷派都督顾秘统领大兵征讨。顾秘与鲍玄是旧交，临行来辞。鲍玄设宴款待，命葛洪座中相陪。顾秘见葛洪器宇轩昂，谈吐不凡，于是问他："如今东南一带，山贼造反，蔓延千里。本都督奉命征讨，葛兄多才，不知有何策略赐教？"葛洪说："草野之人，哪里知道策略？但是想想那些山贼，本来也是百姓，汹汹而起，不过是迫于饥寒。官府不知体恤，反而以苛税催逼。他们求生不能，才不得不冒死作乱，但本心应该不是为了割据争雄。况且一时之间聚集的乌合之众，不懂纪律，只要略施恩惠，就会顷刻解散。如果向他们示威，他们就会铤而走险，那样天下的事情就不得而知了。"顾秘听了，大喜过望，于是对鲍玄说："令婿不独才高，而且熟悉山贼情况。所出谋略，完全是一片仁心义举，杯酒片言，本都督已经领教很多了。不知令婿可否到军中为我出谋划策？军旅危险，本来不应该烦劳令婿；但想到兵情难测，令婿若在身旁，也便于领教。"葛洪连忙谢绝，鲍玄从旁劝说："小时学习，长大为国报效，这是大丈夫的志向。贤婿虽另有打算，但知己难逢。既蒙顾都督垂青，何不佐其成功？如果能让百姓生活安定，这不也是在实施自己的仁人之心吗？"葛洪知道此事义不可辞，于是随了顾都督，领着三军去了。

临近东南边界，葛洪为顾秘献计道："山贼遍布，难于剿灭，招降是肯定的。但招降必须恩威并施，使其又感又畏，方能服帖。"顾秘道："那要怎么办呢?"葛洪说:"元帅可在东南各县先发些檄文,明告各府州县发兵若干,粮草若干。兵如何守、如何攻,获敌破营又如何赏赐。并说等本都督百万大军到时,一同剿敌。但暗地里告诫各府州县不必真备兵马,只多准备些旗鼓火炮,虚张声势。山贼闻听,自然惊惧。然后另派一支队伍,沿路诏安,事情必定能成。"顾秘口称妙计,一一遵照而行。

不多时,各州府纷纷传说大军将到,奉旨进剿。山贼听说,无不惊惧。过不了一二日,忽又听说恩诏到了。诏书沿途张贴,诏告贼众,凡悔过自新的,一概不予追究。众贼见了,都大喜道:"我们有活路了。"于是来到各府州县,上缴武器,一哄而散。贼首也被手下所杀。等到顾秘大军到时,东南一带已是太平世界。

朝廷见不费一兵一卒,而叛乱平定,四境扫清,十分满意。为嘉奖葛洪,封他为关内侯。葛洪本来就重修炼不重功名,所以拒绝受赏。顾秘说:"葛兄有功却不接受封赏,朝廷不知道您是淡泊功名,反而觉得您矫情,这恐怕不好吧。"葛洪听了,有些犹豫了。

葛洪知道修炼道术需要丹砂,而交趾(越南)一带丹砂最好。如今见辞不掉功名,于是对顾秘说:"我是个书生,不懂朝廷规矩,若不是您的指点,差点就获罪了。但人各有志,我不要侯爵,只请求到别处上任,不知可以吗?"顾秘道:"到别处上任倒也不算矫情,但不知您想到哪里任职?"葛洪道:"只要能做勾漏(属广西)县令,我平生心愿就满足了。"顾秘道:"勾漏可是个偏远的小县城啊!"葛洪道:"这是我平生所愿,望您周全。"顾秘见他坚持,便答应替他向朝廷请旨。不几日,朝廷委任的圣旨就下达了,葛洪带了妻子上任去了。

葛洪一到勾漏上任,就薄赋减刑,宽徭息讼。不到两月,将勾漏治理得民无饥馁,官有余闲。葛洪在府衙无事,听说罗浮是名胜之地,便常去游览。葛洪看花草树木,到春夏时荣茂,到秋冬时凋落,因而悟道:"万物皆在于气。少壮时,气正盛,老迈时,则气衰竭。如想长生,必须让气常盛才行，可见，人贵在养气啊。"从此，朝夕养气。起初静养，继而调息，使气息在全身游走。时间久了，只觉满身气血通畅，精神充足，十分愉快。葛洪暗想："这才是我人生中的大乐趣，为何要在世俗中浪费时日。"此时葛洪在勾漏做官已满三年，于是告病解职而去。回到故乡，拜见鲍玄，献上一匣子丹砂，鲍玄笑着接受了。自此之后，翁婿二人杜门不出，不是养气，就是炼丹。数月之后，外丹炼成，葛洪修炼之名，传播四方。

葛洪虽然炼成外丹，而内丹之理始终未能参透。他思索之后，决定寻一个好地方，细细参悟。于是改换行装，隐去姓名，取号抱朴子，只带一个老仆，飘然而去。葛洪顺着长江，一路寻访。来到临安，见西湖及两峰之秀美，甲于天下，大喜道："就在此地选择我的住处了。"于是遍游湖山，选择居处。但他嫌南屏太露、灵隐太偏、孤山太浅、石屋太深，所到之处都不称心。一天，从栖霞山往西走，忽见一岭，蜿蜒回环。看岭的左边，潮吞旭日。再观岭的右边，夜纳归蟾。岭下结庐，可以隐居；岭头有石，可以静坐。有泉可取水，有鼎可安炉。最妙的是游人熙熙攘攘，却过此地而不留。岭外笙歌鼎沸，岭内却安然独静。葛洪看了，不觉大喜，道："这就是我要的居处。"于是，购地结庐，设鼎安炉，每日坐在岭头，参悟内丹之理。

这日，葛洪正在岭头初阳台上，吐纳调息。忽然想起《丹经》上有两句要言："炉内若无真种子，犹如水火炼空铛。"于是想道："据此二言，可见调养并非最重要的，真种子才是最重要的。但不知真种子是何物呢？从哪里得这真种子？"从此，坐卧行动，无不参想，只是怎么也参不透。

一天，忽有一道人，古貌苍髯，来访葛洪，对他说："我是你祖上的弟子郑思远，特来把你祖上的秘术传给你。"说完，将从前葛玄的神仙妙旨一一传授。葛洪恍然大悟，道："原来《丹经》所说的真种子，是父母先天的阴阳二气，相感相触，而结于眉目之间，成为黍珠。这黍珠，吸而吞之，即可为真种子啊。"

葛洪得郑思远指点，叫老仆一一置办停当，不久吸得一粒黍珠，养在腹中，时机一到，种子结成灵胎，在丹田中化成元神，葛洪就此修炼成仙。葛洪成仙后，朝游三竺，暮宿两峰，十日不吃不喝也不会饥渴，冬天无衣也不觉得寒冷。入水不湿，入火不燃，举止行藏，与凡人不同。

一天，葛洪参加宴会，席上一人戏弄葛洪说："听闻您祖上葛玄的仙术奇幻，能吐饭变蜂，不知真有其事吗？先生也擅长此术吗？"葛洪说："先祖之事，或真或妄，我也不知，但尊客既然谈及此事，或与蜂饭有缘，不可不听尊客之命。"一面说，一面将口中之饭，对着此人的面一喷，这人以为是饭，急忙低头躲避。谁知竟是一群大蜂，乱扑其面，顿时慌了手脚，大叫："先生饶我吧，我知错了。"葛洪笑道："此饭也，哪里会叮人？"拿起筷子一招，那一群大蜂早飞入口中，还原为饭。满座宾客，无不惊倒。

又一次，葛洪在断桥上闲走，见一渔翁自语道："刚刚还活生生一尾鱼，如何一会儿便死了？只好贱卖了。"葛洪闻听，笑道："你既然肯贱卖，不如我买了放生吧。"渔翁大笑："你这是买死鱼放生！如果能让鱼活，任你放去，绝不要钱。"葛洪也不答话，从袖中取出一道符，放在鱼口中，投进水里，鱼活蹦乱跳地游走了，观者无不称奇。

一天，葛洪见一穷汉取水时，误将一百多文钱掉进井里，无法取出，望井而泣。葛洪道："傻子，何必要哭？我为你取出来。"于是到井上大呼："钱出来，钱出来！"只见那钱一一都从井中飞了出来，一个不少，穷汉拜谢而去。

一年，钱塘大旱，百姓惶恐。道士设坛求雨，都无半点效果。葛洪见此，安慰众人说："莫要慌，我为你们求雨。"于是到葛岭丹井中，取水吸了一口。站在初阳台上，向四面一喷，不多时，阴云密布，下了一场大雨。又一年，瘟疫盛行，葛洪不忍心看百姓感染这病，于是画符投入各井中，让人喝井中之水，瘟疫自然解除。

葛洪每以仙术济人，功劳种种，称述不尽。人人都说他是仙翁在世，争相拜谒。葛洪生性淡薄，不堪烦扰，于是返回故乡去了。此时岳父母及妻子俱已去世，葛洪独居一室，著《抱朴子》等书，流传于世。八十一岁时，坐化而去。族人视其面色，虽死犹生，身体柔软不腐，放入棺椁，轻如无物。

抱朴道院

初阳台

　　抱朴道院位于西湖宝石山西葛岭，相传东晋时著名道士葛洪曾在此结庐修道炼丹，故而得名。岭上早先有"葛仙祠"，元代祠庙被毁。明代重建，改称为"玛瑙山居"。清代，因葛洪道号抱朴子，改称"抱朴道院"，沿用至今。从2001年开始，杭州市道教协会主持修复道院殿宇、神像雕塑。2003年，抱朴道院修复竣工，举行神像开光仪式，正式向游人开放。现在抱朴道院为一座砖石结构的黄色牌楼，有正殿——葛仙殿，东侧为半闲草堂，南侧为红梅阁、抱朴庐，还有炼丹古井、炼丹台、葛仙庵碑等古迹。

李源三生石畔交信友

解题

　　在西湖三天竺法镜寺后的莲花峰东麓，有一块"三生石"，是西湖十六遗迹之一。"三生石"有一个传说，是关于高僧圆泽和隐士李源坚如磐石般友情的文化记忆。两人的友谊延续三生，情深义重，令人感动。三生石的故事最早见于唐人袁郊的《甘泽谣·圆观》，那时僧人的名字叫圆观，而非圆泽。后见于张岱的《西湖梦寻·三生石》、古吴墨浪子的《西湖佳话·三生石迹》和湖上笠翁的《西泠故事传奇·三生石再订奇缘》。除上述作品外，苏轼的《僧圆泽传》流传最广，题刻于西湖三生石上的碑文就源于此文。林清玄所作《三生石上旧精魂》，也是依据苏轼的这篇传记作品改编而成。

唐代有个李源，父亲李恺是朝廷大将，在安禄山叛乱中捐躯赴难。父亲的死令李源无比悲痛，他发誓终生不做官。李源不仅不做官，也不娶妻，安史之乱平息后，就前往西湖，打算隐姓埋名，出世超尘。谁知，等来到之后，才发现西湖上红男绿女，游人如织，游船往来，歌舞不断，实在是太过喧闹。于是，李源从西湖离开，经九里松，一直走到天竺寺，看见这里溪水曲折，山林静谧，十分满意，便留在了寺内。

李源在天竺寺，没有一个朋友，待了几日，便觉得有些无聊。一天，他溜达到寺庙的后面，寺后是莲花峰，峰下一片竹林，十分清幽。竹林中有块石头，仿佛被人拂拭过似的，光滑干净，惹人注目。石头上面竟还坐着一个和尚，骨秀神清、气宇不凡。李源一见和尚，就觉得面善，走上前去和他攀谈。不想和尚也与他如同旧时相识一般，言语投机，十分合拍。这和尚法名圆泽，平日最不喜欢和人打交道。从他来到寺中，便只在寺后的这块大石头上静坐沉思，日复一日，年复一年。因为和李源投缘，二人常常坐在石头上促膝而谈。从此以后，不论春夏秋冬，二人朝夕相对，形影不离。两个人，一块石，成了生死莫逆。

一年冬天，二人在天竺山上观看雪景。李源突然想起了四川峨眉山，打算去那里观瞻雪景，于是邀请圆泽同行。圆泽沉思片刻，答应前去，但建议从长安走陆路。李源却不愿经过长安这块伤心地，坚持要从荆州巫峡走水路。圆泽听了，默然半晌，然后惨然叹息说："命数已定，果然不是人左右得了的。"于是答应李源，置买舟船，从武林驿，经过湖广荆州，取水道而行。

两人乘船西行，到了南浦一带，忽然起了一阵大风，掀起大浪，船不能前行，船家只得靠岸停船。二人在船中对坐，观赏江景。忽然看见岸上有一个竹篱茅舍，从里面走出一个中年妇女，挺着大肚子到江边打水。圆泽一见她，便面露愁容，愀然不乐。李源看在眼里，心中不解，问道："我和你订下三生之约，情同骨肉，非比寻常。这一路我们游山玩水，十分有趣，为何你今天不高兴？"圆泽长叹一声说："你不知道，我今天就要和你分离了。岸边那个妇人怀孕已经三年，就等着我去给她做儿子呢。出发前我要绕道长安去峨眉山，就是这个原因。我一直躲着她，可还是躲不过，现在我只好去给她做儿子了！"李源一听，如五雷轰顶，心中无比懊悔，说："都是我的错，是我误了你。"圆泽反倒劝他："不是你的错，也不是你误了我，这都是命数，不能强求。不过我走三天后，你一定要去那妇人家看看是我不是？"李源说："一个刚出生的小孩，如何证明是你呢？"圆泽说："如果他看见你笑了，那就是我。"李源凄然说道："你我今世相逢定是前世有缘，不知一笑之后，何时再见？"圆泽说："你如果还记得我，到第十三年中秋月夜，可来葛洪川畔找我，我定和你再见一面，以完成我们的三生之约。"说完，闭目坐化。

三天后，李源去那户人家探视。本来孩子从出生后就一直啼哭不止，没想到一见李源，孩子竟然破涕为笑。望着长着和圆泽相似眉眼的孩子的脸，李源酸楚不已。临走时，李源拍拍孩子的肩头说："十三年后的约定，不要忘了。"然后辞别而去。回到船上，只觉得无情无绪，连峨眉山也不想去游了，于是调转船头，又回到杭州天竺寺中，每日在那块石头上独坐。

光阴似箭，约定的这一年终于到了。还未到中秋，李源就提前到西湖边上、南北两峰、六桥以及葛洪川各处盘桓，希望遇到圆泽，但并未遇到。直到中秋之夜，李源在葛洪川畔，趁着月色，四处查看。正左顾右盼，心里七上八下，突然听到河对岸远处，依稀传来歌声，声音渐渐清晰。只见一个绾着菱角髻的牧童骑在牛背上，扬鞭敲着牛角唱道："三生石上旧精魂，赏月临风不要论。惭愧情人远相访，此身虽异性常存。"李源听得真切，声音颤抖地问："对岸可是泽师吗？"牧童隔岸大声说道："李公别来无恙吧？"李源听到这话，确定他是圆泽无疑了，于是欢喜道："原来泽师在这里！我在此等候您多时了，何不过来叙叙别离之苦？"牧童骑在牛背上，回眸看了李源一眼，说道："李公，你如约而来，真的是守信之士啊！只是我俗缘未了，我们就此别过吧！"说完，头也不回地走了，只留下一串歌声："身前身后事茫茫，欲话因缘恐断肠。吴越江山游已遍，却回烟棹上瞿塘。"

李源想追过去，却眼睁睁地看着牧童很快消失在无边的夜色中，只好返回天竺寺。他来到那块石头旁边，这才相信三生之约确实不假。于是在石头旁边盖了一间草房，早晚勤修，悟得人生真谛，最后终老在这块石头旁。后人因为李源、圆泽曾在这块石头上订下过三生之约，故称这石头为"三生石"。

三生石（图片来自新浪网）

三生石位于杭州天竺三寺与飞来峰相连接的莲花峰东麓。石上刻有"三生石"三个碗口大小的篆书及《唐圆泽和尚三生石迹》的碑文，记述了"三生石"的由来。三生石的"三生"分别代表前生、今生、来生，源于佛教的因果轮回学说，后成为中国历史上情定终身的象征。天竺寺三生石是西湖十六遗迹之一，石上多唐宋时的题词石刻，大多已不可辨认，只有元代至正年间，太史杨瑀、翰林张翥等人的题词可以辨认。

骆宾王灵隐斗诗

解题

　　西湖十景有苏堤春晓、曲院风荷、平湖秋月、断桥残雪、双峰插云、三潭印月、雷峰夕照、南屏晚钟、柳浪闻莺、花港观鱼。大凡亭台楼阁、古刹名山，无不留下才子文人的踪迹。灵隐也因一位大名鼎鼎、隐居在此的诗人骆宾王而大有文名。骆宾王的传说见于唐代孟棨的《本事诗》、元代辛文房的《唐才子传》、清代古吴墨浪子的《西湖佳话》等作品。

　　骆宾王，字观光，初唐时人，祖籍在浙江金华义乌县。骆宾王生而聪慧，号称"神童"，七岁能作诗，据说《咏鹅》便是这时所作。骆宾王长大后，诗文俱佳，尤其擅长七言歌行，与同时的卢照邻、王勃、杨炯并称"初唐四杰"，也称"卢、骆、王、杨"。当时，王勃因《滕王阁序》而名震海内，骆宾王曾对人说"若论才名，我愧在王前，耻居卢后"，骆宾王为人直率自负，由此可见。

骆宾王父亲曾任青州博昌县令，可惜早亡，家境困窘。母亲带着小骆宾王投靠亲友，整日靠吃野菜过活，以至于他沦落市井，成为赌徒。落拓不羁的生活对他日后侠义性格的养成影响较大。进入官场不久，恰逢武则天临朝专政，自称圣神皇帝，将唐宗室子孙杀的杀、贬的贬。骆宾王愤愤不平，屡屡上疏请求立庐陵王李显为帝，武则天因此大怒，将骆宾王贬为临海丞。

武则天称帝也惹恼了一位将军，这将军就是徐敬业。徐敬业眼看着武则天反唐为周，大逆不道，激于忠义，愤而起兵。徐敬业自称匡扶府大将军，率领十多万士兵，从扬州起兵，因担心天下人不知起兵根由，知道骆宾王是个才子，又刚刚被贬，于是请他来作一道檄文，声讨武则天之罪过，也让天下百姓知晓。

此时，骆宾王正满腹牢骚，无处发泄，让他作檄文，正中下怀。骆宾王提笔写成一篇《讨武曌檄》。檄文一出，传遍天下。很快，檄文也传到武则天御前，武则天细细读着，当读到"蛾眉不肯让人，狐媚偏能惑主"两句时，她忍不住掩口而笑。再往下读，读到"一抔之土未干，六尺之孤何托"两句时，不觉动容惊问："此檄文是何人所作？"左右回禀："这就是前日上疏，被贬作临海丞的骆宾王所作。"武则天听了，连连叹息："这样有才之人，竟然流落不遇，这是宰相的过失啊！"

骆宾王的檄文，虽然堪称千古第一檄文，但是对徐敬业的征战讨伐并没有太大帮助，加上徐敬业战略失误，举兵没多久，便一败涂地。徐敬业兵败被杀，骆宾王也不知所终了。武则天对骆宾王念念不忘，再三派人巡查，都没有结果。有的说他已死在乱军中，有的说他逃回故乡了，还有的说他削发为僧了，议论纷纷，没个靠谱的结论，武则天最后也只好作罢。

徐敬业兵败身死，骆宾王知道自己从此难于在世间存身，于是决定隐居灵隐山。为何要隐居于此呢？原来骆宾王平生最爱灵隐山，那么灵隐山到底可爱在哪里呢？这灵隐山在杭州城西十二里的地方，山高九十多丈。汉代时，因为有白额虎出入，所以这里就叫虎林。唐时，因避讳唐太祖李虎名讳，更名武林。灵隐山发源于新安，从富春到余杭，蜿蜒五百里，有两峰三竺。山上有峰、洞、涧、泉：峰有鸟门峰、石笋峰、狮子峰、莲花峰、飞来峰；岩洞有呼猿洞、玉女洞、龙泓洞、射旭洞；溪涧有南涧、北涧、大涧；名泉有月桂泉、伏犀泉、永清泉、依锡泉，最著名的是冷泉。寺的左右，多有静室，如韬光庵、白沙庵、石笋庵、茶庵、无着庵、松偃庵；还有胜阁，如望海阁、超然阁、永安阁、弥陀阁、云来阁等。从山上远眺，群山屏风般排列，湖水像镜子一样纯净，云彩和群山倒映在湖中，真是美不胜收。灵隐寺是晋时和尚慧理所筹建，门前就是冷泉亭，亭前峭壁上凿着世尊罗汉，个个鬼斧神工，清溪内泉水湍急，游鱼喷沫，水藻碧绿，真是个清幽忘俗的地方。

骆宾王隐在此处数年后，又有一位叫作宋之问的才子，也来到此地。这宋之问为何来此？原来也是由于武则天的缘故。武则天女主临朝，宋之问自诩年少才高，想一展才华，希望得到朝廷重用，于是写了一首《明河篇》。谁知武后见了，笑道："诗意虽美，但这小子不会说话（也有说口臭）。"于是，不加重用。宋之问愤怒极了，于是弃了官，遨游四方去了。一日，游到杭州西湖上，南北两山，全游了个遍。因为喜爱灵隐寺飞来峰，于是借宿寺中，早晚赏玩。

宋之问爬上灵隐的后山，就是那鹫岭，朝东一望，钱塘潮水在太阳的照耀下，如在眼前，真是越看越爱，当下便想赋诗一首。可是灵隐胜地，可入诗的事物不少，确实让人眼花缭乱，一时之间，宋之问竟不知从何写起了。回到住处，时值秋天，当夜月色皎洁，松泉互映，树影婆娑，宋之问只觉秋气逼人，不觉脱口一句：

岭边树色含风冷。

宋之问偶然感触，吟出这一句，想再吟一句，合成一联，却怎么也对不出来，只好嘴里念叨着这一句，在大殿前走来走去。殿上琉璃灯下，有一老僧坐在蒲团上打坐，见了宋之问，也没搭理他。宋之问只管苦思，无论怎样也难成一句，正在踌躇之间，忽听老僧开口道："年轻人，既要吟诗，风景都可信口道来，哪用如此苦苦搜寻？"宋之问听了，心想："当今世上，除了卢、骆、王、杨，我也算得上一个才子，怎么被这老和尚如此轻视！"他按捺住心头怒火，反问道："师父莫非也会作诗？"不想老僧却淡淡答道："老衲诗虽不会作，但这一句已经代你对好了。"宋之问听说，心里暗笑道："一个老和尚能对些什么？"嘴上却问道："既然对好了，为何还不念给我听听？"那和尚就念道：

石上泉声带雨秋。

老僧这句意境幽隽，宋之问不听则已，一听之后是又惊又喜。他向老和尚深深作了一揖，道："老师父原来是个诗人，弟子失敬，请受我一拜。"拜完，又问："老师父既能出口成章，想必胸中早有丘壑。弟子见灵隐山泉石秀美，想写首诗，来描摹这美景，只是才作了开头两句，一时想不出下面该怎么写。不知老师父还能为我再续一联吗？"老僧道："把开头两句念给我听听。"宋之问念道："鹫岭郁岧峣，龙宫锁寂寥。"

老和尚听了，不假思索，随口对道："楼观沧海日，门对浙江潮。"

宋之问那两句起调平平，但老和尚所对两句却气宇不凡。宋之问听了，越加敬服，道："老师父真是先辈雄才啊！弟子远远比不上您，既然老师父已展露一二，为何不作完这首诗，以彰显灵隐山的胜景？"老僧听后，也不推辞，欣然续道：

中国文人的西湖印象 ［西湖小说］故事

桂子月中落，天香云外飘。

扪萝登塔远，刳木取泉遥。

霜薄花更发，冰轻叶未凋。

夙龄尚遐异，搜对涤烦嚣。

待入天台路，看余度石桥。

宋之问综观这前后诗句，发现整首诗章法严谨，立意高远，意境清新，这时已佩服得五体投地。他对老僧说："老师父的佳作，声调雄浑，摹写景物曲折细腻。这样的诗句，绝非在隐逸中偶然写出，您以前肯定是诗坛名流，是与卢、骆、王、杨同一类人物吧？不知您因何隐遁佛家？"老僧见问，只微微叹息，并不回答。宋之问知他另有隐情，便不再问。

第二日，宋之问再去寻老僧闲谈，已不知其到哪里去了。宋之问怅然若失，多方打听后才知是骆宾王，感慨嗟叹一番，无奈离去。宋之问回到京城，将此诗写出，名曰《灵隐寺》，人人惊艳，只道是他的作品。这首诗为灵隐千秋生色，此诗之后，再无一人敢于续笔。

宋之问离开后，那老僧才又回到寺中。此时，寺中僧众，因他诗中一句"天香云外飘"，于是建起了一所屋宇，名为天香院。老僧在这天香院中住了许久，一日，无疾而终。

韬光观海楼(图片来自百度百科)　　韬光寺(图片来自百度百科)　　飞来峰石窟造像

　　灵隐山又称武林山，为我国佛教名山之一。灵隐山有两峰，一个北高峰，一个南高峰，两峰相对，号称"双峰插云"，为西湖十景之一。灵隐山名寺汇集。山麓有灵隐寺，为著名之古刹。永福寺位于灵隐之西的石笋峰下，也是东晋慧理禅师创建。灵隐寺西北韬光寺是五代蜀地名僧韬光禅师所建。在韬光寺顶的岩壁内，有一丹涯宝洞，相传为吕洞宾炼丹之地。丹涯宝洞前是观海亭，建于清康熙时期，这里是古时灵隐山中最适合观海之处。亭柱上楹联"楼观沧海日，门对浙江潮"，为唐代诗人宋之问的名句。韬光观海是清代西湖十八景和杭州二十四景之一。

　　灵隐寺对面是飞来峰，又名灵鹫峰。据说印度僧人慧理来杭州，看到此峰惊呼："此乃天竺国灵鹫山之小岭，不知何以飞来？"因此称为飞来峰。飞来峰有许多奇幻多变的洞壑，传说有72洞，如龙泓洞、玉乳洞等，洞洞有来历，极富传奇色彩。龙泓洞口有理公塔，为慧理和尚骨灰埋葬之处，是杭州现存唯一的明塔。飞来峰遍布五代以来的佛教石窟造像，多达三百四十余尊，为我国江南少见的古代石窟艺术瑰宝。飞来峰的东麓，有"三天竺"寺。

寿禅师一念成佛

　　西湖上传说有人因一善念竟成了佛祖，而这人就是唐末五代时期永明禅院的寿禅师，号智觉大师，是法眼宗第三代宗师，净土宗的第六代祖师。寿禅师史料故事见于宋代释赞宁的《宋高僧传》、苏轼的《东坡志林》，元代念常的《佛祖历代通载》《景德传灯录》、僧人普度的《莲宗宝鉴》，明代周清原的《西湖二集·寿禅师两生符宿愿》等。

　　寿禅师，俗家名字叫王延寿，字冲玄，号抱一，是余杭县人。王延寿自幼至孝，刚会说话时，见父母争吵，他就跪地哭泣。父母很是惊讶，于是和好如初。王延寿从小喜欢念佛，成年后就不再吃荤，每天诵读《法华经》。传说每当他诵经的时候，便有群羊跪而听之。二十八岁时，吴越王听说他品行很好，命他做余杭库吏，掌管钱粮出入，后来升为华亭镇将，掌管军需。

王延寿一生诚实笃定，唯有在放生这一件事情上，很难控制自己。只要兜里稍有几文钱，一见了鱼鳖之类，定要买来放生。有时没钱，就把衣服脱下来，交给渔翁抵换。衣服不够了，就去借贷。因借贷太多，难以偿还，最后将家中田产全部变卖。后来放生越来越多，家财耗尽，无可奈何之下，只能把库中钱粮偷盗出来用于放生。

吴越王有一天核算钱粮，发现竟亏空了很多。经追查，发现是王延寿所为，吴越王大怒，下令将他押赴刑场处决。处决前一天的夜里，吴越王忽然梦见海龙王率领成千上万的鱼、虾、鳖，为王延寿叩首求情。第二天，吴越王暗中嘱咐监斩官，如果王延寿像常人一样恐惧，就杀了他；如果毫不惧怕，就放了他。王延寿在刑场上，平静淡然，面无惧色。监斩官将此报告给吴越王，吴越王就赦免了他的死罪。

王延寿从鬼门关回来，立意出家修行，于是辞别了父母妻子，拜明州翠岩为师。王延寿出家之后，每日勤修苦练。曾经在天台山八桂峰上，一连打坐九十天，一动不动，小鸟在他衣袖中筑了巢，他也毫不知情。天台山德韶禅师是个得道的祖师，王延寿前去拜见，德韶禅师为他讲授佛法的高妙，王延寿从此大悟，一心皈依净土。做偈道："孤猿叫落中岩月，野客吟残半夜灯。此境此时谁会意，白云深处坐禅僧。"

吴越王听说王延寿悟了道，大喜，请他到灵隐寺开堂说法。第二年，又下令为他建造了永明禅寺，就是如今的南屏山净慈寺，永明寿禅师的名号由此而来。寿禅师门下弟子共有二千人之多，规定每日行一百零八件善事。传闻寿禅师念佛之时，众人能隐隐听到空中有螺贝天乐之声，依稀能看到室中有金台宝树之像。

吴越王因江潮冲击，屡屡筑塘不成，心中愤怒。寿禅师说："大王威武，潮神自然遵旨退缩。如果用佛法加以辅助，降伏鱼龙鬼怪，可保钱塘江平安。"吴越王认为寿禅师说的对，于是在月轮山建造了六和塔。寿禅师亲自念《楞严咒》以建塔基。果然建塔之后，江潮平稳，海塘筑起，这才成就了万世之功。

寿禅师住在永明禅院中著《宗镜录》一百卷，专门劝人修佛。凡有布施钱财的，全都用来买鱼鳖之物，放到西湖三潭中。杭州人被他感化，一时之间放生的不可胜数。高丽国王听说寿禅师佛法高深，特地派遣使者前来拜见，奉送金线袈裟、紫水晶数珠、金藻罐等礼物，又差高丽国三十六个僧人来永明禅院学习佛法。《宗镜录》佛学思想不仅广为国人传诵，甚至远播海外。

那时杭州有一个法真和尚，所到之处，蛇虎避路，百鸟衔花。这位和尚长相奇特，两只耳朵特别长，约九寸，向上超过头顶，垂下来的可以在脖子处打结，人称长耳和尚。小孩子们戏弄他，常常把他的两只耳朵打成结，他也并不恼怒，只是笑呵呵的。吴越王生日这天，到永明禅院斋僧，和尚们纷纷出来接受斋物。吴越王问寿禅师："寡人在此，不知可有真佛降临？"寿禅师说："长耳和尚就是定光佛的化身。"吴越王大惊，立刻前去参拜长耳和尚。长耳和尚说："这一定是弥陀多嘴了。"说完盘膝坐化而去。化去的样子仿佛是活着一般，皮肤很长时间都保持着光泽，指甲和头发经常长出，每月需要三次修剪，身体还时时有舍利子流出。后来到了宋代末年，金兵进犯杭州，来到禅院见到长耳和尚的真身，觉得怪异，用枪刺其身体，有白血流出。后人于是用漆来涂封他的身体，供在南山法相寺中，此为后话。因为当时长耳和尚也说破了寿禅师的身世，人们才知道寿禅师是弥陀化身。寿禅师开宝八年坐化而去，据说舍利子如鱼鳞一般砌在身上。宋太宗下令改永明禅院为寿宁禅院，追谥寿禅师为宗照大师。今天，佛教徒把农历的十一月十七作为阿弥陀佛诞辰。这个日子是怎么来的呢？原来农历十一月十七是永明延寿大师的生日，所以才把这一天当作阿弥陀佛圣诞，这一天也是佛教信徒们的一大节日。

永明寺即净慈寺，是五代吴越国王钱弘俶为高僧永明寿禅师修建。位于南屏山慧日峰下，是西湖四大古刹之一。净慈寺高僧辈出，如延寿、洪寿、圆照宗本、大通善本、佛智道容、肯堂彦充、退谷义云、道济、如境禅师等。宋太宗赐名"寿宁禅院"。南宋初，宋高宗下旨改为"净慈禅寺"，并命道容和尚主持重建殿宇。寺庙重建后，金碧辉煌，绚丽庄严，高宗又改名为"报恩光

永明寺（净慈寺）

孝禅寺"，后改为"净慈报恩光孝禅寺"，简称净慈寺。南宋时，寺庙几经毁建。嘉定年间，朝廷品第江南诸寺，净慈寺以"阃胜甲于湖山"列为禅宗五山之一。康熙曾两次亲临净慈寺，改净慈报恩光孝禅寺为"净慈禅寺"。乾隆南巡时曾为净慈寺亲书"敕建净慈禅寺"寺额，此后曾五临该寺，吟诗题吟，并拨库银重修寺宇。清中后期，寺庙一度衰落。1955 年进行大修，寺庙复显庄严瑰丽。"文革"中寺庙遭到破坏。1985 年后得以恢复。寺内有单层重檐，黄色琉璃瓦脊大雄宝殿，还有济公殿、运木古井等景点。特别是钟楼，楼上悬挂一口铜钟，钟声宏亮悠扬。"南屏晚钟"由此成为西湖十景之一。

东坡龙井访辩才

自古文人与高僧大都性情灵慧，彼此钦慕，交游往来，因而留下了很多佳话，如王维与道光禅师，白居易与惟宽禅师，李翱与药山禅师，黄庭坚与圆通秀禅师，范仲淹与慧觉禅师，等等。在这些与高僧交游的文人中，最著名的当数苏东坡了。苏东坡与佛印和尚、宝月大师、开元寺老僧、道潜大师和辩才法师等都往来甚密。其中，在美丽的西子湖畔，东坡与辩才法师一起品茗、吟诗、论道，心意相通。因为他们的交往，名不见经传的龙井后来成为名闻天下的名胜景点。东坡和辩才法师的故事见于东坡本人的《祭龙井辩才文》、苏辙的《辩才法师塔碑》、宋代守一法师的《龙井方圆庵记》，明代田汝成的《西湖游览志》，清代汪孟绢的《龙井见闻录》等作品。清代古吴墨浪子的《西湖佳话·虎溪

第三章　西湖印象·佛寺道观篇

笑迹》中记叙得尤为生动详细。

龙井寺在西湖的南山中，寺中有一口井，相传井中有龙居住，故称龙井。每当天气大旱的时候，居民都到这里祷雨，据说多有灵验。葛洪在葛岭炼丹时，也曾到龙井中取水。龙井一带山幽林翠，清泉叮咚，山中鸟语花香，绿草满地。宋代嘉祐年间，一位名叫元净的高僧来到这里。这位高僧因为佛学造诣极深，又善于讲解佛理，被仁宗皇帝特赐紫衣袈裟，并赐号"辩才"。

辩才和尚是临安人，早先在天竺寺慈云法师门下受教。他天资聪颖，刻苦修习，对于天台宗佛理教义有深入的领悟。后又师从明智韶师，学习《摩诃止观》，顿悟色声香味，都具有第一义谛。从此，辩才看待事物都能圆通无碍，成了一位得道高僧。传言，他修成正果后，无论走到哪里，身体都有舍利子不断流出，左肩上有八十一条袈裟纹理，所以直到八十一岁，才坐化而去。辩才因为厌烦西湖上的繁华喧闹，决定寻找一个清幽的栖息之地。他从西湖一路走到五云山，又嫌五云山孤寂，便直上风篁岭，最后寻到了龙井。辩才见龙井山明水秀，丛林苍翠，小径清幽，十分喜欢，于是决定留在此处。说来也怪，龙井寺自从有了辩才法师居住，便一天天兴盛起来。人们都说，这大概是辩才道行高深的缘故。

天竺寺慈云法师归西后，没有高僧住持，寺庙便渐渐冷落下去。当时杭州太守沈文通见了十分着急，他对大家说："天竺是观世音菩萨的道场。观音菩萨的教义，是以声音宣扬佛力，并非静修禅悟。听说龙井寺的辩才和尚非常灵慧，不如请他来做天竺住持，开坛宣教，或许天竺就兴旺起来了。"大家听了，都觉得有道理，沈太守于是亲自到龙井来请辩才法师出山，主持天竺寺事务。

辩才起初也不肯离开幽静的龙井，他不喜欢天竺寺的喧闹。但是，碍于沈太守的情面，他只好答应回到天竺寺。辩才法师一到天竺，人们慕名从四面八方赶来，有的来参禅论道，有的来治病求医，都快把天竺寺大门给挤破了。辩才在天竺寺开坛讲法，听者人山人海。为了让鬼怪都来听道，辩才常常在夜晚开讲，天竺寺因此至今留有"夜讲坛"。

据说辩才法师有楞严秘密神咒，能为人治疗疑难杂病，十分灵验。不管是三年五载的顽症，还是一二十年的宿疾，只要诚心忏悔，辩才法师再将楞严神咒诵读三遍，便没有不好的。苏东坡的次子苏迨，小时体弱多病，到四岁还不能走路，多方求医无果，最后到天竺拜见辩才大师。辩才为小苏迨在观音前剃度，并亲自给他摩顶治病，结果立竿见影。苏迨不仅开始行走，还能像小鹿一样蹦蹦跳跳。苏东坡作诗答谢，说："我有长头儿，角颊崭犀玉。四岁不知行，抱负烦背腹。师来为摩顶，起走趁奔鹿。"

因为苏东坡的诗，辩才法师更加声名远播，一时之间，前来拜见的不计其数。有的图方便，甚至在天竺寺附近，凿山建屋。几年下来，天竺寺就成了一个热闹的场所，人来人往，熙熙攘攘。辩才法师年纪大了，不堪其扰，于是决定辞去天竺寺住持职务，回龙井寺静修。

辩才法师到了龙井，前来拜见的人依然很多。因为大家都是从远处赶来，辩才不能拒绝见面。因此和大家约定说："和尚我年纪大了，精神不济了，不能照顾大家了。有两条规矩请大家遵守：殿上闲谈，最久不过三炷香；山门送客，最远不过虎溪。请大家谅解。"

前来拜见的那些缙绅大夫、士人小民都知道他年纪大了，不堪迎送之劳，也因为尊他敬他，都不破坏他的规矩。龙井寺前，有一条小桥，桥下便是龙井的水，流出成溪。溪中有一块巨石，样子像只老虎，所以就取名叫作"虎溪"，与"龙井"之名相配。溪上这条桥，也便叫作"虎溪桥"。过了桥，就是逶逶迤迤的一带长岭，岭旁全是修竹，竹林中一片绿丛，清风吹过，竹影婆娑，大有意趣，故取名叫作风篁岭。岭上有一块石头，天然一片云的样子，高一丈多，青润玲珑，仿佛人工雕刻的一般，名叫"一片云"。以前辩才法师常常在送客之后，盘桓其间，曾题诗说："兴来临水敲残月，谈罢吟风倚片云。"后来，因为立了清规，送客的习惯，就只以虎溪桥为界，走到桥边，脚就停下了。

不料有一天，东坡公事忙完，想起辩才来，就前往龙井寺来访他。管事僧不知他是苏东坡，先跪禀说："本寺老僧，不迎不送，规矩已定，不便顿改，还请相公宽恕。"东坡道："我来访和尚，是访他的道行，谁访他的迎送？"一面说，一面就走到方丈里来。

东坡一见辩才便打趣问道："听说和尚戒律精严，不知戒的是哪几件？律的是哪几条？"辩才应声答道："戒只戒心之一件，律只律心之一条。"东坡说："活泼泼一个心，受此戒律，不是要困死它了？"辩才说："死而后活，方才超凡入圣。"东坡听了，不禁点头笑赞说："辩师妙论入微，令人敬服。"二人于是促膝而谈，谈到畅快之处，彼此都依依不舍。辩才领苏东坡到潮音堂、神运石、涤心沼、方圆庵、寂室、照阁、闲堂、讷斋等各处游赏。每到一处，不是题诗，便是作偈，十分投机。吃过午饭，东坡告辞，辩才相送。一路上，边走边聊，不知不觉来到虎溪桥。两人只顾说话，辩才携了东坡的手，竟然一步一步，走过桥去。左右和尚大急，赶紧从旁叫道："法师，法师，送客已过虎溪了！"辩才听见，忙抬头一看，原来人已在风篁岭下了，忍不住大笑起来，道："学士误我，学士误我！"东坡见了，也忍不住笑起来，道："我误远公，不过是戒律。远公今日死心复活，超凡入圣，却又是谁的功劳？"二人相视而笑。众人在旁，也都大笑。后来苏东坡有诗记云：

此生暂寄寓，常恐名实浮。
我比陶令愧，师为远公优。
送我还过溪，溪水当逆流。
聊使此山人，永记二老游。

龙井寺原貌（图片来自百度百科）

虎溪桥与过溪亭

龙井

龙井寺原在杭州龙井村落晖坞内。北宋时，建报国看经院，后改称寿圣院。元丰年间，高僧辩才法师归隐此寺，修葺屋宇，寺院得到振兴。中华人民共和国成立后寺废，其址建龙井茶室。茶室里的龙井与虎跑泉、玉泉并列西湖三大名泉。相传东晋时，著名道士葛洪曾取用此井水炼丹。井呈圆形，井圈上刻有精美的花纹，极具古意。龙井景区，有着众多的名胜古迹。乾隆南巡时，曾题龙井为"湖山第一佳"，又曾题"龙井八景"，分别为过溪亭、涤心沼、一片云、风篁岭、方圆庵、龙泓涧、神运石、翠峰阁。

鲁智深六和寺圆寂

　　被列为西湖三十景之一的六和塔，就在钱塘江畔月轮山上。六和塔原是吴越王为镇住钱塘潮水所建造的。"六和"名称来自佛教"六和敬"之义。"六和"即"六合"，是指天地与四方。民间传说中，"六和"是为父母报仇并降服了钱塘江龙王的一个渔童。在《水浒传》故事中，鲁智深在六和塔外的寺内圆寂，武松在此出家，林冲病死在这里，这使得六和塔、六和寺与草莽英雄结下了不解之缘。

　　话说宋江和众位兄弟率领兵马一举拿下了方腊，旗开得胜，鸣金收兵。三军一路高唱凯歌，回到杭州。大军在六和塔屯兵驻扎，宋江、卢俊义进城听候命令，其余诸将都在六和寺中歇息等候。看见城外江山秀丽，风景如画，大家心中十分欢喜。

这天夜里，月白风清，水天同碧。鲁智深、武松二人正在僧房里睡觉，大约半夜时分，忽然听到江上潮声雷响。鲁智深是个关西汉子，从没听说过浙江潮信，还以为敌人攻来、战鼓在敲，于是一骨碌从床上跳了起来，摸起禅杖，大喝着就冲了出去。六和寺的众僧见了，莫名其妙，都问他："大师傅，您干什么去？"鲁智深说："洒家听见战鼓响，正要冲出去厮杀去。"众僧听了，都哈哈大笑起来，说："大师傅听错了，那不是战鼓声，而是钱塘江潮信响。"鲁智深听说"潮信"二字，心中暗暗吃了一惊，问道："和尚，什么是潮信？"众僧请他到临江的屋子，推开窗户，指着江上涌起的潮头，叫他看，解释说："这江潮啊，一天有两次，起落都按照一定的时刻，所以称作潮信。今天是农历八月十五，是潮水最大、最猛的时候。按照时间，今天的潮水是在三更子时来，您听到的就是这时的潮水声。"

鲁智深听后，心中忽然大彻大悟，拍掌笑道："俺那师父智真长老，从前给洒家念了四句偈子说：'逢夏而擒，遇腊而执。听潮而圆，见信而寂。''逢夏而擒'，应的是俺在万松林里厮杀，活捉了个夏侯成；'遇腊而执'，便应的是俺生擒了那方腊。今日这'潮信'，正应了'听潮而圆，见信而寂'。俺想既然今日听了潮信，就应该要圆寂了。和尚，俺问你们，啥子是'圆寂'？"

寺内众僧想笑又不敢笑，只得答道："大师傅，您是出家人，怎么会不知道？佛门中圆寂就是死啊。"鲁智深听后一愣，然后呵呵笑道："既然这圆寂就是死，洒家今日就当圆寂了。和尚，劳烦你们给我烧桶洗澡水来，洒家要洗浴一下。"和尚们都以为他说着玩，本不想搭理他，又知道他脾气不好，不敢不听他，只好去给他准备洗澡水。鲁智深洗浴完了，换了一身御赐的僧衣，又命手下军士说："去告诉我家宋公明先锋哥哥，快快来见洒家一面。"军士去了，鲁智深又向众僧讨来纸笔，写了一篇偈颂。

然后走到法堂上，焚起一炉好香，把那张写着偈颂的纸放在禅床上，拽过一把禅椅，在屋子当中坐了。收起两只脚，把左脚搭在右脚上放好，便不动了。等到宋公明听到报告，急忙带着众头领来看时，鲁智深已经坐在禅椅上圆寂了。大家从禅床上拿起那张纸，看颂子上写着："平生不修善果，只爱杀人放火。忽地顿开金枷，这里扯断玉锁。咦！钱塘江上潮信来，今日方知我是我。"宋江和卢俊义看了偈颂，叹息不已。

众位头领都焚香拜礼，送别鲁智深。城内的几个官员，也赶来拈香拜礼。宋江让人把鲁智深的衣钵和朝廷的赏赐，都拿出来散给众僧，请他们做了三天三夜的功课。完了用朱红色的龛子装了肉身，请径山住持大惠禅师，来给鲁智深火化。各寺的禅师，都来为他诵经。大家迎出龛子，去六和塔后面烧化。径山大惠禅师手执火把，来到龛子前，指着鲁智深，说道："鲁智深，鲁智深，起身自绿林。两只放火眼，一片杀人心。忽地随潮归去，果然无处跟寻。咄！解使满空飞白玉，能令大地作黄金。"

大惠禅师点火完毕，众僧诵经忏悔，焚化了龛子。在六和塔山后，收取骨殖，葬入塔院。安葬完鲁智深，宋江去看望武松。这时的武松虽然没死，也和废人差不多了。武松对宋江说："小弟现在已成了残疾，不想进京朝拜那皇帝，唯愿留在这六和寺中，做个清闲道人。哥哥造册上奏，别写小弟名字。"宋江听说，无可奈何，只说："一切听你的。"武松从此在六和寺中出家，活到八十岁善终。不久，朝廷使臣到来，宣圣旨，令先锋宋江等班师回京。宋江等随即收拾军马打算回京。刚要起程，不料林冲中风瘫痪了，杨雄后背疮发而死，时迁得绞肠痧而死。宋江见了，感伤不已。林冲因得了风瘫，一时半刻不能痊愈，就留在了六和寺中，让武松照看，半年后去世。

六和塔

开化寺遗址

六和寺，即开化寺，在六和塔旁，现无存。六和塔是吴越王为镇压钱塘江的江潮而建造。"六和"名字来源于佛教"六和敬"，曰："身和同住，口和无诤，意和同悦，戒和同修，见和同解，利和同均。"也有人认为，其是取道教之"六合"，即天、地、东、南、西、北。还有一种观点认为，其源自《晋书·五行志》的"六气和则沴疾不生，盖寓修德祈年之意"。六和塔建成后，塔旁修有塔院叫寿宁院。后烧毁，在原址建寺。宋太宗太平兴国中，改称开化寺。

癫道济南屏显神通

解题

　　提到济公，大家都会想起那首歌："鞋儿破、帽儿破，身上的袈裟破，你笑我、他笑我，一把扇儿破……"在民间传说中，济公的形象十分独特，表面上，他破帽破鞋破衣衫，手拿一把破蒲扇，不守戒律，嗜酒吃肉，举止疯癫；但实际上，他是西湖上最具传奇色彩的"神僧"，他助人为乐、扶危济困，充满侠义精神。济公故事在民间流传甚广，见于《钱塘渔隐济颠禅师语录》、张大复的《醉菩提》、郭小亭的《济公传》、古吴墨浪子的《西湖佳话·南屏醉迹》、湖上笠翁的《西泠故事传奇·道济师装疯玩世》、王梦吉的《麴头陀新本济公全传》等。济公形象从疯癫和尚到疯癫又侠义的和尚，再到疯癫、侠义的和尚加清官形象，不断演变、日益丰富。

道济和尚，俗名李修元，南宋天台人。原来是灵隐寺和尚，后到净慈寺做了书记，癫癫狂狂，惹出很多故事来。

一日，一位施主为生病的母亲做道场，大殿上众僧诵经，香花灯烛，好不肃穆。道济不知在哪里又喝得醉醺醺的，端着一盘子肉，摇摇晃晃就进了大殿，正对着佛祖像扑地坐了下来。众僧诵经，他却唱起了山歌，边唱边吃。监寺见了大怒，呵斥道济，让他快快离开。道济坐在那里，不理不睬，依旧吃肉唱歌。监寺无奈，找来长老。长老问道济："这位施主一片诚心，为母亲祈求平安，你为何在这里捣乱？"道济说："弟子就是看施主诚心，所以唱个山歌为他祈祷。"长老说："那你唱的什么山歌？"道济说："我唱的是'你若肯向我吐真心，我保管你旧病一时好'。我这山歌一唱，只怕这施主母亲的病已经好了呢。"正说着，施主家来了个家人禀报说："老太太的病好了，都坐起来了，叫官人快快回去呢。"施主又惊又喜，问道："老太太多日卧病不起了，为何一会儿工夫就坐起来了？"家人禀道："老太太说，睡梦里突然闻到了一阵肉香味，精神大长，病就好了。"施主朝道济和尚拜道："师傅真是活佛一般，多谢！多谢！"话还没说完，道济便翻着跟头出去了。

又一日，净慈寺的德辉长老要修整大殿，命道济化三千贯钱。道济夸口说："这事好办，只需三日便可完成，不过我要喝醉了才能办。"长老大喜，命人买酒。道济和尚直喝到半夜，大醉而卧。到第二天酒醒了，他拿着化缘簿子去见毛太尉。毛太尉听说要在三日内募化三千贯，笑骂道："你这个疯子，三千贯钱如何三日筹到？"道济说："太尉只管收了化缘簿，钱一时便到。"说完，扔下化缘簿，扬长而去。

道济回到寺中。首座见道济不曾带回一文钱来，连忙报告给长老。长老一时也不知该如何是好。次日，首座又来对长老说："三日期限，已是第二日了。道济也不出去，只坐在灶下捉虱子，这个样子明天怎么会化到三千贯？肯定是说谎骗酒吃罢了。"长老无语。

第三日，一个内侍从宫里出来，找毛太尉进宫拜见太后娘娘。太后见到毛太尉说："本宫昨夜梦见一位金身罗汉对我说，净慈寺大殿有些崩塌，让我化三千贯钱去修造。我向他要化缘簿，他说化缘簿在毛太尉家里。所以叫你来问问。"毛太尉大惊，赶忙奏道："前日是有个净慈寺的道济和尚，到我那里化三千贯钱，限三日筹到。臣一时拿不出，他留下化缘簿便走了。"太后说："化缘簿在你那儿便好，正好本宫现有三千贯脂粉钱，就舍给他去修造吧。你可传旨准备銮驾，本宫要亲自到净慈寺上香，也好见一见这金身罗汉。"

再说首座见道济躺在禅房不出去，跑去质问他。道济懒懒回说："快到了。"首座不信，冷笑而去。过了一会儿，道济奔出禅房，大叫："都出来迎接施主。"见无人理他，便到大殿，撞起钟来。长老和众僧听到钟声都赶过来，不一会儿，就有门人飞跑进来，说："黄门使来说，太后娘娘要进寺烧香，銮驾已在半路上，快快迎接。"大家这才信了。

太后烧了香，交付了三千贯布施，又在五百僧众中认出道济和尚。太后说："你化了本宫三千贯钱，要怎样报答本宫呢？"道济说："贫僧只是个穷和尚，不知拿什么报答太后。我只会翻跟头，要不就教娘娘翻个跟头吧。"一边说，一边头朝地脚朝天，一个跟头翻转来。他一身破袈裟，里面也不穿裤子，这一翻竟把身体走光了。众随从、宫女见了，都掩口而笑。长老和众僧看见，吓得面无人色，忙向太后请罪。太后说："这道济原是个罗汉，刚才举动大有禅机。是祈祷我转女成男之意，并非无礼。"说罢，乘辇而去。

有一年，净慈寺募到皇上的三万贯钱修造佛寺。正要动工，却在临安山中找不到栋梁之材，要到四川采买。但四川离杭州太远，别说没人肯去买，就算是买了，也不知如何运回来。长老找道济商量，道济又说，只要吃个大醉便可以了。长老买来上好的酒，让道济痛快畅饮。谁知道济一下子喝了二三十碗酒下肚，连睡了两日两夜不曾醒来。大家正急得不知怎么办呢。不料，睡到第三日，道济却一骨碌爬起来，大叫："大木运来了，大木运来了！快叫匠人搭架子来取。"大家以为他在说梦话，都笑个不停。长老问："大木从哪里化的？现在哪里？"道济说："是从四川山中化来的，现在寺里井中。"众人忙到井边，果然看见一段木头在水中。长老急命匠人搭起架子，把木头拉上来。拉上一根，又有一根冒出来，一直拉了六七十根。匠人说，足够了，这时井里便不再冒木头了。这一幕看得一寺人都惊呆了。

　　道济和尚一年三百多天，没有一天不喝酒的。一次，又喝得烂醉，倒在了清河坊大街上。恰巧冯太尉的轿子经过，开路的虞侯吆喝，叫他起来。道济咕哝道："你走你的路，我自睡我的觉，关你什么事。"太尉在轿中听见，骂道："一个和尚，应该遵守五戒，却喝得烂醉，我偏要管管你。"命人将道济扛回府中，让他写自己的履历情况。道济提笔写成，太尉才知是大名鼎鼎的道济和尚，忙命人放了他。道济听说放了他，反而大笑起来，说道："我和尚酒醉冲撞了太尉，蒙太尉开恩把我放了，我也报答下你。太尉若查不到进贡的'玉髓香'，朝廷恐怕不肯放了你哩。"太尉听后大惊。原来朝廷有盒"玉髓香"，三年前八月十五烧过一次，吩咐冯太尉收好。后来太后取出来，又烧过一次，随手放在别处，时间久了都忘记了。今年皇上又命太尉去取，太尉取时，发现"玉髓香"并不在自己放置的地方。心里害怕，不敢回复，所以出门求签，才碰上了道济。太尉被道济说破，知道他是高人，求他指点。这道济却说，"知道是知道，只是清醒时说不来，须得一壶酒喝了，才能说仔细。"太尉无奈，只得取酒请他，道济喝得大醉，才说如此这般。太尉骑快马入宫去找，果然找到了。

　　道济和尚名声远扬，都知他是个能显灵的救世活佛。到了六十多岁时，道济忽然厌世，不久坐化而去。

虎跑寺济公殿

灵隐寺济公像

净慈寺济公殿

灵隐寺、净慈寺、虎跑寺都有济公殿。灵隐寺是道济和尚出家的寺院，因此在灵隐寺有道济禅师殿。殿内供奉一尊右手拿破扇、左手持念珠、右脚搁在酒缸上的济公像。左右四面墙上有十八幅壁画，这十八幅画是一整串故事，正好展示了济公的一生。净慈寺的济公殿，民国时被毁，后复建，殿旁还有"运木古井"。济公圆寂于虎跑寺，虎跑公园的济公塔院有济公像和舍利塔。

虎跑寺，称大慈定慧禅寺。传说唐代高僧性空住在这里，后来因水源短缺，准备迁走。他在梦中得到神的指示：南岳衡山有童子泉，当遣二虎移来。日间果见两虎跑翠岩做穴，石壁涌出泉水，虎跑梦泉由此得名。除了性空、济公法师外，高僧弘一法师也在虎跑寺剃度出家。

莲池和尚禁杀放生

　　传说西湖本是个古放生池，禁止杀生。后来不知从哪朝开始，只把湖心寺池作为专门的放生池，西湖其他地方便不禁止杀生了。时间久了，连湖心寺池也都有名无实了。直到明代万历年间，西湖上有一个极有善缘的和尚，法号莲池，作了《戒杀文》《放生文》，才将这放生习俗重新在杭州确立。莲池和尚生平资料见于他的《竹窗随笔》，利玛窦的《辩学遗牍》。古吴墨浪子《西湖佳话》的"放生善迹"、湖上笠翁《西泠故事传奇》的"七笔勾高僧证果"等都有记叙。

　　莲池和尚，俗名沈袾宏。他出生于杭州望族，生来聪慧，落笔成章。父母妻子原指望他博取个功名，光耀门楣，谁知他一心向佛，无心于功名。后来父母与前妻故去，沈袾宏又续娶了汤氏，这汤氏也略通佛理，夫妻关系倒也和谐。这年除夕夜，杭城家家团聚守岁，饮酒欢呼，爆竹流星，笙箫锣鼓，响彻通宵。沈袾宏想到父母俱亡，前妻已故，对景凄然。汤氏见他心中不快，便命丫鬟给他烹一杯好茶来。不料这丫鬟捧着茶，不小心摔了一跤，竟将茶盏打碎了。沈袾宏见他平日最爱的一只茶盏被打得粉碎，不觉生起气来，对汤氏道："这茶盏自幼相随，已二十年了，不想竟在今夕分离。"汤氏道："相公可知，万物无常，没有不散的因缘吗？茶盏小物，何足介怀。"沈袾宏听到这两句话，犹如醍醐灌顶一般，突然彻悟，想到人生无常，确实都似茶盏一样。于是向汤氏拜了一拜，道："不是娘子的一番话，我怎能参透禅门？娘子啊，你就是我的老师，我出家的念头今天算是定下了。"汤氏听他说出家，懊悔不已，道："我刚才的话，不过是劝你开怀的意思，为何当真要出家？你今年才三十岁，功名、儿女一事无成，出家之事从何说起？"沈袾宏道："我意已决，切勿再言了！"于是在案上写下"生死事大"四字，再不说话。

　　几天后，沈袾宏收拾行李，与家人告别，直奔西湖而来。他在南北两山之间寻访了许久，都未找到落脚的地方。忽然有一天，正走着路，不小心撞到一个疯和尚，这疯和尚一手扯住沈袾宏，一边胡乱叫嚷起来。沈袾宏忙赔礼道："弟子虽未披剃，也是佛门中人，师傅切莫如此。"疯和尚朝他看了又看，忽然微笑说道："背后有人唤你回去呢。"等沈袾宏回头看时，疯和尚却突然不见了，只见地上有张纸条，沈袾宏捡起一看，是两句诗，写着："无门窟里归无路，心生一大即伊师。"沈袾宏心想："可能我的缘分应该在无门窟出家，这个和尚是过来指引我的吧。听说岳坟后有一无门洞，应该就是了。'心生'是'性'，'一大'是'天'，难道我的师傅是'性天'？"沈袾宏一边想着，一边走到大佛头，过了葛岭，来到岳坟，径直往山后走去。弯弯曲曲走了半晌，才到无门洞口。沈袾宏抬头一看，只见上面一个大匾，写着"无门洞"三字，洞门两旁贴着一副对联，上面写道："何须有路寻无路，莫道无门却有门"。

沈袾宏在洞门口立了一会儿，只见柴门紧闭，寂静无人。忽见一老僧走出，有七十余岁。开门看见他，以为是城中的游客，便道："相公，里面请坐。"沈袾宏进门，先拜了佛，然后坐下，问道："宝山可有一位性天禅师么？"老僧道："贫僧就是。"沈袾宏忙起身叩拜。老僧不知何故，慌忙答礼。沈袾宏道："弟子蒙高人指点，特来拜求剃度。"性天道："我从五台云游到此，已经三年了。寺内口粮只够老僧一人，所以不敢收留徒弟。再说一看您便是享受富贵的城里人，怎么耐得住这里的荒凉景象？"沈袾宏听了，不觉笑道："老师不必担心，弟子抛家舍业而来，不求留住此处，只为参透生死，求师傅为我剃度即可。"性天道："既然你决心已定，明日就给你披剃了吧。"

沈袾宏剃度后，取名佛慧，别号莲池。和性天畅谈了几月佛理，他便出去云游了。从杭州出发，经山东、河南，一路来到北京。听说有个遍融和尚，博学多识，特地去拜访他。不想遍融和尚见了他，只回他道"作福念佛"四字。再问时，只说："脚跟须步步行得稳。"说完，叫他快快南归。莲池心中不明所以，于是又去参访笑岩大师。笑岩大师道："你只需持戒念佛就行了。"

莲池听了两位法师的话，终日参解，却不知有何深意。无奈之下又从北京返回，一直来到山东东昌地区。走进一座山林中，只见山川幽峭，树木扶苏，莲池便在一棵大树下打坐休息。刚刚入定，只见许多佛祖立在面前，绕着他走了一圈而去。过了一会儿，又见一班魔神，立在面前，奇形怪状，也绕着他走了一圈而去。忽然之间，佛祖都变成了魔神，魔神又都变做了佛祖。莲池出定之后，神思混乱。坐在树下，左思右想，忽然悟道："是魔是佛，都在自己的心，何必到外面寻找答案？"于是起身，挑着行李，返回南方。

走了很多日子，莲池终于来到了南京，路上遇到两个僧人，一起结伴而行。同行了二三里路，两个僧人见莲池挑着行李越走越慢，便要替他挑担。莲池并未疑心，感谢之后，将行李交给他们。不料两个僧人接过行李，就把莲池推倒在地，飞似的跑了。

莲池追之不及，不一会儿，竟连僧人影子也看不见了。莲池心中十分懊悔，胡乱往前走去。走着走着，看见一座寺庙，上写着"瓦官寺"，便去投宿。莲池在寺中留住了几日，忽然生了场大病，卧床不起。寺庙里的主管和尚见莲池身无分文，又大病不起，把他挪到大殿中的金刚脚下，铺半床草席，听凭天寒风吹，再不理会。莲池病得昏昏沉沉，却也无可奈何。寺中有一和尚见了，十分不忍，取了一碗热水，走到莲池面前道："师父！你喝点热水吧？"莲池道："热水倒不用了，麻烦你到礼部沈老爷那里通个信，就说杭州莲池和尚病倒在此。"和尚听说，大吃一惊，说："原来你就是莲池！阿弥陀佛，何不早说？也免得受这苦楚。两三日前，礼部沈老爷曾在各处寺院寻访你。我这就去通报。"

这礼部沈老爷名叫沈三洲，是莲池的堂兄。他又是怎么知道莲池云游到此的呢？原来，前几日，有两个僧人，为争一个行囊，闹上公堂。沈公道："把行李拿上来搜搜看。"衙役搜检行李后，发现内有度牒一张，上写着：云游僧袾宏年三十二岁，系杭州府仁和县人。因访道，所过关津渡口，不许拦阻。沈公看了，才知是自己兄弟的行囊，便喝令二僧交代。二僧无奈，只好说出实情。沈公于是差人在南京一带，四下寻访莲池消息。

等那和尚通报过去，沈公听说后立刻前往瓦官寺。可笑瓦官寺的两个势利和尚，听说了此事，惊得目瞪口呆。赶忙去请莲池到上房安歇，拿出熏得喷香的棉被，给莲池盖上，又烹了六安上好的毛尖茶，送给莲池吃。正忙作一团，礼部沈老爷已进寺门，这几个和尚吓得腿肚子直转筋。直到莲池见了沈公，一字没提此事，他们这才放下心来。莲池在寺中调理治病，不数日，病渐渐好了，就辞别沈公，回杭州了。

回到西湖，莲池在五云山寻到一个僻静的地方。这里四周都是山，径曲林幽，原是古云栖寺的旧址。宋代雍熙年间，有一个大和尚，善伏虎，人称他为伏虎禅师，这寺就是他创造的。天禧中，皇帝下令改名真济禅院。不料弘治七年，洪水暴发，把这寺庙给冲毁了。莲池因为喜欢这里的寂静，于是在此盖个茅庵静修。

后来莲池重修了云栖寺，寺庙被宝刀陇、回耀峰环抱，东边是壁观峰，峰下有泉，叫青龙泉，中间有圣义泉，西山有金液泉，三山三泉合称"云栖六景"。莲池在此开坛讲法，僧俗听者人山人海。

莲池见杭城百姓人家多好杀生，于是作《戒杀文》七条：一曰生日不宜杀生，二曰生子不宜杀生，三曰祭先不宜杀生，四曰婚礼不宜杀生，五曰宴客不宜杀生，六曰祈禳不宜杀生，七曰营生不宜杀生。写完，莲池命人将此《戒杀文》，广行天下。又作《放生文》，劝人为善。命凿上方池放生，亲自刻碑文记之。

一天，净慈寺性莲和尚请莲池讲圆觉经，在南屏连讲五十三天，来听经的人如山似海。有位虞德园先生和莲池关系很好。虞德园见湖心寺放生池废弛很久，对莲池说道："这三潭旧迹，如今淤泥阻塞，实在可惜。况且西湖原是古放生池，如今渔人昼夜网捕，实在罪过。何不疏浚三潭，重做放生池，岂不是一件善事？"莲池认为很有道理，决心建此功德。莲池发动全城官绅筹集善款，重修湖心寺放生池，禁止渔猎捕杀。从那以后，放生的也源源不断，有为生日放生的，也有为生子放生的，也有每月初一、十五做放生会的，西湖成了众生乐土。

当年汤氏因丈夫出家云栖，便在菜市桥旁造了一座尼庵，名孝义无碍庵。汤氏一心修行，法名太素，先于莲池圆寂。莲池自出家五十多年，著述颇多。忽一日，与弟子、亲朋故旧道别说："我将他往，特来奉别。"道别后，莲池入室端坐，瞑目无语，不久圆寂，葬云栖寺左岭下。

云栖寺20世纪20年代老照片（图片来自新浪网）

放生池

云栖寺，又称云栖山寺，著名佛寺，在杭州五云山云栖坞里。始建于北宋，是吴越王为伏虎志逢禅师兴建的三座寺院之一。明弘治年间，因山洪突发，寺院荡然无存。明隆庆年间，净土八祖莲池大师见寺宇荒败，重新兴修，莲池也因此被敬称为"云栖大师"，死后葬于云栖寺旁。清代康乾时期，云栖寺空前鼎盛，康熙和乾隆皇帝都曾为寺院题写匾额。康熙御题"云栖"及"松云间"二额，乾隆题"香门净土""悦性亭""修篁深竹"三额，后又题"西方极乐世界安养道场"额，并写了不少诗篇。此后寺院屡有毁建，不复昔日繁盛。民国时期云栖寺终因年久失修荒废。1962年，原寺址建为杭州市工人休养院，寺前冲云楼、舒篁阁也陆续辟为茶室。2002年，改扩建云栖景区景点，但寺庙已无存。云栖寺和湖心寺、净慈寺都有放生池。

冷谦吴山修道

解题

　　金庸《倚天屠龙记》中有个人物叫冷谦。小说里的冷谦是"明教五散人"之一，武功很高，孤僻冷傲，人称"冷脸先生"。但历史上真实的冷谦，是一个善于养生的道士，而且多才多艺，精通音乐和绘画，著有《修龄要旨》。冷谦曾经在吴山隐居修炼，又长寿，所以人们认为他已经修炼成仙，便流传了很多关于他的神仙故事。冷谦传说故事见于《明史·乐志》、明代周清原的小说《西湖二集·吴山顶上神仙》、明末清初姜绍书的《无声诗史》、明末清初陈梦雷的《古今图书集成·神异典》、清代徐沁的《明画录》等。

　　冷谦，字启敬，号龙阳子，明代武林（今浙江杭州）人。相传母亲怀他时，梦见一位仙人驾鹤而来，所以冷谦生得仙风道骨。长大后，冷谦一心向道，渴慕长生，于是到吴山火德庙做了黄冠（道士）。冷谦在吴山遇到一个叫作胡日星的金华人。胡日星懂星术，能知道人的过去和未来。胡日星看了冷谦的相貌，说："你日后定会成仙。"然后掐指一算，给冷谦递过一张纸条，上写某年某月某日某时，吕洞宾在玄妙观降临，会收你为徒，传授道法。果然到了那一天，冷谦在玄妙观等到了吕洞宾。冷谦上前跪拜说："弟子冷谦，叩请师父传授道法。"吕洞宾说："我今天就是专门来给你传道法的。"于是把修炼的种种方法、秘诀一一传授给冷谦。冷谦认真修炼，不久成仙。

冷谦成仙后，常有仙人往来拜访。有个山西的张金箔极有道术，来到杭州，拜访冷谦，与他斗法玩耍。张金箔在水里吐了一口唾沫，霎时化作一尾金色鲤鱼。冷谦也唾了一口唾沫在水中，变成一只水獭，一口吞了金鲤鱼。在寒冷的冬天，张金箔吐出一口红气，满屋子像着火一般炎热。冷谦取出一枚胡桃，随手一扔，竟发出霹雳之声，令人目瞪口呆。

张三丰听说后，特来吴山拜访。二人相处融洽，常常切磋道法。一次，两人在一间房子里静坐，神魂同时出窍，到福建一同采摘了荔枝后，又返回杭州。冷谦曾画了一幅《蓬莱仙弈图》，张三丰还在上面题了诗。

明代开国元勋刘基也与冷谦有所来往，二人见面就赋诗弹琴。刘基见冷谦的琴弹得清雅出尘，便向皇上推荐了他。皇上任命冷谦做了太常协律郎。冷谦有个穷朋友叫孙智，见冷谦做了官，就来投靠他，死缠硬磨，非要他周济一下自己。冷谦并没有多少俸禄，被逼无奈，只好用了道法。他在墙壁上画了个门，又画了一只仙鹤守着，对孙智说："我用这个方法暂且周济你，你进去后稍微拿几件金银器皿，千万不可多拿。"孙智连连答应。冷谦口中念念有词，念完，就让孙智去敲墙上的门。门吱呀一声打开，孙智走进去，只见里面到处是金银财宝。孙智见了，早忘了冷谦的叮嘱，扑上去，把金呀银呀满满藏了一身。从门里走出，门噗地合上，仍旧是一堵墙。冷谦见他如此贪婪，很不高兴，孙智却满心欢喜地离开了。

谁知不久，官府便把孙智抓了去。原来藏着金银的房子是皇宫内库。孙智进去取宝，袖子里装着一张自己的名帖，当时只顾着搬取财宝，一不小心将名帖遗落在内库中，自己却全然不知。库管进去盘点发现了名帖，即刻奏明皇上，将孙智捉拿归案。孙智招出冷谦，冷谦也被捉来审问。冷谦被关押的时候，忽然说口渴，校尉拿了一瓶水给他，冷谦对着瓶子偷偷念了几句，然后把瓶子放在地上，先将左脚插入瓶中，校尉忙问："做什么？"冷谦说："变个戏法给你们看。"说着又把右脚插进去，渐渐地腰部以下都进了瓶中。校尉赶忙抱住他的上身，无奈，那上身就像泥鳅一样，一点一点滑进瓶中，最后不见了。校尉大惊，连忙拿着瓶子去见皇上，说明情况。皇上不信，大喝道："冷谦在哪里？"瓶子里有人答应，说："臣冷谦在此。"皇上让冷谦出来。冷谦说："臣有罪，不敢出来。"皇上再三让冷谦出来，冷谦只是不肯。皇上一怒之下，将瓶子打碎，并不见冷谦身影，皇上对着碎片大声喊叫冷谦，每个碎片都回答"臣在"，却不见冷谦到底在哪里，真是神异极了。

冷谦隐遁的方法叫"瓶遁"，他进入瓶中之时，实际上已经遁去数千里之外了。后来皇上差人到杭州查访，没找到冷谦，后又在全国搜寻，也不知他到哪里去了。相传冷谦活了近一百五十岁，到晚年仍鹤发童颜。他发明的养生修身之法对后世影响很大。

吴山火德庙遗址

吴山天风

　　火德庙，即火德星君庙、火德祠，在吴山城隍庙右，建于南宋。庙后有"巫山十二峰"，侧有准提阁。吴山是杭州唯一的城中之山，可远眺钱塘江及西湖。登上吴山有凌空超越之感，可尽揽杭州江、山、湖、城之胜，"吴山天风"由此而得名。山上有城隍阁、伍公祠、紫阳山、太庙遗址、宝成寺等景观。

宋景濂西湖结佛缘

解题

　　明代大学士、一代文宗宋濂精通佛学，宣扬佛教，被朱元璋称为"宋和尚"。宋濂一介儒生，为何喜欢佛学？在民间传说中，宋濂和佛学的渊源，与西湖上一个喜欢放生的和尚寿禅师有着某种关联。宋濂的故事见于周清原《西湖二集》中的"寿禅师两生符宿愿"。

　　宋濂出生于浙江金华浦江宋家。传说他母亲陈氏怀孕时，梦见了弥陀佛。弥陀佛手中拿着一部《华严经》，对他母亲说："我是杭州永明禅院的寿和尚，降临你家是为了辅佐圣主，救济生民。"陈氏怀孕才七个月就生下一个男孩，取名宋寿，后改名宋濂，字景濂。

　　宋景濂从小就喜欢念佛。六岁时，父亲拿出《法华经》给他看。不料，他读过一遍后，便能背诵出来。浦江有个姓郑的人家，一门孝友，浦江人都称为"孝义郑家"。郑家藏书丰富，为了能读到这些书，宋景濂在他家做了数年教书先生，把郑家书籍读了个遍，其中很多是佛学书籍。当时有个宗泐和尚，台州人，来到浦江，与宋景濂一见如故，二人整日谈论佛法，彻夜不休。

当时，宋景濂与浙江刘基、章溢、叶琛，因文章和德行一同名闻天下。朱元璋听说，便派使臣到浙江聘请四人来朝。朱元璋专门为四人建了个礼贤馆：命刘基担任国师，谋议国家大事。命叶琛、章溢担任营田司副职。又命宋濂任江南等地的儒学提举，并做太子的老师。朱元璋常常召宋景濂来讲论经典，对他的言谈非常欣赏。

宋景濂博物多闻，无人能比。朱元璋曾夜梦关羽，长髯赤面，身穿绿袍，手执大刀。于是问宋景濂："关羽神话起于何时？"宋景濂说："臣读《天台智者禅师传》，里面说隋朝开皇十二年，智者禅师来到当阳玉泉山。打坐入定时，在月光下隐约看见了关羽和他的儿子。禅师出定后，在此创建了一座寺庙。后来上书给当时还是晋王的杨广，并呈上《玉泉伽蓝图》。杨广将寺庙赐名玉泉寺，并在寺中塑了关羽神像，称为伽蓝神，至今显灵。"

还有一次，朱元璋到淮水巡游，看见一条大铁锁系在龟山上。询问左右，左右说是用来锁住水怪的。朱元璋就问："水怪是什么样子的？是什么人锁的？古代典籍有记载吗？"宋景濂应声答道："在古《岳渎经》中有记载。大禹治水时，在桐柏山抓住了淮河水神，名叫无支祁。无支祁长得像猕猴，力大无比。禹命'庚辰'之神制服了它，把它锁在龟山脚下，淮水才得以平静。"宋景濂通晓奇闻怪谈，朱元璋每每听说，十分佩服。

朝廷每次颁行天下的诏诰，赐予高丽、交趾、满剌加、占城等国的诏书，都是宋景濂所作。朱元璋要修《元史》，命宋景濂负责总管。宋景濂率领一班文学之士，在天界寺中，花了七个月就完成了。朱元璋大喜，召宋景濂入宫，亲自调了一杯甘露赐给宋景濂，并说："这甘露是和气凝结而成的，能够治愈疾病、延年益寿，所以朕和你一起分享。"

宋景濂生平不善饮酒，某年的八月七日，朱元璋命内臣召宋景濂进宫喝酒。宋景濂听说，急忙推辞："臣酒量差，喝不了酒，醉后恐怕失态。"朱元璋说："只饮一杯，即便醉了又有什么关系。"宋景濂无奈，举起杯来，好几次欲饮又止。朱元璋大笑说："大丈夫怎么这样犹犹豫豫？"宋景濂只得一饮而尽，果然大醉，走路都踉踉跄跄了。朱元璋高兴，亲自作赋记下这件事，并把此赋赐给了宋景濂，以示恩宠。朱元璋命宋景濂编辑历代奸臣之事，作《辨奸录》，又命他撰写《大明日历》和《洪武宝训》五卷，写成后就分发给太子和各王学习。朱元璋非常赏识宋景濂的文才，说："你的才学堪当丞相，可以参议国事。"

朱元璋与宋景濂的关系极为亲近，常称他为"老宋"，而不叫他的名字。宋景濂有一次生病，六天未能上朝。朱元璋问左右说："怎么好几天没见老宋？"左右说："生病了。"朱元璋很是忧虑，说："老宋是个特别勤勉的人，在我身边五年如一日，从未有分毫做作的表现。不知得了什么病？"过了一天，又问道："老宋病情减轻了吗？"左右说："病情没有减轻。"朱元璋伤感地说："你们传我的口谕，让他回金华老家养病去吧。回去后，父子祖孙团聚，病一定会好的。"下令内官拿了金银赐给宋景濂，还特地命人造了安车蒲轮，派了六个壮丁驱车送宋景濂回乡。

宋景濂回到金华，果然病情渐好。宋景濂想游山玩水散散心，于是来到了杭州南屏山净慈寺。净慈寺就是原先吴越王为寿禅师建造的永明寺。在慧日峰上，宋景濂见了寿禅师的画像，仿佛有种似曾相识的熟悉，于是写下了一篇赞：

我与导师有宿因，般若光中无去来。

今观遗像重作礼，忽悟三世了如幻。

宋景濂自来到西湖净慈寺之后，把家中钱财和朱元璋赏赐的金银财物，都买了飞禽、鱼鳖去放生。又与宗泐和尚、演福寺如玘和尚等整日讲论佛法，使得佛教一度兴盛起来。一天，宋景濂到虎跑寺闲逛。虎跑寺是唐代性空大师创建，山上有虎跑泉，据说是两只老虎咆哮而来，用爪扒山，山泉顿时涌出。虎跑寺住持听说宋景濂前来，召集众僧都披了法衣，到泉边祷念，几乎干涸的泉水竟汹涌喷出。宋景濂于是作诗以记其奇异。诗言：

泉因性空出，又因寿师涌。

泉水本无心，莲花两足捧。

朱元璋原本不信佛，又因浙西寺院各僧不守戒律，饮酒食肉，奸淫妇女。朱元璋大怒，把僧人都抓去做苦役，很多僧人因此丢了性命。后来又因金山寺和尚惠明用奸计谋夺良家妇女，朱元璋听说后更加生气，于是下达铲头令，几乎灭除了佛教。宋景濂劝道："佛教不可灭。从前宋太祖拥有天下后，产生了灭除佛教的念头。一天他出宫私行，看见一个醉僧睡在地上，呕吐狼藉，臭秽不堪。宋太祖大怒，想杀了这个醉僧。醉僧起身而去，宋太祖从后面追了上来，在一个僻静的地方，太祖刚想动手，醉僧却突然开口说：'陛下贵为天子，为何出宫私行？'宋太祖被说破身份，大惊失色，连忙转身回宫。之后命两个随从召醉僧进宫，但醉僧早已不见踪影，只见地上所吐之物化作片片檀香。这时宋太祖才醒悟，佛法无边，佛教是不可剪灭的。不仅佛教不可灭，儒、释、道三教也都不可偏废。"朱元璋问："既然这样，那么佛经中的哪部经典最好？"宋景濂道："《般若多心经》《金刚》《楞伽》三经最好，这三部经真像是引人走出迷途的日月，帮人渡过苦海的船只。"朱元璋于是命人取这三部经书来看，不知不觉中渐入佳境。于是问宋景濂说："这经书果然精妙，不知有什么人可以为这些经书做注，让经书传播开来，使人人了解教义。即便不能达到高妙的境界，也能禁邪思、绝贪欲，成为贤人君子。"宋景濂说："浙江径山的宗泐和尚与演福寺如玘和尚精通经典，恪守戒律，可以担当这个任务。"朱元璋于是召两位和尚到京，并对他们的言谈非常满意，下令让二人就在天界寺中注释三经。不到一年，三经全部注完。朱元璋看了大喜，下令刊刻。宗泐就在天界寺中刊刻了三本经书，宋景濂为之作序，很快流传海内。

朱元璋下诏令江南十位有道僧人，在蒋山太平兴国禅寺大建道场，普度众生。朱元璋斋戒一月，亲临道场，登大雄宝殿，礼拜如来世尊。左右各官擎着花香灯烛、幢幡宝盖、明珠宝玉虔诚进献。奏的佛曲有《善世曲》《昭信曲》《延慈曲》《法喜曲》《禅悦曲》《遍应曲》《妙济曲》《善成曲》。朱元璋焚香礼拜完毕，就去听宗泐禅师宣讲佛法。据说那天一开始大风刮得天昏地暗，雨雪交加，到中午竟忽然放晴了。朱元璋很高兴，下令在秦淮河点亮万盏水灯，做完道场，已是半夜时分。宋景濂亲自随侍，并做了一篇文章记录胜况，这篇文章名叫《蒋山广荐佛会记》。

朱元璋从此大弘佛法，皈依三宝。朱元璋对宗泐也很好，常称他为泐翁。宗泐后来一直住在杭州中天竺。宗泐虽是佛门子弟，却好说些儒家的话；宋景濂虽是儒学先生，却好说那佛门的话，生平给有道僧人的作塔铭，共有三十余篇。朱元璋常称赞这两人说："泐秀才，宋和尚。"朱元璋能够从最初的厌恶佛教到后来的推崇佛法，都和这两人有关。

慧日峰永明寺（图片来自海峡佛教网）

　　慧日峰为南屏山山峰，在西湖南岸。南屏山北麓永明寺是吴越王钱弘俶为供养高僧永明寿禅师而建。宋景濂思想深受永明寿禅师影响，他在《血书华严经赞》中自言是寿禅师后身，把延寿禅师当作佛学的导师。宋景濂自号无相居士，可见他对佛学的重视。宋景濂的学术著作《宋学士文集》中，有关佛塔铭、佛谒赞、功德碑记等篇目占八分之一之多，文中涉及佛禅思想的，比例占近一半。宋景濂就是在延寿禅师佛学思想的基础上，融释道儒为一体的，最终成为集释道儒于一身的集大成者。宋景濂在西湖慧日峰永明寺见到寿禅师画像后，他在《永明智觉禅师遗像赞》中写道："我与导师有宿因，般若光中无去来。今观遗像重作礼，忽悟三世了如幻。灵山一会犹俨然，愿证如如大圆智。"足见他对寿禅师的崇敬与倾慕。

陈可常端阳辞世

解题

　　"陈可常端阳仙化"源自宋话本小说《菩萨蛮》,冯梦龙录于《警世通言》。这篇小说不仅以西湖灵隐寺为背景,展现了端午节宴饮欢会、共饮菖蒲、解粽斋僧等风俗细节,更重要的是把陈可常一生的命运遭际与这样一个节日联系起来,所谓"生时重午、为僧重午、得罪重午、死时重午",暗含了端午节五月初五的禁忌文化心理。

　　宋高宗绍兴年间,温州府乐清县有个秀才姓陈名义,字可常。陈可常生得眉目清秀,聪明伶俐,无书不读,无史不通。只可惜三次参加科举考试都没中,陈可常十分沮丧,到临安府众安桥算命铺子算了一卦。算命先生说:"你有做和尚的命,却没有做官的命,只能出家了。"陈可常小时候听母亲说过，五月初五生他时，梦见一尊金身罗汉入怀。陈可常眼见功名无望，又听到算命的这样一番话，一赌气，挑了行李，直奔灵隐寺出家了，在灵隐寺印铁牛长老的座下做了个行者。这印长老，座下有十个侍者，号为甲、乙、丙、丁、戊、己、庚、辛、壬、癸，个个读书聪明。陈可常在长老座下做了第二位侍者。

这天恰巧是五月初五端午节的前一天，高宗皇帝的母舅吴七郡王府中包了许多粽子。粽子包好了，郡王吩咐管家："把粽子分装好，明天去灵隐寺斋僧。"第二天早饭后，郡王带了都管、干办、虞候、押番等人，出了钱塘门，过了石涵桥、大佛头，直奔灵隐寺。到了灵隐寺，长老带领众僧鸣钟擂鼓，迎接郡王上殿烧香，烧完香到方丈室喝茶休息。郡王说："每年五月初五端午节，本王都到寺里斋僧，今日还是按照以往的规矩布施。"说完，随从用大盘托出粽子，到各房一一分发。

郡王在寺庙的院子里闲逛，看见墙上写了四句诗："齐国曾生一孟尝，晋朝镇恶又高强。五行偏我遭时蹇，欲向星家问短长。"郡王心想："此诗有怨气，不知是何人所作？"回到方丈室，郡王问："长老，寺中可有人会作诗吗？"长老说："回郡王，老衲座下有甲、乙、丙、丁、戊、己、庚、辛、壬、癸十个侍者，都能作诗。"郡王说："把他们都叫来吧。"长老说："不巧得很，只有甲乙两人在寺里，其他人都出去做事了。"甲乙二侍者被唤来，郡王叫二人以"粽子"为题作诗。甲侍者想了一下，作了一首诗：

四角尖尖草缚腰，浪荡锅中走一遭。

若还撞见唐三藏，将来剥得赤条条。

郡王听后，大笑，说："诗是好诗，可惜少了点文采。"又命乙侍者作诗。乙侍者念道：

香粽年年祭屈原，斋僧今日结良缘。

满堂供尽知多少，生死工夫哪个先？

郡王听了大喜，说："好诗！"问乙侍者："院里墙上的诗，可是你写的？"乙侍者恭恭敬敬回复说："是小僧作的。"郡王问："你是哪里人？"乙侍者答道："小僧是温州乐清人，姓陈名义，字可常。"郡王见他说话清楚，人才出众，十分喜欢。

光阴似箭，不觉又是一年。这天五月初五，郡王又去灵隐寺斋僧。长老带领众僧迎进寺院，安排斋饭，款待郡王。席间郡王叫可常上前，说："你给本王作首词，要写出你自己的身世。"可常答应了，口念一首《菩萨蛮》：

平生只被今朝误，今朝却把平生补。重午一年期，斋僧只待时。

主人恩义重，两载蒙恩宠。清净得为僧，幽闲度此生。

郡王大喜，吃完饭，把可常带回府里拜见夫人，说："这和尚是温州人，叫陈义。三次参加科举考试，没考中就出家做了和尚。他诗作得特别好，所以带回来让夫人见见。"夫人听说，十分欢喜，又见可常聪明朴实，好好款待了一番。陈可常用《菩萨蛮》又作了一首粽子词：

包中香黍分边角，彩丝剪就交绒索。樽俎泛菖蒲，年年五月初。

主人恩义重，对景承欢宠。何日玩山家？葵榴三四花！

郡王叫府中歌姬新荷演唱陈可常刚作的这首词。那新荷眉长眼细，面白唇红，举止轻盈。她手拿象牙板，轻启红唇，歌声美妙，余音绕梁，赢来阵阵喝彩。当晚大家尽欢而去。

又到一年五月初五，郡王又要去灵隐寺斋僧。不料这天大雨倾盆，郡王不能去，只好吩咐院公："你去把斋供分给各位僧人，然后带可常一块儿回来。"院公遵命前去灵隐寺斋僧，对长老说："郡王让可常一同回府。"长老说："不巧，这两天可常生病了，没法子出门了。"长老领院公到可常房中，可常果然病在床上。可常让院公带了一封拜帖给郡王，郡王拆开一看，又是《菩萨蛮》词一首：

去年共饮菖蒲酒，今年却向僧房守。好事更多磨，教人没奈何。

主人恩义重，知我心头痛。待要赏新荷，争知疾愈么？

郡王又唤新荷出来唱此词。管家婆回禀说："新荷出不来了，肚子大了，像是怀孕了。"郡王大怒，让人审问是谁的孩子。新荷招供说："是可常和尚的。"郡王听说，大骂可常："怪不得这秃驴词里写什么赏新荷。他哪里是得了什么病，分明是做了亏心事，不敢来了吧。"立刻吩咐临安府，差人去寻隐寺，捉拿可常和尚。

官差去了不由分说，把生病的可常和尚从床上拖起来，押到临安府厅上跪下。府尹喝问可常道："你是个出家人，郡王对你恩深义重，怎么做出这等没天理的事来？你快快招了！"可常说："没有这回事。"府尹不听他分辩，吩咐左右将他拖倒，打得皮开肉绽，鲜血迸流。可常受不了酷刑，只好招道："小僧招供！小僧一念之差，与新荷有了奸情。"郡王听说，本想乱棍打死他，只因他满腹文章，不忍下手，所以关在狱中。

印长老不信可常做出这样事情，于是约住持长老一同到郡王府中，给可常和尚求情。郡王开口便骂："可常无礼！我平日怎么待他，却做出这种不仁不义的事情！"两位长老说："可常犯罪了，老衲不敢替他辩白，只求郡王看在平日的情分上，从轻发落。"郡王答应了，吩咐临安府，打了可常一百杖，放回灵隐寺。

印长老接可常回灵隐寺，寺中和尚都认为他玷污了寺风，要长老赶他走。长老对众僧说："可常一向有德行，整日念经拜佛，连庙门也不出。即便是去郡王府，待半天就回，又不留宿，奸情从何而来？此事必有蹊跷，日久自明。"长老让人在山后搭了一间草屋，让可常慢慢治疗棒疮。

郡王发落了可常，又把新荷杖责八十，发落钱塘县，并追还一千贯卖身钱。新荷父母对女儿说："我们哪儿有那么多钱呐？"新荷说："不用你们管，这钱自然有人替我出。"新荷父亲骂道："贱人！和一个穷和尚通奸，哪会有什么钱？"新荷说："实话跟你们说吧，我肚子里的孩子是郡王府钱原都管的，他让我把事情都诬赖给这和尚。"新荷让父亲到郡王府找钱都管要钱。不料，钱都管不仅不认账，反将新荷父亲大骂了一顿。新荷父亲忍气吞声回来，告诉了女儿。新荷听说，泪流满面，第二天，跟父母到郡王府，将事情原委一五一十揭发了出来。郡王这时才知道冤枉了可常和尚。于是懊悔不已，一面即刻命人缉拿钱原，送到临安府审讯，问出真相；一面差人去灵隐寺带可常和尚来府。

再说可常在草舍养好伤，可巧又是五月初五。可常取来纸笔，写下一首《辞世颂》，说：

> 生时重午，为僧重午，得罪重午，死时重午。为前生欠他债负，若不当时承认，又恐他人受苦。今日事已分明，不若抽身回去！五月五日午时书，赤口白舌尽消除；五月五日天中节，赤口白舌尽消灭。

可常作完《辞世颂》，走了出去。在草屋旁的一眼泉水边，沐浴干净，穿戴整齐，然后在草屋中盘腿圆寂了。

　　长老得知，命人将可常抬到山顶，正要火化，只见郡王府院公来找可常。长老说："院公，你去回禀郡王，可常坐化了，正要火葬。"院公说："可常的事已经清楚了，郡王知道可常被冤枉了，让我带他回去，不想竟然圆寂了。我回去禀告，郡王一定会过来的。"院公急忙回府，将可常去世的事说了，并将《辞世颂》呈上，郡王看了大为痛悔。第二天，郡王同夫人一同去灵隐寺为可常举行葬礼，郡王亲自拈香祭奠。印长老手执火把，口中念道：

　　　　留得屈原香粽在，龙舟竞渡尽争先。从今剪断缘丝索，不用来生复结缘。恭惟圆寂可常和尚：重午本良辰，谁把兰汤浴？角黍漫包金，菖蒲空切玉。须知《妙法华》，大乘俱念足。手不折新荷，枉受攀花辱。目下事分明，唱彻阳关曲。

灵隐寺

　　灵隐寺，又称云林寺，建于东晋时期。东晋咸和元年，印度僧人慧理来到杭州，看到这里山峰奇秀，认为是"仙灵所隐"，所以就在这里建寺，取名"灵隐"。南朝时，梁武帝下令扩建灵隐寺，使其初具规模，香火渐盛。五代时，吴越王钱弘俶命加以拓建，赐名灵隐新寺，规模渐大，殿宇房舍有一千三百余间。宋之后，寺庙几经更名、几经毁建。清顺治年间，禅宗具德和尚住持灵隐，筹资重建，耗时漫长，建成后规模宏伟，成为江南佛寺之冠。康熙帝南巡时，赐名"云林禅寺"。乾隆年间，佛寺加以重修。乾隆前后六次幸临灵隐寺，都留有诗文。1975年，经国务院批准，对灵隐寺开始进行全面修整。经过多年努力，灵隐寺呈现出今天的盛况。灵隐寺构成以天王殿、大雄宝殿、药师殿、法堂、华严殿为中轴线，两边附以五百罗汉堂、济公殿、华严阁、大悲楼、方丈楼等建筑。

马二先生伍公庙奇遇

解题

　　马二先生是清代吴敬梓《儒林外史》中的一个久试不第的知识分子形象。他日子过得拮据节俭，为人也算老实厚道，娶不到老婆，有一点生理需求，只好通过"游西湖"来解决。吴敬梓通过"游西湖"，把马二先生的潜意识刻画得入木三分。从宋元以来，凡"西湖小说"都不同程度涉及"游西湖"的情节和场景。小说提及的"游西湖"，实际上和杭州风俗密切相关。马二先生在西湖所游之处，主要是佛寺道观，他从圣因寺、净慈寺到城隍庙、伍公庙等一路走来，并在吴山伍公庙奇遇洪憨仙，险些落入一桩骗局。故事极具反讽效果。

马二先生在文海楼的工作已经完成，因杭州各书店还等着他选文章，便打算回去。与朋友道了个别，马二先生便乘船一路回到了杭州。到了杭州，就住在文瀚楼的书坊里选文章。他住了几日，没有好文章可选，十分无聊，于是兜里揣了几个钱，就走到西湖去了。

这西湖是天下第一个真山真水的景致。有幽深的灵隐，清雅的天竺，光是湖边一带，就有说不尽的好处。出了钱塘门，经过圣因寺，上苏堤，中间是金沙港，转过去就可望见雷峰塔。到了净慈寺，有十多里路，五步一楼，十步一阁。一路上有金粉楼台，也有竹篱茅舍，桃柳争妍、桑麻遍野。卖酒的青帘高扬，卖茶的红炭满炉。士女游人，络绎不绝。

马二先生独自一人，走出钱塘门，在茶亭里吃了几碗茶，到西湖边上的牌楼跟前坐下。只见一船一船来烧香的乡下妇女，梳着发髻，穿红戴绿，个个涂抹的是一张大白脸，两个红脸蛋。也有一些长得丑的，完全没法儿看。女人们的后面都跟着自己的男人，扛着伞，拎着包，一上岸就往庙里走去。

马二先生一口气看了五六船的女人，没一个看上眼的，便起来又走了一阵子。看着湖岸上几家大酒店，橱柜里挂着肥得流油的羊肉，盘子里盛着冒着热气的蹄子、海参、糟鸭、鲜鱼。热气腾腾的锅里煮着馄饨，蒸笼上蒸着大馒头。马二先生看得肚子咕咕叫起来，可是没钱买来吃，只得喉咙里咽着唾沫，走进一家面店，花十六个钱吃了一碗面。吃完了出来，又走到隔壁一个茶室喝了一碗茶，买了两个钱的小零食吃。

马二先生吃饱喝足了，仍然沿着湖边走。只见前面柳荫下系着两只船，船上有钱人家的夫人小姐在那里换衣裳。两个年轻的脱了外套，换上披风；一位中年的脱去缎衫，换了绣衫；随从的十几个女客，也都换了不同的衣裳。那三位女客换好了衣服，缓步上岸，满头的珠翠光芒灿灿，裙上环佩丁当，身上的香气远远地飘了过来。每位女客跟前一个丫鬟，手持黑纱团香扇，替她们遮着日头。马二先生低着头走了过去，不敢仰视。

马二先生继续往前走，过了六桥，转个弯，是一片荒地。又走了一二里路，也不知到了什么地方。马二先生感觉无趣，想反转回去。这时遇着一路人，一问才知道，前面快到净慈寺和雷峰塔了。马二先生便又往前走。走了约半里路，见水中一座楼台，连着一道板桥，马二先生从桥上走过去，门口也是个茶室，又吃了一碗茶。茶室里面的门锁着，马二先生要进去看，看门的问他要了一个钱，开了门放进去。里面是三间大楼，楼上供的是仁宗皇帝的御书。马二先生慌忙整一整头巾，理一理衣襟，恭恭敬敬朝着楼上，拜了五拜。拜完起来，定一定神，照旧在茶桌旁坐下。旁边有个花园，布政司的人在此请客，厨房里将燕窝、海参，一碗一碗地捧过去。马二先生看到，不禁又羡慕了一番。

出来过了雷峰塔，远远望见高高低低许多房子，琉璃瓦、朱红栏杆。马二先生走到跟前，看见一个极高的山门，一个直匾，金字，上写着"敕赐净慈禅寺"。山门旁边一个小门，马二先生走了进去，院子很宽敞，地上铺着水磨的砖。又进了二道山门，两边廊上都是几十层高的台阶。富贵人家的女客，穿着绫罗绸缎，成群结队，来往不绝。风吹过来，女客身上的香一阵阵地扑入鼻子。马二先生戴着一顶方帽子，穿着一双厚底破靴，高高的个子，乌黑的脸，在女人群里横冲直撞。女人也不看他，他也不看女人。

来来回回穿梭了一回，马二先生出来又坐在一个写着"南屏"的茶亭内，吃了一碗茶。柜上摆着许多碟子，有橘饼、芝麻糖、粽子、烧饼、黑枣、煮栗子等。马二先生每样买了几个钱的，凑合着填饱肚子。走了这么多路，马二先生太累了，走到清波门，便回到住处睡了。

睡了整整一天，第三天起来，马二先生便到吴山去走走。吴山在城中，马二先生走不多远，已到了山脚下。山上弯弯曲曲，很多台阶，马二先生一口气爬上去，不觉气喘。走到伍公庙前，看见卖茶的，买了一碗。喝了茶，马二先生进去，朝伍子胥像作了个揖，把匾联仔细看了一遍。又继续走上去，左边一个门，门上挂一个匾，匾上是"片石居"三个字，里面是个花园，有些楼阁。马二先生进去，看见几个人围着一张桌子，摆着一座香炉，正在请仙问功名。只见一人磕头起来，旁边人说："请了一个才女来了。"过了一会儿，一人问："可是李清照？"又一人问："可是苏若兰？"又一人拍手说："原来是朱淑真！"马二先生听了暗笑一声，便离开了。

又转过两个弯，上了几层台阶，只见平坦的一条大街，左边靠着山，山上有几座庙宇；右边是一间一间的房子，房子里有卖酒的，有卖杂货的，也有卖各种吃食的，也有卖茶的，还有测字算命的。马二先生走到一个茶室泡了一碗茶，另买了十二个钱的蓑衣饼吃了。继续走上去，便是巍峨的城隍庙。他走进去，瞻仰了一番。过了城隍庙，又是一个弯，又是一条小街，街上酒楼、面店都有，还有几个书店。过这一条街，是个极高的山，沿着台阶，一步步走上去，左边可清晰望见钱塘江，江上平静如镜。再往上走，右边可见西湖，连雷峰塔、湖心亭都能望见。西湖里的打鱼船，一个一个如鸭子浮在水面。马二先生心旷神怡，只管走了上去，又看见一个大庙门前摆着茶桌子卖茶，马二先生两脚酸了，坐下来喝碗茶。吃着，两边一望，一边是江，一边是湖，又有那山围着一面，又遥见隔江的山，高高低低，忽隐忽现。马二先生心中生出无限赞叹。

马二先生吃了两碗茶。肚里正饿，恰好有一个乡里人，捧着许多烫面薄饼来卖，又有一篮子煮熟的牛肉，马二先生大喜，买了几十文的饼和牛肉，就在茶桌子上尽兴一吃。吃饱了，往上去了丁仙祠，正要跪下求签，突然听人叫了一声"马先生"。马二先生回头一看，并不认识，却见那人仙风道骨，像个神仙。马二先生忙上前施礼说："尊驾怎么知道我姓马？"那人说："天下何人不识君？先生遇到老夫了，就没必要求签了，请到住处一谈。"说完拉了马二先生的手，走出丁仙祠，不一会儿，就到了伍相国庙门口。马二先生心里疑惑："我走了那么久的路，竟然只花了一刻钟工夫，难道是神仙使了缩地腾云之法？"正想着，那人说："这便是我的住

第三章　西湖印象·佛寺道观篇

处，请进。"原来伍相国殿后很是宽敞，有花园，园里有座楼房，四面窗子都可望见江湖。马二先生上楼来，刚坐下，就有四个穿着绸缎衣服的随从，恭恭敬敬地献茶的献茶，备饭的备饭。马二先生四处看了看，只见房间墙上挂着一幅字，上写一首绝句："南渡年来此地游，而今不比旧风流。湖光山色浑无赖，挥手清吟过十洲。"后面落款写"天台洪憨仙题"。马二先生问道："这是老先生的大作？"那人说："我就是洪憨仙。此诗偶然写来，见笑见笑！"马二先生知道，"南渡"是宋高宗时的事，屈指一算，应是三百多年前，这人活到现在没死，定是个神仙无疑。不一会儿，随从捧上饭来，一大盘稀烂的羊肉，一盘糟鸭，一大碗火腿虾仁，一碗清汤。连便饭都这样丰盛，马二先生越加相信自己遇到了奇人。吃完饭，憨仙问马二先生为何求签，马二先生说："不瞒老先生，晚辈今年在嘉兴选了一部文章，挣了几十金，却为朋友的事情全部搭进去了。如今来到杭州，工作不顺。身边的盘缠也快用完了，心中烦闷，想在这仙祠里求个签，问问可有发财的机会。"洪憨仙说："想发财也不难，但发大财的机会暂时没有，先发个小财，可好？"马二先生说："不管大财小财，只要能发财都行！不知老先生可有什么办法？"洪憨仙沉吟了一会，说："算了，我有个宝贝。你拿回去试一试，如果有效，再来找我。"说完走进房内，从床头边摸出一个包打开，里面有几块黑煤，递给马二先生说："你回去放在炉子上炼制一下，等炼出东西来，再来找我。"马二先生回到住处，等到晚上，用个罐子在炉火上吱吱地烤了一阵儿，融化后放凉，从罐子里倒出来，竟是一锭细丝纹银。马二先生喜出望外，一连炼制了六七罐，倒出六七锭大纹银。第二天清早，拿到街上钱店里去查验，钱店都说是足银。马二先生连忙跑到洪憨仙处拜谢。马二先生说："洪神仙果真是好法术！平白变出六七锭大纹银！"憨仙说："早哩，我这里还有些，先生再拿去试试。"又取出一个包来，比上次给的重三四倍。马二先生如法炮制，又炼制了八九十两银子，马二先生欢喜无限。一天，憨仙派人来请他过去说话。憨仙对马二先生说:"先生,今天有个贵客来拜我,我和你要扮成表兄弟,借他让你发个大财。"马二先生说:"不知这位贵客是谁?"憨仙说:"就是城里胡尚书家的三公子。尚书公留下了许多财产,这位三公子出资万金,想用我的'烧银'法,把他的财产变得更多。此事须要一个中间人,先生素有大名,又在书坊选文,你做中间人,他更加可以放心。等到七七四十九日之后,炼成了'银母',那时就可点铁成金,得个数十百万不在话下。我是用不着的,先生如果得了这'银母',生活从此可以奔小康了。"马二先生听了,深信不疑。等胡三公子来了,憨仙向他介绍马二先生:"这是我表弟。各书坊卖的处州马纯上先生选的《三科墨程》,便是我家表弟的。"胡三公子施礼坐下。三公子一看,憨仙长得器宇轩昂,行李华丽,又有四个随从轮流献茶,又有选家马先生是亲戚,十分放心。

第二天,回拜胡府,马二先生又送了一部新选的墨卷。不久,胡家管家来下请帖,请洪憨仙和马二先生到西湖花港御书楼旁园子里赴宴。第二天,两人坐轿来到花港,胡三公子先在那里等候。两席酒,一本戏,吃了一天。马二先生坐在席上,看着丰盛的酒馔点心,想起前两天还只是看别人吃酒席,不想今天自己也到此吃上酒席了。马二先生饱餐一顿,胡三公子约定三五日后再请二人到家来立合同,请马二先生做中间人,等建个丹室,兑出一万银子,再请憨仙到丹室炼制"银母"。三人说定,憨仙和马二先生各自回去。马二先生一连等了四天,不见憨仙来请,便去看他。一进了门,只见那几个随从十分慌张。一问才知道憨仙病倒了,十分严重。马二先生大惊,急忙上楼去看,已经奄奄一息了。马二先生在这里相伴了两日多,憨仙便断气身亡。马二先生问四个随从:"老先生是个活神仙,今年活了三百多岁,怎么忽然就死了?"随从见瞒不住了,只好说了实话:"哪里有三百岁!他老人家今年六十六岁,一贯不守本分,故弄玄虚想寻两个钱花,不想落得这个下场。不瞒先生说,我等并非随从,是他的儿子、侄儿和女婿,同他一起出来,如今他蹬腿去了,害得我们只能讨饭回

第三章　西湖印象·佛寺道观篇

去了!"四人翻箱倒柜,也没找到什么钱。马二先生问:"他老人家床头不是有一包一包的'黑煤',可以炼出纹银的呀。"女婿说:"哪是'黑煤'!那就是银子,用煤染黑了的!用炉子一炼,银子自然就出来了。全给了你,就没有了。"马二先生道:"我还有一事不明白,他不是神仙,怎的在丁仙祠初见我时,就知我姓马?"女婿道:"你有所不知。那天在书店,书店里的人问你尊姓大名,你说,我就是书上的马什么,他听了才知道的。世间哪有什么神仙!"马二先生恍然大悟:"原来他结交我,是要借我骗胡三公子!"眼下,这四人连棺材也买不起,只好把四五件绸缎衣服当了几两银子。马二先生见此情形,回到住处,取了十两银子来,送予他们料理丧事。等他们料理完丧事,又替他们付了庙里的房钱,剩下的银子全给了那四人做盘缠,然后道别而去。

伍公庙
（图片来自新浪网）

吴山城隍阁

　　吴山伍公庙，也称子胥庙，是纪念春秋时期吴国大夫伍子胥而建的。伍子胥父兄被楚王所杀，他逃到吴国，帮吴王阖闾夺取王位，发展国力。不久借助吴国灭楚，报了父兄之仇。吴王夫差时，他多次劝谏吴王灭越，吴王不听，渐至疏远。后吴王听信太宰伯嚭谗言，认为伍子胥谋反，于是派人送一把宝剑给伍子胥，令其自杀，并把伍子胥的尸首用鸱夷革（皮革做的袋子）装着抛于钱塘江中。吴人哀怜他，为其在江边吴山东南一山坡上立祠，为伍公庙，此山坡也被名为伍公山或胥山。据《越绝书》记载，伍子胥尸体入水后出现种种神迹，"发愤驰腾、气若奔马、威凌万物"被称为"水仙"。《后汉书·列女传》记载会稽孝女曹娥事，说曹娥父亲因参加迎接伍君死于江涛之中，这说明汉代会稽一带已有纪念伍子胥的民间活动。其后祭祀活动一直延续。某年，钱江大潮将杭城围住，民间便有了伍子胥在江中着素车白马来讨公道的传说。为此，杭州知州上奏朝廷要祭伍公，并把伍公视为潮神。伍公庙由拱北亭、神马门（山门）、御香殿、正殿（伍公殿）、后殿（潮神殿）等部分组成。其中潮神殿主要供奉伍子胥和历史上所奉文种、霍光、曹娥等十八位潮神。

　　吴山城隍阁，是用来祭祀城隍爷周新的庙宇。城隍大多由有功于地方民众的名臣英雄充当，是中国民间和道教信奉守护城池之神。周新，明代永乐时任监察御史，刚正不阿，铁面无私，被百姓称作"冷面寒铁"。永乐十年，明成祖的宠臣，锦衣卫指挥纪纲因事派千户到浙江搜刮民财，千户依仗权势，横行霸道，被周新惩治。千户回京哭诉，纪纲向明成祖诬告周新，明成祖听了大怒，将周新解京问斩。周新含冤被杀，当地百姓愤怒不已，明成祖为了平息民愤，谎称自己梦见周新做了杭州的城隍，并就此为他建了一座城隍庙。城隍庙有周新像，造型参造了上海城隍庙的原型。庙内还有六幅关于周新事迹的画。

宋琬天竺获奇缘

　　天下传奇莫测的事，大多与智谋的男子、聪慧的女子有关。兰质蕙心的女子，往往比那些文士更有胆量和心机。明代临安的宋琬就是这样一个有胆识、有心机的女子，如同私奔的卓文君、红叶题诗的韩夫人一样，演绎出一段风流奇缘，流传宇内。宋琬故事见于明末清初徐震的《美人书》。故事以天竺寺为背景，展现了杭州人天竺进香、清明祭扫、游赏西湖等生活习俗。

　　宋琬，字玉馨，是潮州刺史宋长吉的女儿。宋琬长到十六岁时，姿容美丽，工于诗画。宋琬有个表兄，叫谢骐，字天骏。谢骐游学多年，略有才名。两家虽是亲戚，却各在不同地方做官，很少相聚。谢骐与宋琬七岁时曾见过一面，从此再没相见。

一天，西湖上萧鼓楼船，游人纷纷，十分热闹。谢骐刚巧有半日空闲，打算到西湖上逛逛。他唤来书童小奚，雇了条小船，从钱塘门一直行到岳庙。船到岳庙，已经中午了，男男女女到天竺进香刚刚回来，都停轿到岳庙一游，锦衣罗绮，令人眼花缭乱。谢骐游了一会儿，觉得没什么意趣，刚打算登船返回，忽见十几顶女眷乘坐的轿子，向西面杂沓而去。谢骐揣测她们一定是去天竺上香，又好奇轿内是何等佳丽，于是舍舟雇马，打算尾随一游。刚要上马，却遇到同窗某生，站着寒暄了许久，谢骐心急，于是假托有事，快马加鞭而去。

到了天竺，那些大家女眷已经焚香祷告完了，纷纷登轿离去。气喘吁吁赶来的谢骐，只闻到一股浓浓的兰麝香气，萦绕不散。谢骐遗憾地走进大殿，四处观看，忽见佛座旁边，有一只玉燕钗丢在地上。谢骐捡起来仔细端详，钗子玉色温润，雕琢精巧，燕翅处竟还系着个纸条。展开一看，上有一首诗：

良工爱奇玉，镂作双燕子。

婉媚似有情，朝暮并栖止。

所嗟妆台畔，寂寞不如尔。

为寄相思心，暂拆双飞翅。

愿遇多情者，令彼销魂死。

尔若再相逢，良缘亦在此。

诗后又写了一行字："要问我住哪儿？就在吴山左侧，子字之上，日呆之下。"谢生看后，微微一笑，心想："不知谁家闺媛，想出这样的好主意。玉燕有灵的话，应当会遇到我。"

第二天早上，谢骐刚刚梳洗完毕，父亲把他叫过去说："听说你姑父从潮州罢官回来，你代我过去问候一下姑父、姑姑，等我病好后亲自拜

会。"谢骐答应了，穿戴整齐，骑马前往。宋府在云居山上，院子里种着
些修竹，青翠欲滴，竹林间啼莺婉转，十分清幽。谢骐进府拜见，宋长吉
见了，非常高兴，拉着他的手进去，叫出夫人相见。彼此说些家常，宋长
吉对谢骐说："明天就是清明，正想到西湖边扫墓，你今晚就住在这里，
明天一同前往。"

　　谢骐听说，留宿宋府一晚。第二天快天亮的时候，有婢女红英叫他起
来梳洗。不一会儿，轿子在门外备好，夫人走了出来，女儿宋琬衣着明
艳，随后缓步出来。谢骐自幼年见过宋琬一面，分别至今已近十年了。今
日一见，只觉得宋琬纤眉秀目，含媚带笑，姿容如玉，绝世无双。谢骐惊
为天人，向前作揖，惶惶然竟一句话都说不出来。到了墓上，祭扫完毕，
宋琬靠着一棵松树，谢骐悄悄从后偷看，竟发现宋琬鬓发旁斜插着一只玉
燕钗，和自己在天竺殿中拾到的一模一样。谢骐大惊，心想："想不到我
的姻缘竟在表妹这里！'子字之上，日呆之下'不就是'宋'吗？玉燕传
情，字谜藏宋。宋琬表妹，真的是心思细密，胆大狂放啊！"

　　祭扫之后，谢骐仍然住在宋府。丫头红英送茶来时，谢骐写了一首
诗，让红英捎给宋琬，诗曰："拾得玄禽玉琢奇，一回相看即魂迷。谁知
拆散春风侣，愿赠香鬟一处栖。"宋琬看完诗，微微一笑，说："原来玉燕
钗竟落到表哥手中。"

　　实际上，宋琬一见到谢骐，便有了爱慕之心。又听说玉燕钗被他拾
到，便认定是天定良缘，打算与表哥私定终身。不料这时谢骐父亲派人叫
他回去，二人虽然不舍，也只好暂时分开。一天晚上，红英偷偷送给谢骐
一封密信，宋琬在信上说："有个王姓男子来求婚，父母打算同意了。表
哥快些托媒人来求婚吧，再晚一天，我俩的婚事就黄了。"谢骐看信后，
辗转反侧，一夜不眠。天刚亮，谢骐就拜见父母，恳求父母前去宋府提
亲。好不容易父亲才答应到宋府提亲，媒人到了宋府，不想宋天吉却以兄
妹嫌疑，一口拒绝了。谢骐听闻，郁郁不乐。这天夜里，红英又偷偷出

第三章　西湖印象·佛寺道观篇

191

来，告诉谢骐曰："小姐因婚事不成，痛哭流涕。刚刚命我收拾好金珠细软，约公子一同私奔。不知公子能否雇只小船？"谢骐沉吟了一会儿说："也好！不私奔怎么成亲。我有个舅舅，家住吉水，我们暂时去投靠他，慢慢再想办法。"红英高兴地回去了。

第二天中午，谢骐雇了条船，等在涌金门内。天色渐黑的时候，宋琬和丫鬟红英偷偷溜了出来，上了船，与谢骐一同离开了杭州。船行了两天，很快到了吴江。突然江上大雾弥漫，晚风骤起。船夫将船停靠在岸边，说等风小了再走。当晚，谢骐正在熟睡时，忽听到红英大喊："有贼，有贼！"谢骐惊起，一看，竟是船夫父子曹春、曹亥，拿着刀冲了进来。谢骐惊问："你们要干什么？"曹亥大喊说："你诱拐良家妇女。我父子打抱不平，要取你狗命！"说完，曹春一个箭步上前，揪住谢骐的衣领，双手一使劲，把他投入江中，然后转身去杀宋琬和红英。曹春的儿子曹亥，是个好色之徒，看宋琬美貌，请求父亲留下她，给自己做妾。曹春想了想，最后答应了。看到宋琬携带的金珠细软，约值千余金。曹春、曹亥高兴极了，喝酒庆祝，不觉大醉。曹亥的妻子田氏是个妒妇，唯恐曹亥留下宋琬做妾，乘曹氏父子大醉之际，偷偷放走了宋琬主仆二人。

二人互相扶持着上了岸。这天夜里，天又黑，路又难走。正在恐慌疲惫的时候，忽见前面树林中隐约透出点点灯光，二人猜想前面可能有人家。顺着灯光，两人慢慢走到一座茅庐前，门前挂着灯笼，门上有一匾写着"怡老庵"。宋琬大喜说："是个尼庵！我们有地方歇脚了。"敲了很久的门，才有一个尼姑披衣出来。宋琬拜了一拜，讲述了遭遇强盗的经历。尼姑很是同情，于是收留了二人。

宋琬住在尼姑庵，靠卖些小画，维持生计。每当想起谢骐，便涕泗直流，心痛万分。谢骐被曹春扔进江中，随波漂流，以为必死无疑。不料忽遇浮木，才得以上岸。一路乞讨，十多天后，来到吉水舅舅家。舅舅见他衣衫褴褛、狼狈不堪，惊讶地问："这是怎么了？"谢骐不敢实话实说，假说游学被劫。舅舅安顿他住下，令他在此温习功课，准备科考。一天，谢骐听说为官的胡姓朋友乘船到金陵，因风大阻隔，暂时停泊在这里，便前去拜谒。

谢骐进到船中，忽然看见一块屏风上，挂着一幅梅花画，上题两章七言绝句。

其一曰：

> 雪谷冰崖质自幽，不关渔笛亦生愁。
> 春风何事先吹绽，消息曾无到陇头。

其二曰：

> 小窗春信不曾差，昨夜东风透碧纱。
> 笔底欲传乡国恨，南枝为写两三花。

诗的落款是：古杭兰斋女史题。谢骐看后，突然掩面哭泣起来。朋友奇怪地问他："你怎么了？"谢骐说："此画是我亡妻的手迹。"原来兰斋女史，正是宋琬的别号，以前她赠诗给谢骐的时候，就常用这个题名。

谢骐问："此画从哪里得来的？"朋友说："从姑苏钱惠卿那里买来的。"谢骐连夜赶到姑苏，找到钱惠卿。钱惠卿说："公子到吴江怡老庵，找一个叫空照的尼姑，问问就知道了。"谢骐乘船到吴江，一路打听，找到怡老庵的时候，天已黄昏。谢骐在门口大声呼喊，空照出来询问，谢骐自报是钱塘谢天骏。话音刚落，宋琬从屋内跑出来，抱住谢骐脖子大哭。二人各自讲述了劫后遭遇，嗟叹不已。谢骐留在庵中准备考试，不久中了乡试，后又考中进士。谢骐派人把喜信报告给父母和姑父、姑姑。事已至此，宋天吉也只好接受谢骐，派人接回二人成婚。谢骐后来官至太常寺卿，夫妻二人生活美满。绍兴的徐渭赏识宋琬，曾为宋琬写了一首诗说：

> 黄莺啼时芳草暮，春深难把兰心固。
>
> 一见潘郎即有情，涌金便是琴台路。
>
> 从来才色自相怜，失行何须低尔恧。
>
> 三载禅关缘已证，至今松月尚娟娟。

景观介绍

法喜寺（图片来自新浪网）

法净寺（图片来自美篇网）

　　天竺寺在西湖天竺山上，有著名三寺，即上天竺寺、中天竺寺、下天竺寺，称"天竺三寺"，三寺都是杭州古代名刹。据《天竺山志》载："东晋咸和初，慧理来灵隐卓锡，登武林警曰：'此乃中天竺国灵鹫山之小岭，何年飞来此地耶？'"由此，山名称为"天竺"，后人把峰南所建各寺都称"天竺寺"。天竺三

法镜寺（图片来自美篇网）

寺中，下天竺创建最早，距今已有一千六百多年历史。后清乾隆皇帝将上、中、下三竺命名为法喜寺、法净寺、法镜寺，并亲题寺额。法喜寺建于五代后晋时，僧道翊在白云峰下结庐，成为上天竺开山祖师。1985年、1991年进行了两次大修，现寺规模为天竺三寺之首。法净寺由宝掌禅师创建于隋时。1947年寺院遭遇火灾，损失巨大，2006年开始进行修缮整治，现已恢复原样。法镜寺位于灵隐天竺路旁，西靠飞来峰，东临月桂峰。1861年在兵火中化为灰烬，1882年重建。2006年开始进行修缮整治，现为西湖唯一之尼众寺院。天竺三寺是宋至明清时期杭州人朝山进香活动最热门的地方。西湖进香习俗具有浓郁的江南地方特色。香市起于农历二月的花朝，尽于端午。每年春季香客云集成市，先进岳王庙，然后进灵隐寺，再依次参拜下天竺之法镜寺、中天竺之法净寺、上天竺之法喜寺，转回净慈寺。

第四章

西湖印象·宫楼园林篇

宋高宗沉迷湖山

解题

　　宋高宗偏安江左后，便日日沉迷于湖山之乐中。即便如此，高宗还不满足。因此，他的养子宋孝宗便在德寿宫内，给他再造了一个"小西湖"。其景致、摆列、百戏、杂耍，都与西湖一般无二。高宗日日登舟绕堤闲游，早把恢复中原的誓言忘于脑后。德寿宫在南宋末年，就有一半地方废为民居，到清初，几乎完全被官署、民居所占，故址难寻。曾经"小西湖"的繁华景象，也只能在典籍中领略一二了。宋高宗的事迹见于《宋史》《异迹略》等。在岳飞的系列小说中，宋高宗是一个不折不扣的昏君形象。周清原《西湖二集》的"宋高宗偏安耽逸豫""吴越王再世锁江山"，湖上笠翁《西泠故事传奇》的"宋主江山还宿世"等描写的宋高宗也是耽于享乐，沉迷声色，但也不乏美化色彩，尤其是

"宋高宗偏安耽逸豫"中，写高宗因出游致百姓互相踩踏而死，便不肯出行，孝宗只好在德寿宫再建"小西湖"，供其游乐，把孝宗极力奉承高宗奢靡享乐，写得一派父慈子孝，这是需要批判的。

宋徽宗、钦宗二帝不听忠言，被金兵攻破汴京。那时宋高宗正在磁州，乱兵之中，骑马逃跑。当时天黑雨大，马又倒毙，高宗只得冒雨徒行。走到三岔路口，正踌躇不知哪条路可走，忽然一匹白马嘶鸣而来。高宗跳上马背，白马奔腾而去。白马走到一座庙前停下，高宗下马，上前借着月光一看，匾额上写着"崔府君庙"。回头再看，不见白马。于是走进庙里，只见廊下有匹白色泥马汗出如雨。

高宗在南京即位，不久又被金兵追杀，只得从海路逃到杭州。一下船，高宗听说此地叫"仁和"，正好与京都"仁和门"的名称相合，十分欢喜。于是决定定都于此，并改名为"临安府"。因吴越王曾建都凤凰山上，高宗也将宫殿建在了凤凰山。宫殿建得如同汴京一般，十分华丽，左江右湖，尽享湖山之美。

要说高宗是徽宗第九子，做皇帝也轮不到他。为何最后他却成了皇帝？传说宋徽宗曾在宫中做了一个梦。梦见一人闯进宫门，头戴王冠，身穿龙袍，威风凛凛。开口对宋徽宗说："我是吴越王钱镠，我一辈子辛苦打拼，挣下十四州，却被你的祖先夺去。现在我来就是要你们物归其主，还我江山。"说完，径直走入后宫。宋徽宗大叫一声，醒来，与皇后娘娘正在谈论此事，突然听说后宫韦妃生子。宋徽宗大惊，亲临看视。只见小儿龙姿凤目，啼声洪亮，相貌酷似浙人，这孩子就是高宗。

高宗刚封康王的时候，曾出使金国。金兀术屡屡想加害于他，但每次都能看到四个金甲大神，手持武器护卫在他的身旁，金兀术最终未能下手。高宗继位之后，向方士询问这件事情。方士说："紫微座旁有四名大将，叫天蓬、天猷、翊圣、真武，护卫陛下的就是这四位神仙。"高宗大喜，为感谢四位大将的护卫之功，下令在孤山建造四圣延祥观。观中用沉香雕刻了四圣像，还用大珠加以装饰，极其精巧。又建了延祥园，亭馆幽幽，柳荫深深，美若图画，成了西湖最有名的风景之一。此后，高宗大力修建佛刹，多栽柳树，广种荷花。西湖一带，名寺古刹不计其数。湖上风帆沙鸟，烟霭霏微，高宗乐在其中。朝朝暮暮，游赏西湖，箫管之音，四时不断。

高宗即位三十六年后，把皇帝的位子禅让给了孝宗，自己退居德寿宫，称"光尧寿圣太上皇帝"。这孝宗并非高宗的亲生儿子，是宋太祖的八世孙。高宗无子，便把孝宗过继来。孝宗登位之后，因知高宗酷爱西湖风景，于是在湖周围建造了几处亭园，极其华丽精致，如聚景园、玉津园、富景园、集芳园、屏山园、玉壶园等，草木翠微、繁花似锦。

宋孝宗常常请高宗及后宫驾大龙舟、游幸湖山。文武百官随同游玩，各乘大船，浩浩荡荡。高宗游玩时往往刻意营造与民同乐景象，凡是游观的百姓和买卖人都不屏退，只见画船如云，人山人海。西湖先贤堂、三贤堂、四圣观等地，摆放着珠翠冠梳、销金彩缎、犀钿、漆窑、玩器等物，让人眼花缭乱。小摊上还有各种果蔬、羹酒、宜男（萱草）、花篮、画扇、彩旗、糖鱼儿、粉饵、泥孩儿等土特产售卖。"水仙子"（歌姬舞女）严妆盛服，等待客人招呼。"赶趁人"（杂耍艺人）有吹弹歌舞的、有说书变戏法的、有奏乐打鼓的、有踢球的、有踏滚木的、有走钢索的、有耍盘子的、有放风筝的……各种表演，热闹非凡。

高宗的龙舟四周围着锦帐，垂着珠帘，嫔妃宫女，俨若神仙下凡。高宗命内侍买来湖中鱼鳖放生，并招来买卖人，各有赏赐。

有个宋五嫂，善做鱼羹。高宗听说她是汴京故人，遂召到龙舟上询问来历，念她年老，凄然有感，于是让她做了一碗鱼羹。高宗吃了，觉得鱼羹美味无比，赏赐给宋五嫂钱帛等物。此后，每游湖上，必点五嫂所烹鱼羹。宋五嫂鱼羹因此名声大噪，门庭若市，五嫂于是成为富媪。

这年八月十八，宋孝宗请高宗观潮。观潮前，孝宗先命修内司在浙江亭两旁扎起五十间草席屋子，用五彩绣幕缠挂。等到八月十八那天清晨，高宗用完早膳后，侍辇、担儿及内人车马浩浩荡荡从候潮门出来，一路簇拥着，直到浙江亭。

到了浙江亭，高宗吩咐，随驾的百官各赐酒食，随意观看。百官于是各自分散开来，与家眷一同观赏。高宗先命防江水军和临安水军几千士兵在江上一同操演。只见江面上一千多艘军船，像大雁翅膀一般摆开。士兵们身穿戎装，一身的铠甲和随风飘舞的旌旗，在太阳的照耀下分外鲜明。各水兵将领在江面上列五阵，摇旗呐喊，飞刀舞槊，进退布阵如履平地。五色烟炮齐放，烟雾弥漫在江面上。等到炮声停了，烟雾散去的瞬间，所有的船全部隐去，令人惊叹。高宗大喜，下令犒赏军士。

观潮这天，凡是富贵人家都扎起了草席屋子，在屋顶悬挂彩缎作为帐幕，彩幕绵延三十里，犹如铺锦一般，好看极了。不一会儿，海门潮头刚刚涌起，那些惯于弄潮的好手，有一百余人，其中哑八、画牛儿、僧儿、留住、谢棒等几人特别出色。这几人领着一百多人，每人手拿十幅彩旗，来到海门迎潮，踏浪争雄，出没于波浪之中。

过了一会儿，潮水涌来，霎时欢声雷动。有踏滚木、水傀儡、水百戏、水撮弄等，这些艺人在潮水中各显技艺，精彩纷呈，高宗大喜，全部打赏。面对这热闹非凡的胜景，高宗由衷感叹说："钱塘形胜，天下所无！"到了晚上，月亮升起来的时候，大家把几十万盏羊皮小水灯放于江上，点点灯盏浮满江面。直玩到一更天，高宗才恋恋不舍地返回皇宫，孝宗亲自扶他登上了辇车。

高宗每每游幸湖山，游人百姓便簇拥而来，人山人海。圣驾进出，人们争相观看，互相推搡，以至于踩踏致死者数十人。高宗听说，于是就不再出游。

第四章　西湖印象·宫楼园林篇

孝宗见此，下令在德寿宫中再造一座"小西湖"。先凿出大池，引水注入，叠石为山，仿飞来峰之景。又建一亭，名为"冷泉"。又建一座"聚远楼"，清凉幽微，如蓬莱仙境一般。造好后，请高宗来看。高宗观后，龙颜大喜。

又一年的三月份，孝宗看天气转暖，阳光明媚，派内侍到德寿宫去请高宗到聚景园赏花。高宗道："频频外出，十分不便。本宫后花园也有几株好花，不如请官家过来看看。"内侍领命，奏明孝宗。孝宗遵命，次日早膳一过，同皇后、太子一同来到德寿宫。拜过高宗，先到灿景亭喝茶，喝完茶，一同到后花园看花。

只见两廊上，都是小内侍依照西湖景致，摆列的珠翠、花朵、玩具、锦缎、花篮、闹竿、市食等物。还有小内侍在表演关扑、抛彩球、打秋千等。看了一会儿，到射厅看百戏。然后又到清妍堂看荼蘼花，经过水银池，池中放着金银打造的凫雁鱼龙，光彩夺目。又到牡丹堂看牡丹，牡丹花上都有牙牌金字，插在颜色艳丽的水晶玻璃、天青汝窑金瓶里，安放在花架之上。高三尺、宽一尺三寸的白玉碾花商尊里面，竟插了十五枝照殿红山茶花。孝宗赏完花，高宗带着大家，登御舟绕堤闲游。在这"小西湖"上，也有几十只小船，上面有表演杂耍技艺的，也有鼓板说唱的，还有买卖果蔬的，都和真的西湖一样。高宗倚靠栏杆观看，忽见双燕掠水而过，高宗便命知阁官进词。御用词人曾觌奉旨赋《阮郎归》一首：

> 柳荫庭院占风光，呢喃清昼长。碧波新涨小池塘，双双蹴水忙。
>
> 萍散漫，絮飘飏，轻盈体态狂。为怜流去落红香，衔将归画梁。

又有张抡献《柳梢青》一曲。高宗龙颜大悦，各赐金杯两对，金束带一条。太后把宫中教习的两个女孩子，一个叫琼华，一个叫绿华，赐给了孝宗。二人都精通琴、棋、书、画，孝宗谢恩而去。

八月十五日，孝宗又到德寿宫，高宗正在钓鱼取乐。高宗留孝宗赏月，在香远堂举行宴会。香远堂东边有座万岁（寿）桥，长六丈多，用白玉石堆砌，雕刻洁白精美。桥上建着一座四面亭，用的是新罗的白木，和桥一色，建造极为雅致。大池占地十多亩，种着许多莲花，碧绿的莲叶紧紧相连，上有点点白花。在香远堂上，摆列着水晶做的御床、屏风、桌几、酒器，南岸则排列着一班教坊乐工，近二百人，待月亮刚刚升起，箫韶齐举，音乐缓缓响起，隔着池水，缥缥缈缈而来，恍若天上仙境一般。奏乐结束，高宗又令刘贵妃吹奏白玉笙《霓裳中序》，明月当空，玉笙生寒。当天，孝宗父子纵情声色，极尽欢娱。

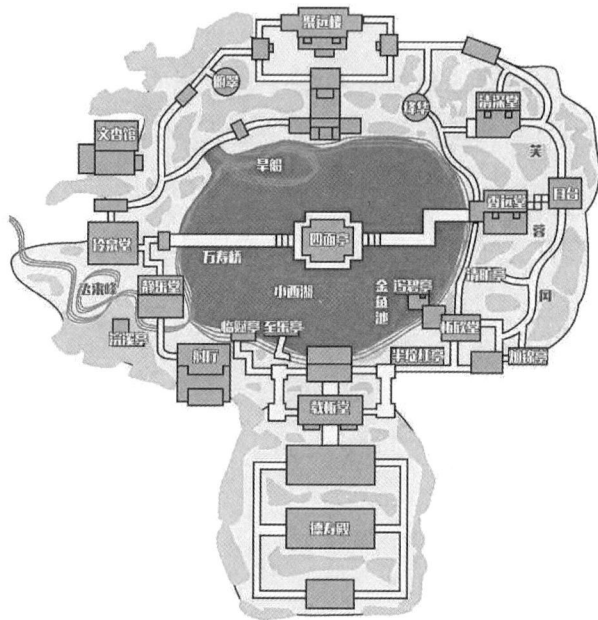

德寿宫与"小西湖"（图片来自雅昌网）

德寿宫原是南宋丞相秦桧的旧宅，因"有王气"，被高宗收回后改筑新宫。宋高宗禅位孝宗后移居新宫，改名"德寿宫"。宋孝宗为奉承高宗，将德寿宫一再扩建，时称"北内"或"北宫"，其范围东接吉祥巷，南至望江路，西临中河，北靠水亭址。宫中建有德寿殿、后殿、灵芝殿、射厅、寝殿、食殿等十余座殿院，还有大量园林景观，人造"小西湖"。湖上有万寿桥，桥中间有四面亭，湖畔垒石为万寿山，以像飞来峰，峰上一座聚远楼、小西湖周边还有香远堂、清深堂、松菊三径、梅坡、月榭、芙蓉冈，浣溪等景观，精美程度，堪比皇城。宋度宗时，德寿宫一半废为民居。清初，德寿宫几乎全为官署、民居所占。20世纪80年代开始，杭州对德寿宫遗址已进行了三次考古挖掘，目前在进行第四次挖掘，"小西湖"或将重见天日。

乾隆帝西湖除恶

解题

　　乾隆是中国历史上很有作为的一位皇帝。他喜欢游山玩水，诗酒风流。在位六十年间，曾借巡查、私访的名义，六次下江南。乾隆六下江南的故事在民间广为流传，文人根据这些民间故事，进行了诸多创作，其中《乾隆游江南》最具代表性。《乾隆游江南》是清代末年著名的侠义小说，作者不详。小说写了乾隆皇帝为到江南寻访贤良人才，化名高天赐，微服私访，一路畅游山水、观赏江南景色的经历。乾隆六次南巡，每次都驾临杭州。在西湖孤山就建有宏丽的外行宫，便于乾隆皇帝游赏西湖风景。小说第四十八回至五十一回写了乾隆游赏西湖，登上三潭印月岛，喝了用六一泉水烹的茶，在西湖边上一个叫"凤仪亭"的酒店里听到了妓女李咏红的遭遇，并为她打抱不平、铲除恶霸的故事。

圣天子与周日清二人，出了福星照客店，问明路径，来到西湖的"三潭印月"。只见一派湖光，清朗澄澈，果然是天然的佳景。圣天子说："怪不得从前苏东坡说'水光潋滟晴方好，山色空蒙雨亦奇'。若不是亲自游览，怎知道湖光好在哪里，山色奇在哪里呢？"周日清听圣天子如此说，也就抬头去看。只见这湖面有三十里宽，三面环山，碧绿如玉。恰巧昨夜刚下了场小雨，将山上洗得干干净净。一种清气直到湖心，彼此相映，任你什么俗人，到此也神清气爽。两人观看一会儿，踱进印月堂。一个和尚出来迎接，邀入内堂，献上茶来。周日清问："大师法号怎么称呼？"和尚回答："小僧名六一头陀。"

　　圣天子听他说出名号，笑道："不知法师为何取'六一'两字？当日欧阳修为扬州太守，修建平山堂，遥望江南诸山，尽收眼底。自谓：有金石文一千卷，藏书一万卷，有琴一张，有棋一局，每日置酒一壶，一翁终老此间，故称'六一'。这是当日欧阳公的故事，和尚今日也用这两个字，想必也有原因了？"和尚道："施主说得不错，欧阳公起这别号，是在扬州。但此地也有一处胜迹，不知施主可知道？"日清道："我们初到此地，不太了解。什么胜迹？说出来，我们好去游览游览。"和尚说："湖西有座孤山，山上有口泉。苏东坡曾到此地取水煮茶，品这泉水的滋味，与扬州平山堂第五泉味道差不多，又因倾慕欧阳公的为人，所以就用'六一泉'三字命名。小僧知道欧、苏两公都喜欢结交和尚，自己又俗姓欧阳，因此心里就当自己是欧阳公和苏公的门生，也就取名叫'六一'头陀了。"

　　圣天子听他说了这一大段话，引经据典，颇有文墨，满心欢喜，说道："原来是这个用意，但不知这六一泉，如今还在吗？"和尚说："当然还在，施主要游玩，等一会儿再去。我先叫人取些泉水，烹个茶，请两位施主品尝下，怎么样？"圣天子说："那太好了！"和尚见这人气概与众不同，心下怀疑："这人定非平常人。我同他谈了这一回，虽不知姓名，怎可轻易放走？"于是他对圣天子说："施主文才高过曹子建，学问多过欧阳修和苏轼。小僧想请施主墨宝，为禅室增光，不知可否?"

此时圣天子心情愉悦，随口应道:"法师如不嫌弃，那就拿出来吧。"和尚听说，当即取出一张生纸，铺在桌上，笔墨都准备好了。圣天子拿起笔来，略一思索，写道:"海为龙世界，云是鹤家乡。"十个字一气呵成，笔力圆润飞舞。写完，又在上面题了上款"六一头陀有道"，下面是"燕北高天赐书"，递给和尚，和尚连连称谢。

此时六一泉的水已经取到，和尚就叫人取了上等茶叶，泡了一壶好茶，让二人品尝了一回。喝完茶，两人告辞，出了山门，绕过湖口，来到大路，只见两旁酒馆茶肆，一家挨着一家，十分热闹。游玩的人，有乘船的，也有骑马的，熙熙攘攘。圣天子到了一座酒楼前，只见上面悬着金字招牌，写着"凤仪亭"三字。圣天子见里面地方极大，精美洁净，就与日清走进去，在楼上找了个座位坐下。有小二上来问:"客人是请客吗?"日清说:"我们是自己随便吃点的。你这里有什么精致酒肴只管搬上来，吃完一起算账。"小二答应着奔下楼，顷刻间搬上七八件酒碟，暖了两壶酒，摆在面前。二人你一杯，我一盏对饮起来。

忽见旁边一桌，三四个少年，拥着五六个妓女，在那里喝酒。中间一个妓女，年约二八光景，中等身材，一双杏眼，两道柳眉，雪白的脸庞上有微微的红晕。其他人都歌弹欢笑，肆意热闹，只有她矜持端庄，在酒席上只是略微周旋一下。圣天子看了一会儿，暗想:"这妓女出身一定不低。看她庄重端淑，颇似大家举止，可惜流落在这勾栏之中!"正自揣测，忽见一妓，将她拉到别的桌上，问道:"那件事，徐相公可办好了吗?"这妓女见问，叹了一口气说道:"姐姐你不必问了，还是我的命苦，所以才有这番周折。前两天老鸨都已经答应了，说好了拿五百两银子赎身，他一个穷秀才，好不容易凑足了，满心欢喜前来交兑。哪知胡癞子听到风声，随即提到一千两，老鸨自然反悔，又让拿一千两来。他现在茶不思、饭不想，如同害了一场大病。大家伙置办了这桌酒席，要为我们想办法。我看这光景，也想不出什么法子来。就算再添五百两银子，如果胡癞子再提高了呢？弄来弄去，都是白费银子。我现在决定了，如果他们还不肯放过我，我拼了这条命，让他们也人财两空！只是我好不容易才遇到徐相公，又遭此磨难，这不是我命苦吗？"说着眼圈一红，眼泪扑簌簌掉了下来。

那个妓女见她如此，一边安慰，一边又走到那张桌上，向众人斟了一回酒，说："你们今日为何事来的？现在只是笑闹，她还在那里等信呢！"众人被她这句话一提，也就不闹了，大家七嘴八舌地议论了一会儿，只听有人说："就这样办吧，我们走吧。"然后下楼去了。

圣天子与日清看得清楚，心中已大概了解了七八分。圣天子说："这姓胡的不知是什么人？如此可恶！"日清说："问问店小二就知道了。"二人正说着，小二端了一碗鸭子清汤上来，日清问："刚才那桌上的一班妓女，是哪个院子里的？"小二说："客官有所不知，这里有个出名的妓院叫聚美堂，就在这西湖前面一里多路，有条福仁胡同，里面的第三家，大门朝东的就是。刚才说话的那两个妓女，一个叫李咏红，一个叫蒋梦青，都是院内数一数二的妓女，不但品貌超群，而且诗词歌赋无一不佳。如今这李咏红新结识了一个秀才叫徐壁元，是个世家子弟，听说文采好，家中又无妻室。李咏红就想从了良，跟了他去。前日已经说定身价，不知何故又不行了。听说被胡大少爷提了一千两身价要买了去。酒桌上这些人都是徐壁元的朋友，要替他二人想办法。我看是弄不过胡家的，胡家有财又有势，地方官都听他的。徐壁元不过是个秀才，能有多大势力。"圣天子听了小二说的这一番话，忙问："这姓胡的究竟是谁？为何这样有势力？"小二说："这姓胡的，他老子从前做过甘肃巡抚，叫作胡用威。因为贪赃枉法，被御史参奏，皇上大怒，将他革了职。他回到家乡，用赃银买了几万亩良田。地方官因他有财，常问他借粮借钱，胡用威也尽力巴结。一来二去，这杭州城内，不管谁得罪了胡用威，地方官都会为他撑腰说话，所以胡家人也就无法无天了。这胡大少爷又癞又丑，整日为非作歹、肆意妄为。只要见人家有好女子，不论怎样，总要想办法弄了来。前几日看上了聚美堂的李咏红，胡乱叫价。老鸨贪财，自然是没有不答应的。李咏红遇了这种人，怕是没活路了。"正说着，旁边的桌上又喊添菜，小二只得跑到那边照应去了。

圣天子对日清说："我以为是谁的儿子呢，原来是胡用威这匹夫！从前格外宽恩，免他一死。哪知他在此地作恶多端，纵子为患！"日清说："小二的话，也未可全信。我们一会儿到聚美堂去看看再说。"圣天子听说，也觉有理，就随便用了些饭，又叫小二取了毛巾，擦一把脸，日清结了账，二人下楼。快到聚美堂时，只见一伙人抬着轿子往前跑，李咏红在轿子里又哭又骂。原来胡癫子派家奴来抢李咏红。日清见状，上去三拳两脚将这群家奴打散，把李咏红从轿子里扶了出来，询问情况。李咏红见二人仗义相救，便含泪谢道："奴家是前任秀水县令吴宏连之女。父亲为官清正，去世之后，家里度日艰难。后来母亲也过世了，奴家典卖了衣物，才勉强入殓。本想投奔金陵的姑母，又不认路，半路被乳母骗到此地，卖给了聚美堂为妓。奴家逃也逃不掉，死又死不成，后来遇见徐公子，见他品学兼优，又未娶妻，情愿以身相许。本想脱离苦海，不料鸨母索要五百两身价银，徐公子已千方百计凑足了；哪知胡癫子，见奴家略有几分姿色，便许给鸨母一千两赎身银子。刚才奴家从凤仪亭回来，他已先兑了五百两，鸨母就将奴家卖给了他。他派了一班如狼似虎的家奴，前来抢夺。幸蒙两位恩公搭救，真是感激不尽。"说着就拜了下去。

圣天子和日清把李咏红带回客寓，日清问了徐壁元的住处，就去寻找。哪知他去了不久，就听客寓外面人声鼎沸，有人喊道："这两人是在这里面，莫让他跑了，我们进去先将李咏红抢出，然后再将那两人捆送到官。"圣天子见状，知道胡癫子前来报仇了，便让李咏红待在客房里。七八个壮汉看见他一个人走出来，蜂拥而上，却被圣天子一阵拳打脚踢，全部倒在了地下。店主人见闹了这般大祸，连忙上前说道："高客人，你是过路人，何必管这闲事？你一怒事小，我们可要吃苦头了。这些人不好惹的，他们的主人是出了名的'胡老虎'，此地的人谁不怕他？你把他家人打成这样，如何是好？"圣天子笑道："你不必怕，一人做事一人当，不管怎样，都有高某担当。"

话音未落，门外面一声大喊，只见一个二十三四岁的少年，斜眉歪眼，歪戴着小帽，一脸的泼皮相，带着许多打手冲进客寓。这人便是胡癞子。他看见带来的人，一个个倒在了地上，爬不起来，怒不可遏，喝道："把此人给我拿下！"众人一拥而上，围住圣天子，上来就打。圣天子迎上对打，拳脚相加，或上或下，接连打倒了数人。无奈寡不敌众，打倒一拨，又来一拨，打了一会儿，精神渐渐不足，手脚一松，上来几个人，一齐按住他。众家奴七手八脚，把圣天子抬了出去，朝钱塘县衙门去了。

钱塘县令坐在公案上面，喝令带人上堂问讯。几个衙役将圣天子领到堂下，县令下令杖责一百。两边吆喝一声，刚要动手，圣天子怒气冲天，纵步上前，一脚将公案踹倒，伸手将县令揪起便打。钱塘县令吓得连忙求饶，圣天子将他放开，说道："今日权且饶你狗命，快将胡癞子交出，免你一死。"说完就在堂上坐着，等县令交人。县令趁他放手，早已一溜烟跑入后堂，从墙头上翻出去，跑到浙江巡抚龚温如那里报告。龚温如听说，立刻传令中军，带着二百名亲兵前往捉拿。中军将圣天子带到巡抚堂上，圣天子向上一望，只见龚温如虽然年老，精神却比以前还要强些。随即高声说道："龚年兄，可还认识高某吗？"龚温如闻听此言，心中不免有些疑惑，往下看看，虽然觉得脸熟，却想不起姓名。听见说高某，心内一动，想道："当今圣上常在近省游玩，听说改名高天赐，莫非是他？"再凝神细细一看，吓看魂不附体，赶忙要下来叩头。圣天子看见，忙摇头说："不须如此，既然认得高某，就请退堂便了。"龚温如见说，赶忙吩咐退堂，走下来将圣天子让了进去。走进里面，龚温如向着圣天子叩头便拜道："臣不知圣驾到此，罪该万死。"圣天子笑道："你何罪之有啊？还是赶快差人把胡用威父子齐齐拿下，此事不必张声，朕还要到别处巡游。"龚温如只得遵旨，不敢声张，在后堂跪送天子。圣天子回到寓所，得知胡家带人来，已将咏红抢去，周日清前去追寻。圣天子在房中闲坐着，要了一壶酒，慢慢小酌。过了一会儿，店小二进来通禀，说有客人来见。圣天子心下疑惑，命小二领进来。只见一个三十岁上下后生走进来，向圣天子一揖道："小生蒙恩公慷慨相助，实在感激不尽。"圣天子见他衣服虽不华美，眉宇间却透着一股清高不俗之气，听他说这话，问道："阁下莫非就是徐壁元？"后生忙答道："正是在下。不知咏红在哪里？"原来徐壁元听周日清相告，才知道咏红遭胡癞子强抢，被圣天子救下来，就在福星照客店里，他就请日请先行，自己随后前来面谢。谁知咏红又被胡家抢去。圣天子见他焦虑，笑道："阁下在此稍坐，即刻就有消息。"不多时，周日清回来了，圣天子问道："事情如何处置，现在李咏红何处去了？"日清道："无须担心，巡抚龚温如已派人到胡家，将李咏红带到抚署去了。很快就有分晓。"

第二天，圣天子与日清一同拜访徐壁元。壁元出来迎接，圣天子到了里面，见是朝南两进住宅，旁边一道腰门，过去是两间书室，房内陈设颇觉雅洁。徐壁元将平日所作的诗词歌赋全部取出。圣天子展开一看，真是气似游龙，笔如飞凤。看过一遍，称赞不已。于是问道："阁下终年游学，无可上进，何不进京图谋？"壁元叹了一口气道："一言难尽，小生家中现有老母，又一贫如洗，无法远离。本想将李咏红娶回，一来家母有人侍奉，二来也设法出去寻个出路。不料事又如此，岂非命不如人吗？"圣天子见他如此说，劝道："你不必为此多虑，我与龚温如是同年，他将李咏红接去，定有好消息，我明日就要赶往他处。我有两封书信，你明日可取一封，先到抚署投递，自然咏红归来。另一封可速往京都，到军机陈宏谋处交递。"徐壁元一一答应。次日一早，圣天子将两封信交给壁元，向壁元告辞，向嘉兴去了。徐壁元径直来到抚署，那龚温如接到书信，哪敢怠慢，随即将徐壁元请入后堂，设酒款待。这时，徐壁元才知道出手相助的恩公就是当今天子。不久，巡抚龚温如下令，将钱塘县令革职处理，然后将胡用威父子捉来正法，所有家产抄没入官。过了几日，徐壁元备好花轿鼓乐，到抚署将李咏红娶回，后择日进京不提。

清行宫遗址

孤山行宫是康熙、乾隆两位皇帝到杭州巡游时的住所，建于康熙四十四年（1705）。行宫位于孤山南麓中部，临西湖。南部为建筑院落，北部为后苑。目前行宫院落和园林的整体格局基本保存，建筑遗迹包括墙基、头宫门、垂花门遗址、楠木寝宫遗址、鹭香庭遗址、玉兰馆遗址等。后苑现存"行宫八景"的部分园林建筑遗迹，包括鹭香庭、玉兰馆、戏台、贮月泉、领要阁、御碑亭、绿云径、四照亭等。行宫规模宏大，范围包括今中山公园、浙江图书馆古籍部、浙江省博物馆一带。康熙帝六次南巡，其中五次到杭州。乾隆帝六次南巡，每次都到杭州。康熙帝第二次南巡到杭州，御笔亲题南宋西湖十景名，并命建御碑亭勒石立碑。后乾隆南巡杭州时，又为西湖十景一一题诗，后人将诗刻于碑的阴面。但目前只有"曲院风荷""苏堤春晓"两块碑是清代御碑，其他皆毁于"文革"，现为仿造。

崔待诏生死冤家

解题

　　"崔待诏生死冤家"出自宋话本《碾玉观音》，冯梦龙的《警
世通言》中有收录。本篇故事写了临安装裱铺璩家有个善于刺绣
的女儿秀秀与碾玉工匠崔宁的生死爱情。宋时杭州的繁荣与手工
业、商业的发达有直接关系。"西湖小说"中手工业、商业景观
频现，如商铺、茶坊、幌子、招牌、行商、摊贩、机户、工匠等
等，杭州西湖地域景观与之相融合，充满了浓厚的商业气息。

　　绍兴年间，钱塘门车桥下有一户人家，门前一面招牌，写着"璩家装
裱古今书画"。璩家一共三口人，璩公、璩婆带着一个女儿秀秀。璩公、
璩婆一辈子操劳，形容憔悴，不料生个女儿却长得娇嫩鲜艳，颇有几分姿
色。当地有个三镇节度使咸安郡王，是关西延州延安府人。这天带着钧眷

游春，很晚才回家。郡王轿子刚经过车桥，只听得桥下裱褙铺里一个人叫道："我儿出来看郡王！"郡王在轿里往外看时，一个娇滴滴的小娘子，踩着三寸金莲，摇摇地走了出来。只见她云鬟轻笼，蛾眉淡扫，明眸皓齿，樱桃小口，身上还系着一条绣裹肚，鲜亮精巧。郡王招手叫过虞候说："我一直想找这么个人，却在这里碰到了。你快想办法，明天就把她弄进府来。"虞候赶忙答应。

送走了郡王，虞候四周看了看，发现璩家对门有个茶坊，于是走进去，找个桌子坐下。茶坊的婆婆把茶点端来。虞候对婆婆说："麻烦婆婆，请到对门裱褙铺里请璩待诏来说话。"婆婆便去请璩公过来，两个人客气了一会儿，两边就座。璩公问："军爷有何吩咐？"虞候说："没什么要紧事，随便聊聊。刚才你叫出来看郡王轿子的是令爱吗？"璩公说："正是小女。"虞候又问："小娘子多大了？"璩公答道："一十八岁。"又问："小娘子如今是打算嫁人，还是去侍奉官员？"璩公说："老汉家贫，出不起嫁妆，将来也只能献到官府了。"虞候说："小娘子擅长做什么？"璩待诏说："小女会做绣活儿。"虞候说："刚才郡王在轿里，看见令爱身上系着一条绣裹肚。郡王府中正要找一个会做绣活儿的人，待诏何不将女儿献给郡王？"璩公回去，与璩婆商量了一下，第二天写了一纸献状，献给了郡王府。郡王给了璩公老夫妻一些钱，留下秀秀，就叫秀秀养娘。

一天，朝廷赐给郡王一件团花绣战袍。秀秀也依样绣出一件来，竟然一模一样，分毫不差。郡王十分高兴，说："皇上赐给我一件团花战袍，我拿什么回报呢？"想来想去，想起了府库里有一块透明的羊脂美玉，叫人取出来。招呼府中的碾玉待诏，问道："你们看看，这块玉能做个什么物件？"其中一个说："可以做一对酒杯。"郡王听了摇头。又一个说："看这块玉上尖下圆，可以做一个摩侯罗儿。"郡王又摇头，说："摩侯罗儿，只是七月七日乞巧节的时候用用，平时没啥用处。"这时，有一个后生，年纪二十五岁上下，姓崔，名宁。他叉手向前，对郡王说："这块玉上尖

第四章　西湖印象·宫楼园林篇

下圆，倒是可以碾一个南海观音。"郡王笑着说："好，正合我意。"即刻下令崔宁开始动工，两个月后，终于碾成了个晶莹剔透的玉观音。郡王马上进献给皇上，龙颜大悦。郡王也很高兴，想要厚赏崔宁，就对崔宁许诺说："等日后把秀秀养娘嫁给你。"众人都起哄说："郎才女貌，好一对夫妻！"崔宁拜谢了郡王，心里也着实巴望着有娶秀秀的那天。

一日，崔宁西湖踏春回来，进了钱塘门，找了家酒肆，与几个朋友喝酒。正喝着，突然听到街上吵闹起来。推开楼窗看时，听到人们乱哄哄喊道："井亭桥出事了！"抬头往那边望去，只见浓烟滚滚而起。崔待诏见了，急忙说："好像是我们府上。"等跑到郡王府看时，府中人都已经跑空了，静悄悄地，没一个人。崔宁顺着左边回廊寻去，忽见一个女子，摇摇摆摆，从府堂里跑出来，与崔宁撞了个满怀。崔宁退后一看，见是秀秀养娘，拱手施了一礼。秀秀手中提着一帕子金珠宝贝，见是崔宁，便说："崔待诏，府中养娘都已经跑掉了，我也管不了那么多了，你带我走吧。"崔宁带着秀秀转身出了府门，沿着河，走到石灰桥，三弯两转就到了崔宁住处。崔宁安顿好秀秀，便出门买了些食物和酒。三杯两盏下肚，秀秀开口说道："你记得当时在月台上赏月，郡王把我许配给你，你还拜谢呢。你记得不？"崔宁应了一声："喔。"秀秀又说："当日众人都替你喝彩，说'好一对夫妻！'你难道忘了？"崔宁又应道："嗯。"秀秀说："与其只管等待，还不如你我先做了夫妻，不知你觉得怎么样？"崔宁说："不敢。"秀秀说："你若不敢，我现在就喊叫起来，说你把我拐到家里，让你身败名裂！"崔宁无奈，只好说道："小娘子，你如果真要和崔宁做夫妻也行。只是这里住不得了，我们干脆趁着乱，今夜就离开这里。"秀秀答应了。四更后，二人带着随身金银物件出了门，晓行夜住，来到衢州，从衢州又到了信州。住了几天，不太安心，又去了潭州。

二人在潭州买了间房，门口放个招牌，上写"京城崔待诏碾玉生活"。崔宁对秀秀道："这里离京城有二千多里路，应该没事，你我安心在这里过日子吧。"二人靠着碾玉和刺绣的手艺，日子渐渐过了下去。时光似箭，日月如梭，转眼过了一年多。有一天，崔宁出门揽活，揽完活，往家里走。正走着，只见一个汉子，头上戴个竹斗笠，身穿着一件白布衫，挑着担儿，走过来，看了看崔宁。等崔宁走过去，这汉子立刻掉转身来，从后面大踏步尾随上来，一直跟着崔宁到家，恰好看见秀秀坐在门口。这人从崔宁背后开口说道："崔待诏，很久不见啊，原来你在这里。秀秀养娘也在这里？原来是嫁了你了，也好！"听了这一番话，崔宁夫妻差点吓死。转头去看，原来是郡王府中一个排军，姓郭名立，人称郭排军。当下夫妻安排酒菜，殷殷勤勤请郭排军吃饭。临行时，崔宁千叮咛万嘱咐说："郭排军，你回去见了郡王，千万别说我们的事！"郭排军说："我闲的呀，说这个干吗！"

郭排军回到府中，参见郡王，回禀了差事。之后，看着郡王说："郭立前日从潭州经过，见到两个人。"郡王问："是谁？"郭立说："是秀秀养娘和崔待诏两个。"郡王听说，大怒说："可恶混蛋！两个人竟然做出这种事来！"郡王立刻命临安府派官差到湖南潭州府，捉拿崔宁和秀秀。不到两月，就将两人捉来，押到府中。郡王下令把秀秀拖到王府后花园去，把崔宁押到临安府处置。崔宁在临安府，把王府起火，怎么遇到秀秀，秀秀又怎样迫使自己成亲、私奔等事，一一供出。临安府把供状呈给郡王，郡王看了，觉得罪不在崔宁，打了他一顿，便发落到建康府去了。崔宁刚出北关门，走到鹅项头，只见两个人抬着一顶轿儿，从后面叫："崔待诏，等一下。"赶上来后，停下轿子，一个妇人走出来。不是别人，正是秀秀。秀秀说："崔待诏，那天郡王把我捉到后花园，打了三十竹板，就把我赶了出来。你去建康府，怎么不带上我？"崔宁说："既然这样，那我们一同去吧。"两人雇了船，直到建康府，依旧开个碾玉作坊。过了段时间，秀秀说："我俩在这里日子过得挺好，不如把我爹妈也接来同住。"崔宁便找人去接他丈人、丈母。到了璩公家，只见两扇门关着，上着锁。来人问邻居。邻居附耳低语，说："他家女儿在郡王府跟一个碾玉的待诏逃走了。前段时间从湖南潭州捉回来，关在后花园里。老夫妻听说，急得寻死觅活的，至今下落不知。"来人只得回去。过了几天，崔宁夫妻正在家中坐着，却见璩公、璩婆自己寻到这里来了，一家四口便高高兴兴住在了一起。

再说郡王从前献给皇帝的玉观音，上有一个铃儿脱落了。宫里便派人找到崔宁，让他修理。崔宁找了一块同样的玉，碾了一个铃儿安上了，皇帝很高兴，命崔宁留在京城。崔宁便又带着一家四口回到京城，还是开了个碾玉铺。铺子刚开了两三天，郭排军恰巧经过，见了崔待诏，说："崔待诏，又回京城了？恭喜了！"说着，抬起头来，猛地见里面站着崔待诏的妻子秀秀。郭排军吃了一惊，心说："怪了！怪了！"拔腿想走。秀秀让丈夫把郭排军拉回来。郭排军没办法，只得回来坐下。秀秀问他："郭排军，在潭州我们好意留你吃酒，你怎么到郡王那里告密？"郭排军窘迫至极，无言可答，只说"得罪！得罪！"，就跑掉了。

一回到王府里，郭排军就对郡王说："有鬼呀！"郡王诧异问道："有什么鬼？"郭立说："刚刚在崔宁的碾玉铺里，我看见了秀秀养娘，您说怪不怪?!"郡王焦躁骂道："又胡说！秀秀已被我打死了，埋在后花园里。你也看见的，怎么会在那里？"郭立赌咒说："我说的是真的。王爷不信，我愿立下军令状！"说完，真的写了一纸军令状来。郡王命人准备轿子，对郭排军说："你带人去捉她来。如果真的在，我再砍她一刀；如果不在，郭立，你替她受这一刀！"郭立带人又来到崔宁家里，只见秀秀坐在家里。郭排军请秀秀上轿去见郡王，秀秀冷笑着上了轿子。到了王府，郭排军掀起帘子，准备把秀秀带进去。不料，帘子一打开，一桶水当头泼在了他身上。再看，轿子里根本没有秀秀养娘。郡王正在厅堂等待，郭排军走进来，却不见秀秀，郡王问："秀秀呢？"郭排军说："刚才还在，来了就不见了。"郡王怒道："可恶！去把军令状拿过来，给他一刀。"郭排军慌了，说："王爷饶命。真的有鬼呀，两个轿夫可以作证。"郡王把轿夫叫来，轿夫也说："见她上轿，抬到这里，却不见了。"郡王也有些疑心，叫崔宁过来询问。崔宁把事情经过从头至尾说了一遍。郡王这才相信有鬼，把郭排军打了五十棒便放了。崔宁听说秀秀是鬼，到家中问丈人、丈母。老两口面面相觑，走出门，面向小河，扑通、扑通都跳下水去了。崔宁赶紧叫救人，打捞了一回，却不见尸首。原来郡王打死秀秀时，老夫妻听说，便跳河死了。这两个也是鬼。崔宁回到家中，没情没绪，走进房中，只见秀秀坐在床上盯着他。崔宁浑身发抖说："姐姐，饶我性命！"秀秀冷笑说："我因为你，被郡王打死了。可恨郭排军多嘴，好在今日已报了冤仇。如今都知道我是鬼了，不能再待在这儿了。"说完起身，双手揪住崔宁，大叫一声，双双倒地。邻舍都来看时，只见崔宁也被秀秀扯到河中，和父母一块儿做鬼去了。

古钱塘门碑址

钱塘门遗址（图片来自大众点评网）

　　钱塘门，隋代杭州建城时设立，为杭州的西城门之一。据史料记载，宋代钱塘门一带的城墙，西近霍山（在宝石山北），东折至北关（武林门），形势多曲，也称为九曲城。元末，城墙去曲取直，这段城墙几乎全部拆掉。1913年，为修建湖滨路，拆除了钱塘门至涌金门之间的城墙。20世纪50年代，为修建延伸环城西路段，残余的西城墙北段也被拆除。宋元时期，钱塘门外多佛寺、楼台、园囿，是杭州的繁华之地。钱塘门最有名的看经楼，又名望湖楼，初建于宋乾德年间，是观赏西湖水景的佳地。看经楼后面是佛教名寺昭庆寺，香火如云，时有"钱塘门外香篮儿"的说法。香会的日子里，城里的人出去，要走钱塘门。由松木场下船的香客进城，也要走钱塘门，城门下整日人如川流，热闹非凡。钱塘门外的香市，带动了杭州商业和手工业的繁荣发展。

张顺涌金门归神

张顺是元末明初施耐庵小说《水浒传》中的人物，绰号"浪里白条"。他在梁山一百零八位好汉中，排第三十位，在对抗官军的水战中生擒过高俅，是位厉害的水军头领。征方腊时，张顺不幸战死在杭州涌金门下。小说中最为神异的是，张顺死后做了西湖龙宫太保，他的魂魄附在哥哥张横的身上，一刀劈死了方腊的儿子方天定，使得梁山好汉顺利攻破了杭州城。张顺原型见于宋元时期的《大宋宣和遗事》和宋代龚开的《宋江三十六人赞》。在《水浒传》的众多英雄事迹中，张顺的故事充满了神话色彩，为西湖增添了丰富的记忆。

话说宋江奉朝廷之命南征方腊，传令梁山众位好汉率领水陆军兵起程。大军长驱直入，占吴江，取平望，往秀州而来。秀州守将段恺听说宋江大军兵临城下，遥望水陆路上旌旗蔽日，船马相连，早吓得魂飞魄散。大将关胜、秦明刚到城下，段恺就打开城门，牵羊担酒迎接宋江大军入城。

宋江进城后，一面派军在樵李亭安营扎寨，一面与诸将商议攻取杭州对策。小旋风柴进主动请命，深入方腊贼巢睦州去打探消息。他自己扮作白衣秀才，让燕青扮作仆人。一主一仆，背着琴剑书箱上路去了。宋江择日祭旗起军，水陆并行，船骑同发，直取杭州去了。

这边方腊之子方天定听说宋江领兵攻打，也聚集诸将在龙翔宫商议对策。方天定说："宋江领兵，水陆并进，直下江南，已经攻下了我们的三个郡。杭州是最后一道屏障，如果再失守了，睦州就危险了。"众将启奏说："主上宽心！我们有的是精兵猛将，如今虽然失了三郡，也没什么可担心的。听说宋江、卢俊义兵分三路来取杭州，我们也分三路军马前去迎战好了。主上就静候佳音吧。"方天定大喜，下令国师邓元觉镇守城池。护国元帅司行方，引四员大将，带三万人马，救援德清州。镇国元帅厉天闰，引四员大将，带三万人马，救援独松关。南离元帅石宝，引八员大将，带三万人马，出城迎战宋江大军。

宋江下令，分三路夹攻杭州。一路从汤镇路取东门，一路从北新桥取古塘，攻取西门，中路马、步、水三队进发，直取北关门、艮山门。中路军的前队关胜，领兵行到东新桥，却不见一个南军。关胜心疑，退回桥外，派人报告宋江。宋江听了，派戴宗传令，每日派两个头领轮流巡哨。头一天是花荣、秦明，第二日是徐宁、郝思文。一连巡了几日，都不见南军出战。这日徐宁、郝思文正在巡视，忽然从城里冲出两队南军，围住他们。郝思文被活捉，徐宁中箭受伤。宋江急忙派人打听郝思文消息。第二天，军校来报："郝思文已被方天定碎剐了，头挂在了杭州北关门城上。"

宋江听报，心如刀绞。半个月后，徐宁毒发身亡。一下子折了两员大将，宋江遇挫，只得按兵不动。

李俊一路人马从北新桥攻古塘取西门，听说宋江出兵不顺，还折了徐宁、郝思文两员大将。李俊、张顺十分着急。张顺对李俊说："哥哥，南兵都已退回杭州城去了。我们在此屯兵已有半月之久了，南军都不肯出战。再这样下去，何时才能攻下杭城？小弟想由湖里过去，从水门潜入城里，里应外合，大家一齐攻下杭城。"李俊说："此计好是好，只怕你一个人难以成功。"张顺说："为了宋公明哥哥，我就算是把命搭上了，也值！"李俊说："张顺老弟，先不要着急，等我给公明哥哥说一声再去不迟。"张顺说："我在这里一边进城，你一边向公明哥哥去报告。等公明哥哥知道了，我也已经进城了，到时点火为号。"

当晚，张顺身边藏了一把蓼叶尖刀，吃饱喝足，来到西湖岸边。只见三面青山，一湖绿水。远望杭州城就坐落在西湖岸边，钱塘门、涌金门、清波门、钱湖门四座禁门威严耸立。且不说城中风光，光西湖上景物就非同一般，画船酒馆，水阁凉亭，十分好看。苏东坡有诗赞道："水光潋滟晴方好，山色空蒙雨亦奇。欲把西湖比西子，淡妆浓抹总相宜。"这西湖的景致，自从被东坡称赞之后，便备受人们推崇。西湖四时美景不同：春风湖上，艳桃秾李如描；夏日池中，绿盖红莲似画；秋云涵茹，看南园嫩菊堆金；冬雪纷飞，观北岭寒梅破玉。

张顺来到西陵桥上，看了半晌。西湖正当春暖花开，水色碧蓝，山色青翠。张顺看了心想："我从小生长在浔阳江上，大风大浪，江上各种风光，也算是经历很多了。只是哪里见过这样一湖好水！就算是现在死在这里，也做了个快活鬼！"想到这儿，他脱下布衫，放在桥下，抬手把头发挽了起来，下身围着生绢水裙，系一条搭膊，挂一口尖刀，赤着脚，钻入湖里去。张顺一路从水底下摸着游过湖来，慢慢靠近涌金门边，探出头来，在水面上听了听，城上刚敲过一更鼓，城外静悄悄地没一个人。张顺

223

第四章　西湖印象·宫楼园林篇

见城墙处还有人不时探望，便又伏到水里去了。又等一会儿，再探出头来看时，墙边不见一人。张顺摸到水门边，只见周围被铁窗棂隔着，里面还有水帘子，帘子上有绳索，绳索上缚着一串铜铃。张顺从窗棂伸手去扯那水帘时，牵动了绳上的铃，一阵乱响。城上守兵喊叫起来，张顺立刻钻入湖里藏了起来。城头士兵察看了一会儿，没发现什么，就各自去睡了。

张顺再探头听时，城上已打三更鼓。张顺知道从水里很难进城，只好扒上岸来，只见城上已不见一个人，便决定从城墙爬进城去。他先从地上摸些土块，掷上城头。听见石块声，又有军士喊叫了起来。几个士兵下来察看水门，没发现什么。又跑上城来，看湖面上，又没一只船。这几个士兵说："真是奇怪！难道是鬼吗？"说着，都趴在墙头静静等着。张顺又听了一个更次，不见动静。又把土石抛掷上城去，还没有动静。张顺寻思："已经四更天了，再不上去就晚了。"于是往城上爬，不料刚爬到一半时，只听得城上一声梆子响，众军一齐起身。张顺想跳到水里去，只是还未入水，城上乱箭、竹枪、卵石一齐射了下来。可怜张顺一个英雄，瞬间就被射死在涌金门内的水池中。

却说宋江白天接到了李俊飞报说："张顺打算从湖里水门潜入城中，放火为号。"当夜，宋江在帐中和吴用议事到四更，觉得神思困倦。吴用走后，宋江在帐中伏案而睡。猛然一阵冷风吹来，宋江起身看时，只见灯烛无光，寒气逼人，定睛看时，见一个人影立于冷气之中。宋江仔细看那人，只见他浑身血污，低声说道："小弟跟随哥哥多年，哥哥对我恩深义重。今天死在涌金门枪箭之下，特来辞别哥哥。"宋江道："咦，这不是张顺兄弟吗！"大哭一声，蓦然醒来，竟是一梦。帐外左右听到哭声，进来看时，宋江连说："怪哉！怪哉！"心中不安，叫人请军师过来。宋江说："刚才睡梦中分明看到张顺兄弟一身血污，向我告别，不知何故？"吴用说："可能是白天李俊报告张顺要从湖里进城，兄长记挂，才做了这噩梦。"宋江说："张顺是个机灵的人。一定是送了性命，给我托梦了吧。"

一直等到午后，只见李俊派人过来飞报说："张顺去涌金门越城，被箭射死在水中。现在头被南军砍下，挂在西城头上示众呢。"宋江见报，几乎哭昏过去。吴用等众将也都伤感。宋江哭道："我父母去世，也没有这样心痛！张顺兄弟死了，真像是把我的心挖去了一样。"众将极力劝慰。宋江说："我必须亲自到湖边吊祭他。"吴用劝道："兄长不可亲临险地！"宋江不听，立刻带人，暗暗地从西山小路走到李俊寨里。李俊等接到宋江，一同前往灵隐寺，请寺中僧人，诵经追荐张顺。第二天晚上，宋江又叫士兵到湖边，拿一个白幡，上写"亡弟正将张顺之魂"，插在西陵桥上，摆下许多祭物。等到一更时分，宋江穿着白袍，金盔上盖着一层孝绢，同戴宗等人，来到西陵桥上，朝着涌金门下哭奠。僧人招魂，戴宗宣读祭文，宋江亲自把酒浇奠，仰天望东而哭。

宋江正在西陵桥上祭奠张顺，方天定得知消息，派十员大将，各引三千人马杀出城来。宋江正和戴宗奠酒化纸，只听得桥下喊声大起。宋江来时，已派各路英雄领兵埋伏。方天定所派人马被伏兵杀得丢盔弃甲，损失惨重。宋江又派戴宗打听独松关、德清两处消息。戴宗去了几天，回来禀报说："卢先锋已过独松关了，早晚便到此间。"宋江听了，又忧又喜，追问："兄弟们怎么样？"戴宗只好说："折了董平、张清、周通三位兄弟。"宋江听了，心中伤感，泪如泉涌。

宋江军马攻打东门。朱仝等领兵奔到菜市门外，攻取东门。鲁智深提着铁禅杖，来到城下大骂："快出来！和洒家厮杀一回！"城上见是个和尚挑战，忙报入太子宫中。国师邓元觉听说是个和尚来挑战，便起身奏请太子要与他斗几个回合。方天定大喜，亲自来菜市门城上看国师迎敌。只见邓元觉穿一领猩红色直裰，系一条虎筋编的圆绦，挂一串七宝璎珞数珠，穿一双九环鹿皮僧鞋，双手拿一柄浑铁禅杖。鲁智深见了说："原来南军也有这秃家伙！洒家让你吃俺一百禅杖！"轮起禅杖便奔过去，国师也拿着禅杖来迎。两人打得甚是热闹，两条禅杖如同银蟒飞腾，斗了五十余回合，不分胜败。行者武松见鲁智深久战不下，恐有闪失，心中焦躁，便舞起双戒刀，直取元觉。元觉见他两个打一个，拖了禅杖，急忙撤回城里。武松奋勇赶杀。方天定手下贝应夔，便挺枪跃马，拦住武松厮杀。被武松咔嚓一刀，把头剁了下来。方天定急忙下令收兵入城。

当天宋江领兵军到北关门挑战，石宝打开城门，出来迎敌。关胜与石宝战了一回，没能取胜。这时卢俊义领兵从独松关回来，与宋江合兵一处。第二天，宋江令卢俊义带领人马，去接应德清的呼延灼军。卢俊义领命而去，半路上正碰到司行方败军。卢俊义一阵厮杀，司行方坠水而死。卢俊义与呼延灼合兵一处，返回皋亭山总寨，参见宋江。休整一番，开始攻打杭州。副先锋卢俊义带领一十二员大将，攻打候潮门。花荣一十四员大将，攻打艮山门。穆弘等十一员大将去西山，帮助李俊等攻打靠湖门。孙新等八员大将，去东门寨帮助朱全攻打菜市、荐桥等门。正先锋使宋江，带领二十一员大将，攻打北关门。

宋江大队人马，在北关门城下勒战。城上鼓响锣鸣，大开城门，放下吊桥，石宝出马来战。急先锋索超，挥起大斧，飞奔出来。两马相交，二将猛战。未及十回合，石宝卖个破绽，回马便走，索超追赶，关胜急叫休去时，索超脸上着一锤，打下马去。邓飞急去救时，石宝马到，邓飞措手不及，又被石宝一刀砍作两段。城中宝光国师引了数员猛将，冲杀出来。宋兵大败，望北而走。花荣、秦明等从旁杀来，冲退南军，救得宋江回寨。

宋江等回到皋亭山大寨，见又折了索超、邓飞二将，心中好不郁闷。副先锋卢俊义，领着林冲等人，攻打候潮门。来到城下，见城门没关，吊桥也放下来了。刘唐着急要夺头功，单枪匹马，直冲入城去。城上看见刘唐飞马奔来，一斧砍断绳索，放下闸板。可怜刘唐，连马和人，死在闸板之下。林冲、呼延灼见折了刘唐，只得领兵回营。各门都攻不进去。宋江见接连死了几个兄弟，急欲报仇雪恨，焦虑嗟叹。第二天，黑旋风李逵带着鲍旭、项充、李衮，一齐出战石宝，不幸鲍旭又被石宝砍作两段。城上滚石不断，李逵等人不能接近城门，只得退还大寨。

众人烦恼间，只见解珍、解宝到寨来报。解珍禀道："小弟和解宝在南门外二十里处的一个范村，碰到为方天定缴纳军粮的一伙儿百姓，见大军围城厮杀，不敢前去，十几艘粮船停泊在河边。"吴用大喜："真是天赐良机，就用这些粮船立功。"下令让人扮作艄公艄婆，跟着粮船，一起混进城去，放连珠炮为号。果然顺利入城。

当天夜里二更时分，进入城中的梁山将领，取出九箱子母炮，去吴山顶上放了起来。又取了些火把，到处点着，城中很快鼎沸喧嚷起来。方天定在宫中听了大惊，急忙披挂上马，各城门上的军士都逃命去了。宋兵里应外合，斗志昂扬。李俊等领军杀到净慈港，夺了船只，便从湖里开过来，从涌金门上岸登城。

再说方天定上了马，四下里找不到一员大将，只有几个步兵跟着，从南门逃出去。急急忙忙逃到五云山下，只见江里走出一个人来，口里衔着一把刀，赤条条跳上岸来。方天定刚想打马跑开。无奈那匹马很奇怪，怎么打也不动，好像有人牵住了一般。那大汉抢到马前，把方天定扯下马来，一刀便割了头。然后骑了方天定的马，一手提头，一手拿刀，奔回杭州城来。林冲、呼延灼领兵赶到六和塔时，恰好正碰着那大汉，认出是张横，吃了一惊。呼延灼叫道："贤弟从哪里来？"张横也不答应，骑马直跑入城里去。此时宋先锋军马大队已都入城，帅府就在方天定宫中。张横一直跑到帅府，见到宋江，滚鞍下马，把头和刀撇在地下，拜了两拜，便哭起来。宋江慌忙抱住张横说："兄弟，你从哪里来？阮小七呢？"张横说："我不是张横。"宋江问："你不是张横，是谁？"张横说："小弟是张顺。在涌金门死后，一点魂魄，不肯离开西湖。西湖震泽龙君深受感动，收我做金华太保，留在水府龙宫为神。今日哥哥攻城，兄弟魂魄借哥哥张横身体，追杀了方天定这贼。"说完，蓦然倒地。宋江亲自扶起，张横睁开眼，看见了宋江和众将。张横说："我是不是在黄泉下见的哥哥们？"宋江哭道："你还活着。刚才你兄弟张顺，借了你的身体，杀了方天定。"张横问："这么说，我兄弟死了？"宋江说："张顺已经被南军射死在涌金门了。"张横听了，大哭一声："兄弟！"突然倒地昏死过去。宋江急忙命人救醒，派人扶下去休息调养去了。众将都到城中歇下。准备进军睦州。宋江想起张顺如此通灵显圣，去涌金门外，靠西湖边建立庙宇，题名金华太保。宋江亲去祭奠。后来收复方腊，宋江回京奏明此事，皇帝封张顺为金华将军，庙食杭州。

古涌金门碑址

张顺像

涌金门是杭州十大古城门之一。五代时吴越王钱元瓘引西湖水入城，在此开凿涌金池，修筑此门。涌金门临近西湖，东侧有水门。据宋人赵彦卫《云麓漫钞》记载，传说此处为西湖中金牛涌现之地，因而得名。南宋时，增筑城墙，改称丰豫门。明初，恢复旧称。涌金门原有旱门与水门。旱门故址在今涌金门直街与南山路交接处。水门故址在旱门北边。清代，涌金门城楼为重楼歇山式建筑，灰筒瓦顶，城墙高大威严。涌金门历来是从杭州城到西湖游览的通道，西湖游船多在此处聚散，故有"涌金门外划船儿"之谚。清康熙南巡杭州，也是从城内河道出涌金水门游西湖。民国之后，涌金、清波、钱塘三门城墙均被拆除，改建为南山路、湖滨路。为使后人知晓城池变迁，在故址立碑志。现碑址旁涌金池内塑有张顺像。

杨铁崖引领竹枝酬唱

解题

元代有个大才子，姓杨名维桢。他是诗坛领袖，在元代文坛独领风骚长达四十多年。据说，杨维桢在杭州吴山生活期间，经常去西湖游览。西湖的山水风光和人物故事使他激情满怀，于是尝试用一种适当的诗体加以抒发。因此，创作了《西湖竹枝词》组诗。《西湖竹枝词》内容清新、雅俗共赏，很受人们喜爱。以杨维桢为首的"铁崖乐府诗派"，还在杭州西湖举行了一场有百位诗人参加的"西湖竹枝酬唱"，盛况空前，影响深远。由于竹枝词在元末已成为一种创作热潮，至明、清两代竹枝类乐府开始大放异彩。《明史》、宋濂的《杨君墓志铭》、张雨的《〈铁崖先生古乐府〉序》等对他的事迹进行了记载。周清原《西湖二集》中的"救金鲤海龙王报德"小说，把他的故事演绎得生动而神异。

杨维桢，字廉夫，号铁崖，又号铁笛道人，浙江绍兴人。其父杨宏，母亲李氏。传说母亲怀他的时候，曾梦到月中一串金钱坠入怀中。杨维桢长大后，博览群书，诗词歌赋都很擅长，很快名闻天下。全国各地慕名而来的人，都以见他一面为荣耀。如果能蒙他教诲，花费再多，也在所不惜。姑苏一个姓蒋的人家，聘请杨维桢为八岁儿子做先生。杨维桢生性豪奢，不拘常规。教书三年，耗费主人万金，虽如此，主人也并不在意。

　　杨维桢为人刚直，不流于俗。元末红巾军起义，四方不安，杨维桢叹息道："天下乱了，做官干什么？"于是弃官而归。那时杨维桢刚四十岁，便开始遍游天下名山胜景，登天目、九龙山，涉洞庭缥缈七十二峰，遍尝山水之趣。他说："天地间的山水，就是一部活书。人不读这部活书，却去读纸上的死书，对人生能有啥帮助？"杨维桢一向喜爱西湖山水美景，于是领着妻子儿女住在吴山的铁崖岭，遂号为"铁崖"，人称杨铁崖先生。他在铁崖上种了几百株绿萼梅，又建一座小楼存放他的数万卷藏书，称"万卷楼"。从此，便日日在西湖上游玩，体味西湖之趣，无论春夏秋冬，潇洒风流，好似西湖水仙一般。于是作《西湖竹枝词》九首道：

其一：

苏小门前花满株，苏公堤上女当垆。

南官北使须到此，江南西湖天下无。

其二：

鹿头湖船唱报郎，船头不宿野鸳鸯。

为郎歌舞为郎死，不惜真珠成斗量。

其三：

家住城西新妇矶，劝君不唱《金缕衣》。
琵琶元是韩朋木，弹得鸳鸯一处飞。

其四：

湖口楼船湖日阴，湖中断桥湖水深。
楼船无柁是郎意，断桥有柱是侬心。

其五：

病春日日可如何？起向西窗理琵琶。
见说枯槽能卜命，柳州弄口问来婆。

其六：

小小渡船如缺瓜，船中少妇《竹枝歌》。
歌声唱入箜篌调，不遣狂夫横渡河。

其七：

劝郎莫上南高峰，劝我莫上北高峰。
南高峰云北高雨，云雨相催愁杀侬。

其八：

石新妇下水连空，飞来峰前山万重。

妾死甘为石新妇，望郎忽似飞来峰。

其九：

　　望郎一朝又一朝，信郎信似浙江潮。
　　床脚耆龟有时烂，臂上守宫无日消。

　　杨维桢这组《西湖竹枝词》传播出去，一时间文人才士唱和的多达百家。钱塘女士曹妙清、张妙净，吴郡薛兰英、惠英姐妹等，都赋竹枝词来奉和。杨维桢诗词倾动天下，抄写传诵的纷纷不断，于是刻板成集。

　　杨维桢好声色，曾娶三妾，一名柳枝，一名桃花，一名杏花。这三个妾都有姿色、善歌舞。他的蒋姓门生，后来也中了甲科。为了报答先生，打算买个绝世美人给他。恰好有个广陵人带来一个美人，国色倾城，且擅长诗词，妙于歌舞，索价千金。蒋生说："这是闺阁中的钟子期，不买给先生还给谁呢？"于是花千金买来，送给杨维桢为妾。杨维桢一看，美人果然出色，与前三妾不同。因当时正赋《西湖竹枝词》，就为她取名"竹枝娘"。这竹枝娘侍奉杨维桢极其殷勤，与柳枝、桃花、杏花相处得也很好，四人情同姐妹。竹枝娘不仅会诗词，还会做奇巧女工。她能在手指上结成方锦，五色绚烂，众人都啧啧称奇。竹枝娘说："这有什么？如果用龙宫的冰蚕丝织成锦绣，水火都不能损坏。"大家都说："你织的这方锦，已经是世上无二了，龙宫的冰蚕丝织锦又该是什么样呢？"

　　杨维桢精通音律。曾游洞庭山，有缑氏掘地得到一块上古莫耶铁，铸成笛子，长一尺九寸，上铸九窍，声音异常清越。缑氏将此笛献给杨维桢。杨维桢十分高兴，于是改号为"铁笛道人"。每每夜静月明时分，杨先生吹起这笛子，声音真个是穿云裂石。杨维桢曾对竹枝娘说："你能吹这笛子吗？"竹枝娘道："能是能，但不敢吹。"杨维桢问："怎么不敢吹？"

竹枝娘说："我听说笛曲中有首《君山古弄》，若吹起来，能唤出海中龙蛇，所以不可轻易吹奏。"杨维桢说："你既知《君山古弄》，一定能奏此曲，就为我吹奏一下，怎么样？"杨维桢再三要求，竹枝娘只是微笑不语。杨维桢有了这笛子，从此带着这四个美姬到处遨游，他吹笛，四姬应声而舞，风流之名传遍杭州。不觉光阴似箭，日月如梭，竹枝娘服侍杨维桢已经十四年，异常聪明，异常小心，有一天却突然无疾而终。死的那天，有一道白气从顶门冲出去，横贯碧空，很久才散。众人这才醒悟她不是寻常之人。杨维桢不胜唏嘘，把她葬在西湖边上。

竹枝娘死后三年，八月中秋，杨维桢乘船见荷艳桂香，月光如洗，水天一色，于是倚阑吹笛而歌。歌毕，想起竹枝娘，心中郁郁不乐。忽见一个青衣童子走上船来，禀道："恩主有请。"杨维桢并不认识，问道："为什么叫我'恩主'？你家主人是谁？"童子说："请恩主前往，去了就知道了。"童子在前引路，杨维桢随步而行。来到一处，像是宫殿，门外都是锦衣之人。童子先去禀报。很快，鼓乐喧天，门里走出两位龙王。两位龙王头戴通天冠，身穿衮龙袍，腰系碧玉带，足践步云履，躬请杨维桢进去，口口声声说："恩人有请。"杨维桢不知所以。走进正殿，抬头一看，却见"水晶宫"三字。两位龙王请杨维桢坐到上席，一龙王道："我是东海龙王。二十年前，三女儿变成金色鲤鱼出游，不料误遭渔人之网，差点死于非命，幸蒙恩人赎放。无以为报，特派小婢扮作人间女子，服侍十四年。本想让她多服侍您几年，无奈冥数已尽，只得回来。如今三女长大，许给西海龙王的儿子为妇。今日正好是嫁娶之日，特请恩人到此，表达谢意。"杨维桢这时才想起刚到杭州时，一天在集市上闲逛，见渔翁网里一尾金色鲤鱼，有三尺多长，泼剌剌不停地跳，心中不忍，就拿出三百文钱赎而放之湖中，那金色鲤鱼徘徊回望许久，方才游走。

两位龙王命龙子、龙女出来拜谢，鼓乐喧天，笙歌鼎沸。龙女命侍女取出自己织的鲛绡二匹赠送给杨维桢。龙子、龙女拜谢后入宫而去。东海龙王下令安排筵席，陆珠海珍，非常华盛，又命舞女助兴。杨维桢细看舞女中有一人，好像竹枝娘状貌。东海龙王说："恩人还认识这个人吗？这就是竹枝啊。"随即命竹枝捧碧玉杯给杨维桢敬酒。杨维桢恍惚问道："你不是已经死了吗？怎么会在这里？"竹枝娘说："我是龙女，龙能变化。我只是变化了一种样子，并不是死了。你回去开棺查看，就知道了。"等筵宴结束后，二龙王命童子捧二匹鲛绡，奏鼓乐，将杨维桢送出宫殿。杨维桢回到船上，猛然醒来，以为是南柯一梦，却见桌上二匹鲛绡，肚中十分饱胀，酒气冲人。细看鲛绡上面，隐约可见龙凤之形。试用水洒之，云气氤氲，试用火灼烧不焦，才知真是神物。后开竹枝棺木来看，果然只是一具空棺。

杨维桢一生身体强壮如少年，活至八十九岁时，恍惚间见天使和二龙王来召，无疾而终。杨维桢死时，家人听到音乐之声从近而远。杨维桢死后，两匹鲛绡忽然消失不见。

吴山铁冶岭

《西湖竹枝词》（图片来自孔夫子旧书网）

　　万卷楼，建于铁崖山，是杨维桢藏书和读书的地方，今已不存。关于万卷楼所在的位置，说法不一。一说万卷楼位于吴山铁崖岭，又称铁冶岭的。当地居民曾于铁冶岭高处得一断碑，上镌有"杨铁崖读书处"六字，并以此为证，说杨维桢万卷楼就在杭州吴山铁崖岭。另一说，杨氏一族原居枫桥（今属绍兴诸暨），有一铁崖山，其父杨宏在山上筑楼，楼旁植梅百株，楼上藏书万卷，称"万卷楼"。万卷楼建成，杨父将梯子撤去，令杨维桢与从兄杨维翰专心攻读，每天用辘轳传食，苦读五年，终有所成。杨维桢创作了《西湖竹枝词》等大量古乐府诗，既婉丽动人，又雄迈自然，因其号为"铁崖"，史称"铁崖体"。

朱淑真凄苦写《断肠》

解题

　　钱塘钟灵毓秀、四时如画，所谓"三秋桂子、十里荷花"，"芳草长堤、绿水逶迤"，自古享有盛名美誉。钱塘才女朱淑真，深受江南风景和文化的浸润，写出了一首首富于江南地域特色的诗词作品，但因身世凄惨，大多哀婉，读之令人断肠。据传朱淑真一生创作很多，她死后，文稿却被父母一火焚之。后来宛陵魏端礼辑其流传在外的诗词，名曰《断肠集》，临安王唐佐为她立传。从魏端礼的《断肠集序》、王士祯的《池北偶谈·朱淑真璇玑图记》中可以零星了解到一些她的生平事迹，但都不够详细。周清原在《西湖二集》的"月下老错配本属前缘"中，对女诗人的身世故事进行了演绎。

宋代才女朱淑真，号幽栖居士，出生于钱塘。父母都是小户人家出身，浑浑噩噩度日而已，哪里知道什么"诗书"？偏偏朱淑真自小伶俐聪慧，酷爱读书。长大后，才华横溢，堪比班昭、蔡文姬、谢道韫、李清照四位大才女。四位才女因家学深厚，得以成才。朱淑真是何人所生，又有何人来教？竟然也能不知不觉拥有满腹才华，真的是"诗有别才，非关学也"。她曾经有首《清昼》诗作得最妙："竹摇清影罩幽窗，两两时禽噪夕阳。谢却海棠飞尽絮，困人天气日初长。"

朱淑真既会作诗，又会作词。偶尔落笔，便可与词家第一的柳耆卿、秦少游争雄。因春光将去，不忍舍去，朱淑真遂作《蝶恋花·送春》词一首：

> 楼外垂杨千万缕，欲系青春，少住春还去。犹自风前飘柳絮，随春且看归何处。
> 绿满山川闻杜宇，便做无情，莫也愁人苦。把酒送春春不语，黄昏却下潇潇雨。

朱淑真不仅诗词作得好，人也长得漂亮。十七岁时，模样就出落得十分标致。朱淑真有个娘舅叫吴少江，是个不长进的泼皮无赖，诨名"皮气球"。这吴少江曾在天瓦巷开了个酒店，后来因好赌博，把本钱都输了，还向巷内金三老官借了二十两银子，一连几年也没还上。金三老官问他讨了几十次，吴少江只是拖着。金三老官有个儿子，长得鸡胸驼背，奇丑无比。杭州人嘴上轻薄，给他取个绰号叫作"金罕货"。金三老官在自家门前开了个木屐雨伞杂货铺，这"金罕货"跟着老爹塌伞头、钉木屐钉，别的事情一样也做不来。金三老官生下这样一个儿子，连自己也看不过，哪敢奢望别人把女儿嫁他做妻子？可吴少江因为没有银子还金三老官，被催逼不过，便去将自己的外甥女说给金三老官做媳妇，好抵了自己欠的债。

原本金三老官也有自知之明，见儿子丑陋不堪，三分像人七分像鬼，也就不给他说亲，恐怕害了人家女儿。今日见吴少江自己来说，要将外甥女给他做媳妇，真是喜出望外。不仅欠的二十两银子再不提起，反买些烧鹅、羊肉之类，请吴少江来吃媒酒。吴少江见金三老官买烧鹅、羊肉请他，越发欢喜。放出海量，一连吃了十来壶黄汤。吃得高兴，满口应承。倒是金三老官过意不去，说："难得你给我家做媒，但我儿子样子丑陋，恐怕令亲未必肯答应吧？"吴少江说："我家舍妹，凡事都听我的话。相貌丑些有啥关系？只要有家业、赚得钱，养活老婆儿女就好。看你儿子也是个帮家做活的人，说什么丑陋不丑陋啊！"金三老官连声称谢说："那全靠你帮忙了。"吴少江大包大揽地说："放心，放心，这头亲事全包在我身上了。"金三老官听了，忙进里屋从箱子里找出那二十两借票，送还了吴少江，说："事成之后，还有重谢。"吴少江连声答应，收了这借票作谢回家了。

吴少江一心只想赖掉这债，哪管外甥女的死活？拿到借据后，又听说亲事说成了，还有谢礼在后。便兴冲冲地走到妹夫家里，见了妹夫、妹妹，说了会儿闲话，道："我今日特来替你女儿做媒。"妹妹问："是哪一家？"吴少江道："就是那天瓦巷内金三老官的儿子。金三老官可是家境殷实的好人家，做人又好，儿子又会帮家做活。你的女儿嫁过去，以后不愁没饭吃、没衣穿。况且又是我邻居，知根知底的，也不必求签买卦，只要选日子下礼便是。""皮气球"的一张嘴好不伶俐，三言两语便说得妹妹、妹夫动了心。这朱淑真的父母本就是极愚蠢的人，听了吴少江的花言巧语，立即答应了，毫不疑心。哪怕仔细点，稍稍访问一下，便知金家儿子底细，也不至于白白断送了如花似玉的女儿。

那吴少江得了妹妹的应允，恐怕夜长梦多，立马约金三老官行聘。行聘之后，朱家才得知女婿是个残疾人，埋怨哥哥做事不靠谱。那吴少江媒钱早已落入腰包，便大胆乱说："如果是女人丑陋，的确不好。如今是男人丑陋，有甚关系？男人只要当得了家，做得了活计，能赚钱养老婆儿女，便是好男子。再说，哪有女家休男之理？况且你女儿长得漂亮，嫁到他家，金三老官夫妻自然敬爱，不敢轻慢媳妇。你们越发放得下心了，有什么好埋怨的？"朱淑真父母听了这番话，便真的以为事情无法挽回了，埋怨一通，也只得罢了。

只是苦了朱淑真，听到"皮气球"这一通胡话，恨得咬牙切齿。只是闺中女孩儿，怎么骂得出口？只得忍气吞声，暗暗啼哭，心想："我怎么这般命苦！不要说嫁个文人才子，就连嫁个平常人，也不可能了。嫁给那样个人，以后怎样过活？真真是落在十八层阿鼻地狱，永无翻身之日了。"于是，提笔赋诗道：

> 谁家横笛弄轻清，唤起离人枕上情。
>
> 自是断肠听不得，非干吹出断肠声。

第二年，朱淑真刚十八岁就嫁给了"金罕货"。朱淑真没见丈夫本人时，还以为是三分像人、七分像鬼。等拜堂成亲之后，看见"金罕货"的奇形怪状，连三分也不像人，竟苦得她眼泪直流，暗道："这样一个怪物，教奴家怎样承受！"自此，没一天不是愁眉泪眼的。那金三老官夫妻见媳妇生得果然标致，晓得亏了媳妇，再三来安慰。可是，这样的事情是安慰不来的，除非不见丈夫的面，倒也罢了。只要一见了丈夫，朱淑真便是堆起万仞的愁城，凿就无边的愁海。无可奈何，只得顾影自怜，排遣闷怀。有《如梦令》词为证：

> 谁伴明窗独坐？我和影儿两个。灯尽欲眠时，影也把人抛
>
> 躲。无那，无那，好个凄惶的我。

从此，朱淑真看春花秋月，好风良日，总是触目伤怀。倏忽之间，已是元旦。话说杭州风俗，元旦五更起来，接灶拜天，次拜家长，做椒柏

中国文人的西湖印象 [西湖小说]故事

酒。还要在柿饼上插柏枝，下面放个大橘，称为"百事大吉"。那金妈妈拿了这"百事大吉"，进房来交给媳妇，预示新年吉利之意。朱淑真暗道："我嫁了这般一个丈夫，还有什么大吉?"杭州风俗，元旦清早，先吃汤圆子，取团圆之意。金妈妈煮了一碗，拿进来给媳妇吃。淑真见了汤圆子好生怨恨，因而作首诗道：

> 轻圆绝胜鸡头肉，滑腻偏宜蟹眼汤。
> 纵有风流无处说，已输汤饼试何郎。

不久，上元佳节又到，处处灯火辉煌。朱淑真看着往来看灯的人，又是满心怨怅，作首词儿名曰《生查子·元夕》，道：

> 去年元夜时，花市灯如昼。月上柳梢头，人约黄昏后。
> 今年元夜时，月与灯依旧。不见去年人，泪湿春衫袖。

有个魏夫人，也会作诗。听说朱淑真诗作得好，想探探究竟。于是置办酒肴邀请淑真，要当面试试，看看真假。魏夫人用"飞雪满群山"五字为韵。淑真乘着酒兴，磨得墨浓，蘸得笔饱，依韵赋了五首绝句。

"飞"字韵道：

> 管弦催上锦裀时，体段轻盈只欲飞。
> 著使明皇当日见，阿蛮无计况杨妃。

"雪"字韵道：

> 香茵稳衬半钩月，往来凌波云影灭。

弦催紧拍捉将遍，两袖翻然做回雪。

"满"字韵道：

柳腰不被春拘管，凤转鸾回霞袖缓。
舞彻《伊州》力不禁，筵前扑簌花飞满。

"群"字韵道：

占断京华第一春，清歌妙舞实超群。
只愁到晓人星散，化作巫山一段云。

"山"字韵道：

烛花影里粉姿闲，一点愁侵两点山。
不怕带他飞燕妒，无言相逐省弓弯。

朱淑真走笔题完，文不加点，不仅词旨艳丽，连那飞舞之妙也一一写出。魏夫人见了大惊，从此敬服，结为相知。

朱淑真生平没几人知她诗词，今日遇见了魏夫人，方有知己。每每诗词往来，互相谈论古今文义，极其相得，竟如夫妻一般。虽然如此，朱淑真始终不能释怀，最后郁郁而死，死时才二十二岁。淑真死后，她父母听信和尚之言，把朱淑真的尸首，在清明前三日一把火烧化了。杭州风俗，小户人家每每火葬，投骨于西湖断桥之下。那蠢父母不仅火葬了朱淑真的尸首，又把女儿生平所作诗文也拿去火葬了。今所传者不过百分之一，实在可惜！后来魏端礼辑其剩余诗词，名曰《断肠集》，刊布于世，朱淑真之名方才流传下来。

《断肠集》（图片来自百度百科）

青芝坞朱淑真雕像

　　青芝坞之名见于南宋《武林旧事》卷五之"湖山胜概"中。青芝坞历史悠久，玉泉村大约晋代已有。这里风景秀丽，农居林立。白居易笔下诗句"湛湛玉泉色，悠悠浮云身"，吟诵的就是青芝坞。青芝坞位于玉古路北侧，浙大玉泉校区和植物园之间，是灵峰探梅的入口处。杭州政府对青芝坞地区进行了整治，恢复青芝坞诗画江南的千年古韵。青柳塘、梅影潭等景点把青芝坞小广场妆点得如同园林一般。据《断肠集序》记载，朱淑真死后骨灰被抛断桥之下，无冢可吊。另有一说，朱淑真死后葬在青芝坞，故今青芝坞小广场有朱淑真雕像。

庄湜魂断碎玉簪

　　苏曼殊，广东人，清末民初作家、诗僧。喜欢杭州，生前多次来杭州游览，曾居住在西湖白云庵、新新旅馆等处。死后，朋友将其迁葬于孤山北麓。《碎簪记》是苏曼殊1916年居住在西湖边新新旅馆期间构思创作的，当时苏曼殊大病初愈，在西湖荡桨垂钓，心情愉快。因自古"湖上佳话"颇多，所以根据小说家所谓"密发虚鬟，亭亭玉立"八字，穿插在这些"佳话"中，演绎成这篇小说。小说以"我"的所见所闻，叙写了庄湜、灵芳、莲佩三个青年男女之间的爱情纠葛，批判了封建家长对自由爱情的扼杀。同时，作者把这个悲剧，放在西湖、钱塘江、新新旅馆这一环境背景下，使得这个爱情故事充满了湖山邂逅的传奇与浪漫色彩。

这是我到西湖的第五天，吃完早饭，我站在南楼上，遥望西湖风物，似乎与我曾经游过的西湖不同。我共在西湖游览过十三次：独自游览九次，和昙谛法师游过一次，和法忍禅师游过一次，和邓绳候、陈独秀游过一次，这次是和庄湜同游。

这天天气不好，西湖游人不多，湖面上只有两三艘渔船。透过婆娑的柳树，忽见碧水红莲之间，有扁舟徐徐而来。船上是一位素衣女郎，衣袂飘飘，如同仙子下凡。我正好奇，这样一个女子怎会独自一人出现在这样的西湖之上？只见，船儿慢慢靠岸，女子下了船，来到我住的旅馆门口，向门人打听。而我清清楚楚地听到，她竟然问的是我的名字。我还在惊讶时，门人已把这素衣女郎带到了我的面前。女子轻轻施了一礼，面带羞赧地说："打扰了，先生，您是和庄君一起来的吗？"我说："是。"女子说："我是庄君的朋友，特地拜访他，不知他在吗？"我说："他一早就出去了。你找他有什么事吗？"女子愣了一下，回说："我姓杜，名灵芳，住湖边旅舍六号房间。麻烦您转告庄君。"我说："好的。"女子含羞道谢，乘船而去。女子走后，我反复思量，心想："一个妙龄女子，独自约见庄湜，难道不知人言可畏吗？"这样一想，不由得为庄湜担起忧来，便决定不把这件事告诉他。

第二天恰巧是农历八月十八，朋友们都去钱塘江观潮。庄湜累了，没和我们一起去。晚上回来，我没看见庄湜，去问门人。门人说庄先生傍晚接到一封信，心事重重的，晚饭没吃就出去了。我跑出去找他，沿着湖堤一直走到断桥，才看见庄湜在断桥上临风独立。我叫他回去，他一言不发地跟着我回来了。到了旅馆，大家就睡了。半夜忽然醒来，明月临窗，我倚窗而望，湖光山色一一在目。此景不可多得，我赶紧叫庄湜起来观赏，却见床上空空无人。出了房门，只见庄湜枯立栏前，一言不发，只是默默流泪。第二天一早，庄湜面色苍白，双目微红，食不下咽。我担心他忧虑过度有伤身体，于是拉他西湖放舟。登上孤山，只见"碧晴国"一群人，在放鹤亭游览。忽听一"碧晴"女子高歌道："Love is enough. Why should we ask for more?"唱完了，空谷回音，也说："Love is enough. Why should we ask for more?"有个年轻人接着回音说："Oh! You kid! Sorrow is the depth of Love。"空谷又回音。游人大笑，庄湜也扯着嘴巴笑了笑，随即黯然。

一连几天天晴湖静，我都拉着庄湜同游。庄湜心情也渐渐平静，不久便回去了。过了几天，又来一女子，又问庄湜。我说："早回去了。"我一边回答一边仔细看了看，女孩子容貌艳丽，丰韵娟逸，大约十五岁的样子。听说庄湜回去了，随即怅惘离去。两个来找庄湜的女子都是绝色美人，只是不知道庄湜中意的是哪一个？庄湜郁郁寡欢的原因，难道和这两个女子有关？但无论如何，我都相信，女人是祸水无疑。

半个月后，我也回到上海，放下行李，我便去看庄湜了。不想他的婶婶说他因病住院了。我忙到医院去，庄湜看见我，拉着我的手，不说亦不笑。一直到晚上八点多，看庄湜恹恹欲睡，我打算回去了。庄湜突然拉住我说："别急着走，我有事和你说。我今天收到杜灵芳的信，说晚上九点来看我。她是我最爱的人，我想让您见见她，知道她的为人，以后也好在叔父面前替我求个情。"庄湜一脸真诚，我不忍拒绝，只得坐下来。不久，女郎到了，看见我，双颊微红，羞赧不知所措。庄湜说："不要怕，这是我的至友曼殊君，人很好。"女子对我施了一礼，低声应道："我晓得。"庄湜说："我游西湖的时候，接到叔父的信，说你已受聘于林姓，不久就来迎亲，真的吗？"女子面色惨然，说："不是的。"庄湜说："如果是真的……"话没说完，女子急忙打断他说："青天在上，我誓死不变心！"庄湜一时说不出话来。女子欲问又止，过了一会儿，对庄湜说："您和莲佩女士见面了吗？您和曼殊君游西湖的事，还是她告诉我的。她一直在杭州，没和您在西湖见面吗？"庄湜说："没听说。"这时，我才跟庄湜插了一句说："你回去后，是有个女孩子来找你。"女子急忙问我："请问先生，是不是一个'密发虚鬟、亭亭玉立'的女孩？"我说："是的。"庄湜听说，泪水一下子涌了出来。女郎一下子跌坐在床边，握住庄湜的手，流泪说道："您爱我，我也爱您。"说着，从头上拔出一根玉簪交给庄湜说："如果天不遂人愿，就玉碎人亡！"女郎与庄湜相拥而泣。这是庄湜第一次见灵芳，也是最后一次见灵芳。

这天晚上，我梦见自己带着庄湜、灵芳、莲佩三人，从锦带桥泛舟西湖，直到西泠桥下苏小墓旁，只见残荷破叶，鬼气森森。

饭后我又去了趟医院。庄湜静卧榻上，昨夜那只玉簪还放在枕边。我对庄湜说："这东西还是放放好吧。"然后取出一条手帕包好，放在他的枕下。过了一会儿，庄湜对我说："袁世凯称帝的时候，我在北京。当时有一位要人，找我翻译一份文件。文件内容是通告列国，中国各地拥戴袁世凯做皇帝的事。我断然拒绝，三天后，我被巡警羁押某处。灵芳的哥哥杜灵运听说此事，竭尽全力救我出来。我出狱后，一直与杜灵运朝夕相处。灵运多次向我说起妹妹灵芳的事情，其如何美丽端庄，如何贤淑仁德，都深深印入我的脑海。虽未见面，我已心有所许。灵运去瑞士前，特意将灵芳托付给我。你也知道，我是叔叔婶婶养大的，我把此事告知叔婶。虽然叔婶当时什么都没说，但婶婶把自己的外甥女莲佩介绍给我，叔叔屡屡阻止我去会见灵芳，他们的意见已经很明白了。但我已经心属灵芳，此心决不改变。"

庄湜出院后，和叔婶住在江湾的别墅。我去拜访他，见到了他的叔叔。聊了几句，庄湜领我坐下，他的叔叔取了些山楂糕、糖莲子给我。喝完茶，庄湜领我参观西苑。我边走边对庄湜说："你叔叔看着挺和蔼可亲的，你试着把你的想法解释给他听，也许就同意了呢。"庄湜说："叔叔一向对我疼爱有加，只有这一件，自由恋爱的事情，叔叔认为是蛮夷之风，有伤风化，决不允许！"说完，庄湜神色黯然，凝立不动。我忙安慰他说："你先不要伤心，我找个时间劝劝你叔叔，或许事有转机，也未可知。"

过了几天，庄湜约我过去见他。刚到别墅，庄湜就拉着我到卧室，小声说："听仆人说，婶婶明天就把莲佩接来同住。你赶紧搬来和我同住吧。

如果我一人在此，她一定常常过来找我。不理她的话，她不高兴，婶婶也会知道了。"我说："我下周打算和朋友再去一趟西湖，现在搬过来，恐怕不行。"庄浞说："你能过来住上一周也行；不然，我只有私奔了。"我说："那我还是过来陪你吧。贸然私奔，绝对不行。"第二天，莲佩也搬来了，行李带的很少，似乎并不打算久住。庄浞每次碰到莲佩，只是简单打个招呼，话不多说。莲佩知道庄浞有意躲避，也无可奈何。

一天，天气有些阴冷，我同庄浞在书斋中闲谈。忽见侍婢捧着百叶水晶糕进来，说："这是莲佩小姐刚做好的，让拿给公子和客人品尝。"过了一会儿，莲佩从容含笑而入。庄浞正襟危坐，不发一言。我只好问莲佩："莲佩小姐去过欧美吗？"莲佩回答说："没呢。我打算两三年后去趟欧洲看看。美洲我不想去了，听说那里的人只认得钱，常说：'Two dollars is always better than one dollar.' 又看不起中国人，我们为什么还要去呢？"莲佩说完，见庄浞起身取书自阅，于是告辞而去。我对庄浞说："这女子不仅长得漂亮，学问也很好啊。"庄浞愁叹不语。

莲佩生日这天，庄浞婶婶安排大家出去游玩。莲佩打扮好了，容貌艳丽，坐在马车上，路上行人莫不注目。在酒楼吃过饭，去惠罗、汇司购物。莲佩心情大好，买了很多东西。买了四枝西银管，赠庄浞一双，赠我一双。两个看剧用的眼镜，一个给庄浞，一个给我。买好东西，又去徐园、徐家汇，然后去了梁园、崔圃，最后一同去看歌剧。当晚剧院上演的是一出名剧。莲佩一边看一边给我们翻译，聪明灵秀，着实让人惊叹。

第二天凌晨，莲佩约我们到草地散步。走着走着，莲佩忽然用手挽住庄浞左臂，面带娇羞之色。庄浞被挽住后，脸色越来越苍白，但仍然缓步前行。来到廊下一个小厅，大家坐下。莲佩对庄浞说着什么，但庄浞置若罔闻，手拿表链，不停摆弄。草地上有四人打网球，我走过去观看。四人打得很精彩，我去叫庄浞、莲佩来看。不想来到小客厅，只见庄浞呆坐椅上，眼看着地毯，默不作声。莲佩却紧靠在庄浞身边，长发垂在庄浞肩上，樱唇轻颤，脸带泪痕，手上丝巾已被泪珠湿透。庄湜仿佛心如冰雪，不为所动。

这天晚上，回到江湾别墅，我在书房看见庄湜含泪对灯而坐。庄湜对我凄声说："灵芳的玉簪碎了！"我惊讶地问道："碎了？什么时候碎的？谁砸碎的？"庄湜说："不知道，我回来时，从枕头下取出来就碎了。"庄湜说完，呜咽不止。这时莲佩也来了，站在庄湜跟前问："你为什么哭？是我什么地方得罪你了吗？"庄湜哭而不答。莲佩知道他为何而哭，也掩面而哭。过了很久，侍婢扶莲佩回卧室。庄湜浑身不停战栗，旧病复发，不可收拾。

第二天一早，我就去拜见他的叔叔，告诉他庄湜病情危急，希望对灵芳的事情稍加通融。不料，其叔大怒说："这孩子太不听话！麻烦你告诉他，是我砸碎他的玉簪的。杜灵芳的事情不可能！"说完，交给我一张药方，说："他的病是肝经受邪之症，用人参、白芍、半夏各三钱，南星、黄连各二钱，陈皮、甘草、白芥子各一钱，水煎服，两三剂则愈。烦为我照料一切。"我拿着方子，悻悻退下，叫侍婢去配药。侍婢低声对我说："莲佩小姐昨夜死在卧室，是用小刀割断了喉部。主母让千万不要告诉公子。"我叹惋不已，嘱咐她快去取药。

庄湜昏迷许久，醒来后对我说："灵芳来信与我诀别，我再也见不到她了……"说完，泣不成声。我一直陪他到深夜，临走嘱咐侍婢好好照看。回到卧室，我仍然震恐不安，一直吸烟到一点多钟。刚脱衣睡下，忽听有人敲门，打开门，只见侍婢神情仓皇，哭着说："公子断气了！"我急忙跑到他的卧室，一摸身体，已经冷如冰霜。过了一会儿，叔婶都来了。叔叔叹息不语，婶婶则垂泪不已。第二天，我去当铺，典押新表。出来的时候，遇见一脸上有个瓜子大红痣的女子，猛然想起这是灵芳的婢女，于是问她："灵芳姑娘好吗？"女子含泪说："姑娘前天晚上已经自缢了，太可怕了！家里没钱办丧事，只好过来典当些东西。"

三天后，庄湜出殡，来相送的，有一个远亲，一个同学，还有我。

新新饭店

　　新新饭店位于杭州西湖核心风景区北山路，名字取自《礼记·大学》中名句"苟日新，日日新，又日新"。上海最早连锁企业"何锦丰洋广杂货号"老板何宝林，在19世纪90年代建成中、西式楼房三幢，统称为何庄。1909年，董锡赓与何宝林之子何积藩在何庄开始接待宾客，1913年起名为"新新旅馆"。后董锡赓独自经营，于1922年建成一幢五层高楼（现称中楼），沿用"新新旅馆"。后改为新新饭店。

『迟桂花』翁莲

解题

　　《迟桂花》是郁达夫1932年发表的短篇小说。小说的主要情节是主人公"我"，应邀到杭州满觉陇翁家山参加朋友的婚礼，遇见新寡而被迫回到娘家的年轻女子翁莲，并被翁莲姑娘纯洁、可爱、善良，宛如山中的迟桂花一般美丽芬芳的品质所感染，心灵得到净化。小说描绘了满觉陇翁家山的桂花，歌颂了芳香不衰的"迟桂花"精神，构思精巧，富有诗意。

　　一九三二年九月，我收到了老同学，杭州的翁则生，寄给我的一封信。信上说他马上要结婚了，邀请我去杭州满觉陇翁家山吃他的喜酒。第二天是一个晴和爽朗的好天气，午后两点钟的时候，我已经到了杭州城站，再坐车上翁家山。在四眼井下了车，从山下稻田中间的一条石板路走进满觉陇的时候，太阳快下山了。我沿着满觉陇的狭路往上走，在水乐洞口坐下喝了一碗清茶，又拉住一位农夫，问了翁则生的住处。他详细告诉我说："就是山上第二排朝南的一家，他们那间楼房顶高，你一上去就可以看见。则生要讨新娘子了。不过这时候，则生怕还在晏翁祠的学堂里呢。"谢过了他，我就顺着烟霞洞方向的石级，一步一步走了上去。越走越高，树木越来越茂密，越觉得幽深安静起来。在半山亭里向东南一望，只见到处是青葱的山和如云的树，在这些绿树丛中是些若隐若现的屋瓦和白墙。这时，从背后又吹来了一阵微风，里面满含着一种说不出的撩人的桂花香气。

"啊……"我又惊异了起来，"原来这儿到这时候还有桂花？"

正独自一个人惊异着，赏玩着，突然从脚下树丛深处，却幽幽地传来晚钟的声音，东嗡，东嗡，这钟声实在来得缓慢而凄清。我赶紧往山顶爬，快到翁则生家的时候，我一面喘着气，一面就放大了喉咙，向门里面叫了起来："喂，老翁！老翁！则生！翁则生！"

听见了我的呼声，里面传出答应的声音，从门里出来一个比翁则生略高三五分的样子，身体强健，两颊微红，看起来二十四五岁的一位女性。她一眼看见了我，立住脚，惊疑似的略呆了一呆。几乎同时她脸上涨起了一层红晕，一双大眼睛眨了几眨，很腼腆地对我一笑。在这一脸柔和的笑容里，我立时就看到了翁则生的面相与神气，她一定是则生的妹妹无疑了。走上了一步，我也笑着问她说："则生不在家吗？你是他的妹妹不是？"

听了我这一句问话，她脸上又红了一红，柔和地笑着，半俯了头，方才轻轻地回答我说："是的，大哥还没有回来，你大约是上海来的客人罢？吃中饭的时候，大哥还在说哩！"

"是的，我是从上海来的。"我说。

"你请进来吧，坐坐吃碗茶，我马上去叫了他来。怕他听到了你来，真要惊喜得像疯了一样哩。"

　　屋里剩了我一个人，我到处看了看。则生的家位置比较高，站在这里，前山后山的风景，历历可见。屋前屋后的山坡上，长着些不大知名的杂树，夹在这些杂树中间的是三两株木犀花树。太阳已完全下山了，澄明的光里，已经看不见日轮的金箭，而山脚下的树梢头，也早有一带晚烟笼上了。山上的空气，真静得可怜，在老远老远的山脚下的村里，小儿在呼唤的声音，也清晰地听得出来。

　　忽而背后门外老远就飞来了几声叫声："老郁！老郁！你来得真快！"翁则生从小学校里跑回来了，平时总很沉静的他，这时候变得兴奋起来，一进来就握住了我的双手。说笑了一会儿，他突然想起了似的，替他妹妹介绍："这是我的妹妹，她的事情，你大约是晓得的吧？我在那信里是写得很详细的。"他妹妹脸红了一下，没说话，端起茶碗来请我喝茶。我接过来喝了一口，在茶里又闻到了一种实在是令人沉醉的桂花香气。掀开了茶碗盖，我俯首向碗里一看，果然在绿莹莹的茶水里散点着一粒一粒的金黄花瓣。则生以为我在看茶叶，自己拿起了一碗喝了一口，他就对我说："这茶叶是我们自己制的，你说怎么样？"

　　"我并不在看茶叶，我只觉这触鼻的桂花香气，实在可爱得很。"

　　"桂花吗？这茶叶里的还是第一次开的早桂，现在在开的迟桂花，才有味哩！因为开得迟，所以日子也经得久。"

　　我们谈了许多过去的事情，话头一转，就谈到了他的婚事。他的声音一下子低沉了下去："婚事么，在我是无可无不可的。倒是我的老娘，一切的事情，都是她老人家在替我忙的。都准备好了，明天，就要来搭灯彩，下午是女家送嫁妆来，后天就是正日。可是老郁，有一件事情，我觉得很难受，就是莲儿——这是我妹妹的小名——近来，似乎是很不高兴的样子，她虽不说话，我却看得出来。她看到了我的婚事热闹，无论如何，总免不了要想起她自己的身世凄凉的。并且觉得哥哥讨了嫂嫂，她一个已经出过嫁的女儿，还有什么权利再寄食在娘家呢？我虽然已经给她讲了，这个家她想留多久就留多久，但她近来似乎总有点不大安闲的样子。你来得正好，明天发嫁妆结灯彩之类的事情，怕她看了又要难过，就叫她陪你出去玩去。"

"那好极了，我明天就陪她出去玩一天回来。"

"那可不对，假使是你陪她出去玩的话，那是形迹更露，愈加要使她难堪了。非要装作是你要她去作陪不行。仿佛是你想出去玩，但我却没有工夫陪你，所以只好勉强请她和你一道出去。要这样，她才安心。"

"好，好，就这么办，明天我要她陪我去逛五云山去。"

则生安排完就和他娘取酒去了。我想看一看这翁家山的秋夜，转身就踱出了门外。月光下的翁家山，又不相同了。从树枝里筛下来的千条万条银线，像电影里的白天的外景。不知躲在什么地方的许多秋虫的鸣唱，骤听之下，满以为在下急雨。白天的热度，日落之后，忽然收敛了，于是草木很多的这深山顶上，就也起了一层白茫茫的透明雾障。山上电灯线似乎还没有接上，远近一家一家看得见的几点煤油灯光，仿佛是大海湾里的渔灯野火。一种空山秋夜的沉默的感觉，处处在高压着人，使人肃然起了一种畏敬之思。我独立在庭前的月光下，心里有点寒辣辣地怕了起来，回身再走回客厅，酒茶碗筷，都已热气蒸腾地摆好，在那里候客了。

吃晚饭的时候，则生又说了许多笑话。我举酒杯的瞬间，偷眼向她妹妹望望，觉得在她柔和的笑脸上，的确似乎是有一种说不出的悲寂表情流露出来。将快吃完的当儿，我提出要游五云山，则生就拜托他的妹妹陪我一起出去。第二天一早，我们便出发了。早晨的空气，实在澄鲜得可爱。山路两旁的细草上，露水还没有干，清凉触鼻的绿草气，混杂在桂花的香味之中，沁人心脾。

我们慢慢谈着天，走着路，不上一个钟头的光景，我竟恍恍惚惚，像又回复到了青春时代似的完全为她迷倒了。她一双水汪汪的大眼，高高的鼻梁，一张红白相间的椭圆嫩脸和因走路走得气急，一呼一吸涨落得特别快的高耸胸脯。还有她那一头不曾剪去的黑发，梳的虽然是一个自在的懒髻，但一映到了她那个圆而且白的额上，和短而且腴的颈际，看起来，又格外的动人。她穿的虽是一件乡下裁缝做得不大合式的大绸夹袍，但在我的前面一步一步地走去，非但她肥突的后部，紧密的腰部，和斜圆的胫部的曲线，看得要顿生异想。她身上的健康和自然的美点，因今天这一次的游山，被我观察到了。我问她："今年几岁了？"她说，"二十八岁。"我说："这真看不出，我起初还以为你只有二十三四岁。"她说："女人不生产是不大会老的。"我又问她："对于则生这一回的结婚，你有点什么感触？"她说："也没有什么，不过以后长住在娘家，似乎有点对不起大哥和大嫂。"在她的谈话中，证实了翁则生对我曾经讲到过的她的质朴、活泼与天真，真真是一个永久的小孩子的天性。

爬上了龙井狮子峰下的一处平坦的山顶，我听了一段她所讲的如何栽培茶叶，如何摘取、烘焙。我沉默着痴想了许久，她却从我背后用了她那只肥软的右手很自然地搭上了我的肩膀。"你一声也不响地在那里想什么？"

我就伸手去把她的那只肥手捏住了，一边就扭转了头微笑着看了看她的那双大眼。我对她默默注视了一分钟，但她的眼里脸上却丝毫也没有羞惧兴奋的痕迹，她的微笑，还依旧同平时一样。看我没作声，她很自然地问我说："你究竟在那里想什么？"

倒是我被她问得难为情起来了，立时觉得两颊就潮热了起来。先放开了那只被我捏住的她的手，然后干咳了两声，最后我就鼓起了勇气，发了一声笑语："我……我在这儿想你！"

"是在想我的将来如何和他们同住么？"她的这句反问，又是非常的率真而自然，满以为我是在为她设想的样子。我只好沉默着把头点了几点，而眼睛里却酸溜溜的觉得有点热起来了。

"啊，我自己倒并没有想得什么伤心。为什么，你，你却反而为我流起眼泪来了呢？"她像吃了一惊似的立了起来问我，同时我也立起来了，且在将身体起立的时候，乘机拭去了我的眼泪。我的心地豁然开朗了，欲情也净化了。我忍不住把刚才的不良想法，对她进行了忏悔，忏悔的时候，两人起初是慢慢在走的，后来又在路旁坐下了。说到了最后的一节，倒是她反同小孩子似的发着抖，捏住了我的两手，倒入了我的怀里，呜呜咽咽地哭了起来。我等她哭了一阵之后，就拿出了一块手帕来替她揩干了眼泪，将嘴唇轻轻地搁到了她的头上。两人偎抱着沉默了好久。我又把头俯了下去，问她："我所说的这段话的意思，究竟明白了没有？"她眼看着了地上，把头点了几点。我又追问了她一声："那么你承认我以后做你的哥哥了不是？"她又俯视着把头点了几点，我撒开了双手，又伸出去把她的头捧了起来，使她的脸正对着了我。对我凝视了一会，她的那双泪珠还没有收尽的水汪汪的眼睛，却笑起来了。"那么——大哥！"大哥两字，是很急速地紧连着叫出来的，听到了我的一声"啊！"的应声之后，她就涨红了脸，撒开了手，大笑着跑上前面去了。一面跑，一面又回转头来，"大哥！""大哥！"接连叫了我好几声。等我一面叫她别跑，一面我自己也跑着追上了她的时候，我们的去路已经变成了一条很窄的石岭，而五云山的山顶，看过去也似乎是很近了。我们两人一前一后，在那条窄岭上缓步前行的时候，我才觉得真真是成了她的哥哥，满含着慈爱，让她当心走路。

吃过午饭，管庙的和尚领我们前后左右去走了一圈。这五云山，实在是高，立在庙中阁上，开窗向东北一望，湖上的群山，都像青色的土堆了。本来西湖的山水的妙处，就在于它比舞台上的布景又真实伟大一点，而比各处的名山大川又同盆景似的整齐渺小一点儿。而五云山的气概，却又完全不同了。以其山之高与僻，一般脚力不健的游人是不会到的。就在这一点上，五云山已略备着名山的资格了，更何况蜿蜒盘曲在青山绿野之

中国文人的西湖印象 「西湖小说」故事

间的，是一条历史上也着实有名的钱塘江水呢？所以若把西湖的山水，比作一只锁在铁笼子里的白熊来看，那这五云山峰与钱塘江水，便是一只深山的野鹿。笼里的白熊，是只能满足满足胆怯无力者的冒险雄心的，至于深山的野鹿，虽没有高原的狮虎那么雄壮，但一股自由奔放之情，却可以从它那里摄取得来。

我们在五云山的南面，又看了一会钱塘江上的帆影与青山，本想动身回去，想想时间还早，我们又到了云栖寺。僧人领我们四处转了转。在寺外的修竹丛中，我们也像别人一样，买两枝竹来放生。我拣了两株并排着的大竹，提起笔来，就各写上了"郁翁兄妹放生之竹"八个字。将年月日写完之后，我搁下了笔，回头来问她八个字怎么样，她真像是心花怒放似的笑着，不说话而尽在点头。在绿竹之下的这一种她的无邪的憨态，又使我深深地，深深地受到了感动。坐上轿子，向西向南的在竹荫之下走了六七里坂道，出梵村，到闸口西首，从九溪口折入九溪十八涧的山坳，登杨梅岭，到南高峰下的翁家山的时候，太阳已经悬在北高峰与天竺山的两峰之间了。翁家早已挂上了满堂的灯彩，上面的一对红灯，也已经点尽了一半的样子。嫁妆似乎已经在新房里摆好，客厅上看热闹的人，也早已散了。

九月十二的那一天结婚正日，大家整整忙了一天。婚礼虽系新旧合参的仪式，但因两家都不喜欢铺张，所以百事也还比较简单。午后五时，新娘轿到，行过礼后，那位好好先生的媒人硬要拖我出来，代表来宾，说几句话。我推辞不得，就先把我和则生在日本念书时候的交情说了一说，末了我就想起了则生同我说的迟桂花的好处，因而就抄了他的一段来恭祝他们："则生前天对我说，桂花开得愈迟愈好，因为开得迟，所以经得日子久。现在两位的结婚，比较起平常的结婚年龄来，似乎是觉得大一点了，但结婚结得迟，日子也一定经得久。明年迟桂花开的时候，我一定还要上翁家山来。"

满陇桂雨公园（图片来自搜狐网）

西湖桂花节（图片来自搜狐网）　　满陇桂雨（图片来自新浪网）

　　满陇桂雨公园，位于西湖区虎跑路，以桂花而闻名四方。中国桂文化起源很早。文献中最早提到桂花的是《山海经·南山经》："招摇之山多桂。"屈原笔下的香草中就有桂。自汉代至魏晋南北朝时期，桂花已成为名贵花木与上等贡品。五代时期，满觉陇一带建有佛寺圆兴院，北宋改为满觉院，"满觉"意为"圆满觉悟"，取自释迦牟尼十二大弟子的"十二圆觉"。满觉陇（满陇）因寺而名。满觉寺院香火典盛时期开始种养桂花。明代后，满觉陇广植桂花，成为赏桂胜地，赏桂习俗一直延续至今。民国时，胡适、巴金、徐志摩、郁达夫等名人都在此留下足迹。满觉陇一带有桂花树几千株，金桂、银桂、丹桂、四季桂等品种多样。金秋时节，满城桂花，香气四溢。1983年桂花被评为杭州市花。1985年，"满陇桂雨"又被评为杭州"新西湖十景"之一。满陇桂雨石碑为大师刘海粟先生题写。20世纪末21世纪初，开发创设了满陇桂雨公园。满陇桂雨公园以桂文化为底蕴，结合现代技术，创设了二泉映月湖、广寒宫、月华殿、丹桂馆、山幽小居、茶寮、月老阁、恐龙谷、游乐园等二十多个景点。

1987年，杭州举办了首届西湖国际桂花节。以后每年九月至十月，都在满觉陇举行节日庆祝活动。节日有开幕式、文艺演出、棋类比赛、中秋赏月、观赏桂花、茶道品茗、花艺表演、庙会等活动。桂花节上还可以品尝到桂花栗子羹、糖桂花等名点。

参考文献

[1] 房玄龄. 晋书［M］. 北京：中华书局，2015.

[2] 欧阳修. 新唐书［M］. 北京：中华书局，1975.

[3] 欧阳修. 新五代史［M］. 北京：中华书局，1974.

[4] 脱脱. 宋史［M］. 北京：中华书局，1985.

[5] 张廷玉，等. 明史［M］. 北京：中华书局，1974.

[6] 吴自牧. 梦粱录［M］. 周游，译注. 南昌：二十一世纪出版社集团，
    2018.

[7] 孟元老. 东京梦华录［M］. 郑州：中州古籍出版社，2010.

[8] 赞宁. 宋高僧传［M］. 范祥雍，校. 上海：上海古籍出版社，2017.

[9] 周密. 武林旧事［M］. 合肥：黄山书社，2016.

[10] 张岱. 陶庵梦忆　西湖梦寻［M］. 郑州：中州古籍出版社，2012.

[11] 冯梦龙. 警世通言［M］. 哈尔滨：北方文艺出版社，2013.

[12] 冯梦龙. 喻世明言［M］. 哈尔滨：北方文艺出版社，2013.

[13] 周清源. 西湖二集［M］. 杭州：浙江古籍出版社，2017.

[14] 洪楩. 清平山堂话本［M］. 长沙：岳麓书社，2019.

[15] 梅鼎祚. 青泥莲花记［M］. 北京：人民文学出版社，2017.

[16] 施耐庵. 水浒传［M］. 北京：人民文学出版社，1997.

[17] 孙高亮. 于谦精忠演义［M］. 陈志明，校. 北京：中国戏剧出版社，
    2015.

[18] 田汝成. 西湖游览志［M］. 尹小宁，校. 上海：上海古籍出版社，
    2017.

[19] 田汝成. 西湖游览志余［M］. 陈志明，校. 北京：东方出版社，2012.

［20］艾衲居士，古吴墨浪子．豆棚闲话·西湖佳话［M］．茂山，点校．南京：凤凰出版社，2009.

［21］佚名．乾隆游江南［M］．南昌：江西美术出版社，2018.

［22］三台馆山人．万锦情林［M］．北京：大众文艺出版社，2002.

［23］吴敬梓．儒林外史［M］．洪江，校．上海：上海古籍出版社，2019.

［24］郭小亭．济公传［M］．杭州：浙江古籍出版社，1991.

［25］钱彩．说岳全传［M］．北京：中华书局，2013.

［26］李渔．李渔全集［M］．杭州：浙江古籍出版社，1991.

［27］张恨水．梁山伯与祝英台［EB/OL］．［2020-05-08］．https://www. reader. cc/liangshanboyuzhuyingtai/.

［28］王国平．西湖文献集成续辑·西湖小说史料［M］．杭州：杭州出版社，2016.

［29］徐卫和．岳飞文学形象的多种形态及其文化内涵探析［D］．南昌：江西师范大学，2004.

［30］杨华．苏小小形象的历史生成：文化记忆与文学想象［J］．浙江学刊，2018(4).

［31］齐凤楠．钱镠故事的文本演变与割据称雄主题［J］．天中学刊，2015 (6).

［32］李澜澜．从才女到文化偶像：冯小青接受史［D］．成都：四川师范大学，2007.

［33］李夏．论白蛇形象之演变及文化意蕴［J］．民族文学研究，2012(2).

［34］吕坌．济公形象的演变及其文化阐释［J］．天中学刊，2012(6).

［35］李向明．济公小说的演变及其形象简析［J］．南京师范大学文学院学报，2012(1).